LAUREN FORSYTHE
An dir führt kein Weg vorbei

Weitere Titel der Autorin:
Der schönste Irrtum meines Lebens

Über die Autorin
Lauren Forsythe lebt in Hertfordshire mit ihrem Mann, ihrem Sohn und einer Katze, die von Tag zu Tag mehr verwöhnt wird. Sie hat Englisch und Kreatives Schreiben an der University of East Anglia in Norwich studiert. Tagsüber ist sie Content-Marketing-Managerin und sucht nach Wegen, um Texte zu den sehnsüchtig wartenden Menschen zu bringen, und nachts ... ist es das Gleiche, nur mit mehr Wein. Lauren schreibt Bücher über starke Frauen, Männer mit schönen Wimpern und Freunde, die einem das Leben retten. Wenn sie nicht gerade schreibt, bloggt sie über Beziehungen, schimpft über das Patriarchat und belohnt sich nach ihrem Boxtraining mit einer Mini-Biskuitrolle (oder drei). Sie glaubt fest daran, dass man mit dem perfekten Lippenstift Selbstvertrauen finden kann und dass alle ihre Probleme gelöst wären, wenn jedes Kleid Taschen hätte.

Lauren Forsythe

AN DIR FÜHRT KEIN WEG VORBEI

Roman

Übersetzung aus dem Englischen
von Angela Koonen

Lübbe

Die Bastei Lübbe AG verfolgt eine nachhaltige Buchproduktion. Wir verwenden Papiere aus nachhaltiger Forstwirtschaft und verzichten darauf, Bücher einzeln in Folie zu verpacken. Wir stellen unsere Bücher in Deutschland und Europa (EU) her und arbeiten mit den Druckereien kontinuierlich an einer positiven Ökobilanz.

Vollständige Taschenbuchausgabe

Deutsche Erstausgabe

Für die Originalausgabe:
Copyright © 2023 Andrea Forsythe
Titel der englischen Originalausgabe: »Dealbreakers«
Originalverlag: G. P. Putnam's Sons Publishers,
an imprint of Penguin Random House LLC

Für die deutschsprachige Ausgabe:
Copyright © 2024 by Bastei Lübbe AG,
Schanzenstraße 6–20, 51063 Köln

Vervielfältigungen dieses Werkes für das
Text- und Data-Mining bleiben vorbehalten.

Textredaktion: Ulrike Gerstner, Elmshorn
Umschlaggestaltung: Kristin Pang unter der Verwendung
von Motiven von © shutterstock.com: MJgraphics
Satz: GGP Media GmbH, Pößneck
Gesetzt aus der Adobe Caslon
Druck und Verarbeitung: GGP Media GmbH, Pößneck

Printed in Germany
ISBN 978-3-7577-0042-3

1 3 5 4 2

Sie finden uns im Internet unter luebbe.de
Bitte beachten Sie auch: lesejury.de

*Für jede Frau, die eine Liste im Kopf hatte
und deren Leben sich dann ganz anders entwickelt hat.
Und für Shaun. Einfach deshalb.*

»Mein Lieblingsbuch?« Der Mann, der mir im Dragon and Treasure gegenübersaß, stützte das Kinn auf die Hand und überlegte. Unter jeder Menge »Hmmms« und »Ähs« ließ er sich mit seiner Antwort genüsslich Zeit. Wie schon bei allen fünf Fragen, die ich ihm gestellt hatte, seit wir uns vor einer Viertelstunde an den Tisch gesetzt hatten. Er gab mir nicht viel, mit dem ich arbeiten konnte. Aber vielleicht war er schüchtern. Ein schüchterner Bücherwurm mit kantigem Kinn und einer Schwäche für dunkle Schokosplitterkekse. Vielversprechend. »… ich würde sagen … meins. Das ich gerade schreibe. Ich bin natürlich noch nicht fertig, aber es wird ein bedeutendes Werk, weißt du?«

Oh. Das Vielversprechende löste sich soeben in Nichts auf.

Tja, durch die Dealbreakers-App wusste ich, dass Michael, sechsunddreißig, Universitätsdozent und begeisterter Radfahrer, überaus gern über seinen Roman redete. Drei andere Frauen, die mit ihm ausgegangen waren, hatten das bereits in ihrer Bewertung geschrieben. Aber keine hatte erwähnt, dass er mit offenem Mund kaute und herablassend schnaubte, wenn man etwas sagte, das ihn überraschte.

Ja, ich hätte auf sie hören sollen. Gewöhnlich tat ich das.

Doch die Anzahl der Männer, die noch zu haben waren, verringerte sich von Jahr zu Jahr. Und Interesse an Schriftstellerei war mir nicht so übel erschienen, kaum als echtes K.-o.-Kriterium. Da hatte ich ihm doch eine Chance geben müssen.

»Oh wow«, sagte ich pflichtschuldig, nippte an meinem Wein und fragte mich, warum ich selbst mit der intelligentesten Technik an der Hand keinen fand, der meinen Kriterien entsprach. Ungeduldig tappte ich mit einem Fuß auf dem Boden und fand die Klebrigkeit dort seltsam tröstlich. War mein Lieblingspub in mancher Hinsicht ein bisschen derb? Sicher. Aber er hatte zwei Dinge, die ich besonders schätzte: einen leicht erreichbaren Hinterausgang und hinter der Theke meine beste Freundin Meera, die schmunzelnd beobachtete, wie ich mir angesichts der Enttäuschung Mut machte. Ach ja, und die Burger waren gut.

Als Michael anfing, mir die Feinheiten seines Romans zu erklären, überließ ich mich dem beruhigenden Stimmenlärm im Hintergrund. Mir fiel ein junges Pärchen an der Theke auf, seine Hand in der hinteren Tasche ihrer Jeans. Müde lächelte ich dem alten Reggie zu, der in der Ecke neben dem gefakten Kamin saß und seinen Magenbitter trank. War es höflich, Michael und sein schriftstellerisches Genie zu ignorieren? Nein. Hatte er mir eine einzige Frage gestellt, seit wir uns getroffen hatten? Auch nein.

Manche Leute gingen Dates ein, weil sie gern jemanden dateten, aber die waren höchstwahrscheinlich a) jung oder b) gelangweilt oder c) bedürftig und brauchten eine kostenlose Mahlzeit. Ich datete nicht zum Spaß. Ich war dreißig Jahre alt und lag hinter meinem Zeitplan. Ich hatte Kriterien festgelegt, besagten Zeitplan aufgestellt und mir genau überlegt, wo ich am Ende sein wollte. Vorzugsweise im Bett mit einem heißen, aber netten Typen, der mich in meinem Dachspyjama süß fand, mir die Erdnüsse in seinem Kung Pao Chicken überließ und akzeptierte, dass ich während der Woche gern um elf Uhr schlafen ging.

Ich fand meine K.-o.-Kriterien nicht unrealistisch:
Nichtraucher
ohne Tattoos
der keine Schimpfwörter benutzt
einen festen Job hat
in der Nähe wohnt
sich mit seiner Familie gut versteht
Kinder haben möchte

Vor zehn Monaten schaute Meera mir genau an diesem Tisch über die Schulter, als ich die Liste schrieb und beschloss, endlich wieder jemanden zu daten. Dabei schüttelte sie nur schnaubend den Kopf.

»Du willst also einen Langweiler, der sich fortpflanzen will? Echt jetzt?«

»Einen Langweiler, der sich *mit mir* fortpflanzen will, Meer.«

Ich wollte nach wie vor einen zuverlässigen Mann. Einen, der blieb.

Doch Michaels Schmatzgeräusche lösten in mir das Verlangen aus, ihm meine Gabel in den Handrücken zu stechen.

»Ein Lektorat ist nur was für Leute, die ihr Handwerk nicht mit der Leidenschaft betreiben wie ich. Darum ändere ich an meinen Texten nie etwas. Ich schreibe sie mit Intention, verstehst du?«

Ich biss die Zähne zusammen, und beim Nicken verzog ich ein bisschen die Mundwinkel, sodass es vielleicht wie ein Lächeln aussah.

»Der schöpferische Prozess ist so faszinierend …«, sagte ich tonlos und ließ den Satz in der Schwebe, weil ich hoffte, er würde den Wink verstehen.

Na komm schon, frag mich auch mal was.

»Und … wie läuft es bei dir?« Plötzlich sah er mich erwartungsvoll an, und ich griff erleichtert nach meinem Glas. Okay. Vielleicht war das bloß ein holpriger Start gewesen. Er hatte einen festen Job und noch kein Mal geflucht und schien auch nicht der Typ zu sein, der sich Biker-Tattoos stechen ließ. Ich könnte ihn nach Hause mitbringen, und meine Mutter wäre beeindruckt. Also war der Abend doch noch zu retten?

»Ähm, na ja, ich bin Softwareentwicklerin bei einem Start-up in der City …«

»Ach«, er stieß den Atem aus und schüttelte den Kopf, »Start-ups sind riskant. Viele scheitern. Darum habe ich mir etwas Solides gesucht wie die Arbeit an der Universität.«

Ah, die akademische Welt und ihr traditionell gut bezahlter Berufsstand.

»Dann sind wir wohl ziemlich gegensätzlich, der klassische Lehrer und die App-Entwicklerin!«, gluckste ich, von mir selbst angewidert, und fasste an die Stern- und Mondanhänger meines Kettchens. Eine reflexhafte Bewegung, die mich beruhigte.

Michael deutete lächelnd darauf. »Die ist hübsch.« In mir keimte Hoffnung auf. Bei seinem warmen Lächeln stellte ich mir ein zweites Date, ein Lachen, einen Kuss, eine Zukunft vor. Eine Geschichte, in der ich mal zu meiner Tochter sagen würde: *Weißt du, bei der ersten Begegnung mit deinem Dad war ich mir nicht sicher. Und er arbeitet noch immer an dem verflixten Roman!*

Ich spielte mit den silbernen Anhängern und versuchte das seltsame Gefühl von Trauer wegzudrücken. Meine Finger hielten inne. Ich sollte die Kette nicht mehr tragen. »Danke, die war ein Geschenk.«

»Professor übrigens«, sagte er, sah meine Verwirrung und stutzte. »Ich bin ein Professor, kein Lehrer. Und ich nehme an, du gibst deinen Job auf, sobald du eine eigene Familie hast, ja?«

Ich sah ihn verständnislos an. »Wie bitte?«

Er erwiderte meinen Blick und zog eine Braue hoch. Seine dunklen Haare saßen makellos. »Deine Kinder, die du einmal haben möchtest. In deinem Profil stand, dass du Kinder willst. Du würdest deinen Job aufgeben, um sie großzuziehen, ja? Das ist sehr wichtig für mich, denn ich will nicht, dass meine berufliche Laufbahn beeinträchtigt wird.«

»Natürlich. Warum solltest du?«, sagte ich schwach und trank die letzten Tropfen aus meinem Weinglas. Ich hatte jeden davon nötig.

»Also bist du dazu bereit? Wie erfrischend.« Er wandte sich wieder dem »Fingerfood für zwei« zu, das er bestellt und dann prompt auf seine Tischhälfte gezogen hatte.

Nein. Ich gab auf. Zwanzig Minuten waren mehr als genug, um jemandem einen Vertrauensvorschuss zu gewähren. Genervt schaute ich zur Bar und fing Meeras Blick auf, tippte drei Mal mit den Fingerspitzen an die Tischkante und verdrehte die Augen. Sie zapfte ein großes Bier und brachte es Reggie mit einem liebenswürdigen Lächeln, das bei ihr eine Seltenheit war. Dann neigte sie den Kopf zur Seite und blickte mich an, als wollte sie sagen: Bist du sicher, dass du gerettet werden musst, Rina? Es sieht aus, als hättest du richtig viel Spaß.

Ich machte große Augen und einen Schmollmund. *Ja, hilf mir, du vorlaute Kuh! Rette mich!*

Sie nickte und konnte sich das Grinsen kaum verkneifen. Mit fünf Schritten stand sie an unserem Tisch.

»Es gibt einen Notfall«, verkündete sie hölzern und band sich ihre schwarzen Haare dabei zum Pferdeschwanz. Sie versuchte nicht mal, überzeugend zu klingen. »Es ist schrecklich wichtig. Timmy ist in einen Brunnen gefallen.«

»Was?« Michael runzelte die Stirn. »Verzeihung, Sie stören uns bei unserem ersten Date.«

»Meine Güte, ja, die sexuelle Spannung zwischen euch schlägt fast schon Funken.«

»Es tut mir leid, ich muss gehen. Notfall und so.« Ich stand auf und legte einen Zehner für mein Glas Wein hin. »War nett, dich kennenzulernen. Viel Glück mit dem Buch!« Ich nahm Meeras Hand, als sie mich durch den vollen Pub zum Hinterzimmer führte und von da nach draußen auf den kleinen Flecken Kunstrasen, den das Personal den Garten nannte. Das war nur ein abgezäuntes Stück an der Hausseite neben dem tatsächlichen Garten, wo die Angestellten in Ruhe durchatmen konnten. Ich lehnte mich an die Wand und schloss die Augen. Wieso bekam ich das nicht hin? Jedes einzelne Date war ein Misserfolg – trotz meiner gründlichen Recherche auf Dealbreakers. Nicht einer hatte Potenzial gehabt. Mit keinem ein zweites Date in den sechs Monaten, seit ich die App entwickelt hatte. Meinen Wunsch nach Anziehung, sexueller Spannung, Verlangen hatte ich längst abgeschrieben und konzentrierte mich nur auf die wichtigen Dinge ... wenn meine Dates schon katastrophal waren, dann wollte ich dabei wenigstens etwas zu lachen haben.

»Du schuldest mir was.« Meera saugte an ihrer E-Zigarette. »Mal wieder.«

Sie war nicht mehr das brave indische Mädchen, das ich am ersten Tag in der Grundschule kennengelernt hatte, inzwischen hatte sie sich zu einem tätowierten harten Typ mit Undercut und Nasenring entwickelt. Das passierte offenbar, wenn keiner da war, der einen an der Entwicklung hinderte. Wenn man keinen Partner hatte, der einen zu Hause hielt, keine Eltern, die die Verwandlung ihres süßen Mädchens in eine zornige Barkeeperin beklagten. Dann konnte man sich frei entfalten. Die trockenen, sarkastischen Retourkutschen und das Bestreben, die gefühlsduselige Seite einer Freundschaft zu ignorieren, waren allerdings noch genauso vorhanden wie vor zwanzig Jahren.

»Schreib's auf meinen Deckel«, sagte ich fröhlich und blies ihr einen Kuss zu. Dann öffnete ich Dealbreakers. »In Michaels Profil haben definitiv ein paar Details gefehlt, das steht fest.«

»Oh, die Meinungsäußerungen von irgendwelchen Frauen im Internet haben dir also keinen perfekten Treffer gebracht? Ich bin geschockt.« Meera verdrehte die Augen, grinste aber.

Dealbreakers war eine Overlay-App. Im Wesentlichen öffnete man sie auf seinem Handy, und sie zog Daten von lauter anderen Dating-Apps zusammen. Egal auf welcher

App sich ein Match ergab, man sah die Bewertungen der Frauen, die sich vorher mit demjenigen getroffen hatten.

Bei meinen unzähligen Dates in den letzten Monaten hatte ich die Erfahrung gemacht, dass die Männer bei ihrer Selbstdarstellung im Internet logen. Und manche glaubten diese Lügen sogar selbst.

So kam ich zu dem Schluss, dass man nur den Bewertungen glauben konnte. Und deshalb entwickelte ich die App und teilte sie diskret in einem Forum für Programmiererinnen. Seitdem hatte sie Fahrt aufgenommen, mehr Userinnen, mehr Bewertungen, Red Flags und gelegentlich ein Super-Typ-Button, um anzuzeigen, dass der Mann supernett, aber nicht der richtige gewesen war.

Ich war stolz darauf. Sie funktionierte. Hunderte Frauen hinterließen Kommentare und sparten hoffentlich Zeit, indem sie sich mit keinem trafen, der für sie nicht infrage kam. Daten erforderte Zeit, und die hatte ich nicht. Welche Frau hatte schon Zeit, zwei Wochen lang mit jemandem zu chatten und sich dann erst mit ihm zu treffen, nur um festzustellen, dass ihr seine Micky-Maus-Stimme oder seine abgekauten Nägel zuwider waren? Man konnte endlos Männer daten, die angeblich Kinder wollten oder behaupteten, sie stünden ihren Eltern nahe, oder was immer man gern hören wollte. Und die gerne wanderten. Wieso stand jeder, der auf einer Dating-Seite angemeldet war, auf Wandern? Im wirklichen Leben war ich noch keinem begegnet, der gerne wanderte.

Die App war jedenfalls meine Art, faire Verhältnisse zu schaffen. Na gut, das klappte vielleicht nicht immer, aber auf diese Weise war der Abend nicht ganz verschwendet, wenn man eine Niete gezogen hatte, sondern nutzte anderen

Frauen durch die gepostete Bewertung. Und vielleicht wollte ja eine andere Michael anhimmeln, seine Bücher verschlingen und die ideale Mutter seiner Kinder werden. Nur ich nicht.

»Sie hatten recht. Ich musste mich nur selbst davon überzeugen. Auf dem Papier sah er so gut aus.« Hastig tippte ich ein paar Bemerkungen darüber, wie er kaute, über sein Buch schwadronierte und dass er von seiner Zukünftigen verlangte, ihre Karriere aufzugeben, sobald sie ein Kind hatte. »Außerdem habe ich anderen Frauen etwas erspart. Das ist alles zum Wohl der Allgemeinheit. Kein Date ist Zeitverschwendung.«

Meera zog die Brauen hoch. »Wenn man mit dem Typen weder lachen noch vögeln kann, hat man den Abend vergeudet.« Sie blies einen Dampfkringel in die Luft.

Hinter uns wurde die Tür geöffnet, und Bec streckte den Kopf nach draußen. Rosa Haare fingen den Lampenschein ein. Sie nickte uns zu, als sie sah, dass wir es waren. Auch eine, die sich seit der Schulzeit zu einem Schmetterling entpuppt hatte. Bec war unser Puzzlestück, unser ausgleichendes Element. Ich stand auf Kontrolle, Meera auf Chaos und Bec auf größtmöglichen Spaß. Wenn ich meine Freundinnen nicht hätte, dachte ich manchmal, dann wäre ich niemand. Nirgendwo konnte ich so sehr ich selbst sein wie bei ihnen. Wahrscheinlich tauchte Bec deshalb jedes Mal im Pub auf, wenn ich ein Date hatte.

»Ah, spät wie immer.« Meera grinste sie an. »Wo warst du, als Miss Marina vor ihrem neusten Fehlgriff gerettet werden musste?«

»Meine Uhr geht anders, das weißt du.« Sie hielt mir einen Teller hin. »Von Marco für dich, ein Bacon-Sandwich. Ist da was zwischen euch? Wieso schenkt er mir kein Bacon-Sandwich, wenn ich herkomme?« Sie drückte mir den Teller in die Hand und zog ein Päckchen Zigaretten hervor.

Ich zog die Nase kraus. »Er hat bloß Mitleid mit mir. Wenn ich ein Date hierherbringe, bekomme ich ein Sandwich, damit es den Alkohol und die Enttäuschung aufsaugt.«

Meera lachte. »Das ist seine Art, dir für den gesteigerten Umsatz zu danken.« Sie arbeitete im Treasure, seit sie das Jurastudium geschmissen hatte, und seitdem gingen Bec und ich auch in diesen Pub. Folglich hatten wir unsere Geburtstage und Becs spontan organisierten Junggesellinnenabschied hier gefeiert und trafen uns jeden Donnerstagabend. Aber hauptsächlich kamen wir hierher, weil ich mich darauf verlassen konnte, dass meine liebste Barkeeperin mich mit hochgezogener Augenbraue aus einem blöden Date befreite und meine andere beste Freundin mich hinterher nach Hause brachte. Sicher und praktisch – das war mir am wichtigsten.

»Wieder ein Reinfall?«, fragte Bec. »Was war diesmal verkehrt?«

Ich setzte zur Antwort an, doch Meera kam mir zuvor.

»Von sich eingenommen, überheblich, zu viel Rasierwasser, und er war so dumm, nicht sofort vor Marina auf die Knie zu fallen und ihre winzigen, hässlichen Füße anzubeten.«

»Hey.« Ich warf einen Brotkrümel nach ihr. »Entschuldige mal. Meine Füße sind normal groß und nicht hässlicher als die anderer Leute.«

»Was stand bei Dealbreakers?«, fragte Bec und spielte unbewusst mit ihrem altmodischen rubinbesetzten Ehering.

»Von sich eingenommen, überheblich ...«, begann Meera grinsend. »Aber sie hat im Zweifel für den Angeklagten plädiert und schon vorher ihre Ansprüche heruntergeschraubt.«

»In seiner Profilbeschreibung stand, dass er Kinder will! Im Profilfoto hatte er einen Welpen auf dem Arm! Das machte leider den Fünfziger-Jahre-Unsinn nicht wett, der aus seinem Mund kam. Ich hätte den Frauen glauben sollen, die vor mir mit ihm aus waren.« Ich hob abwehrend die Hand. »Ich habe meine Lektion gelernt. Unsere Schwestern irren sich nicht.«

Und das stimmte. Es steckte monatelange Arbeit darin, aber es gab zu fast allen Männern der meisten Dating-Apps umfangreiche Ordner. Das Problem war, dass ich mich allmählich fragte, ob für mich überhaupt einer dabei war. Das Ziel war, sich nur auf die eigenen K.-o.-Kriterien zu konzentrieren. Unhöflich zu den Pub-Angestellten? Ging gar nicht. Hoffnungslos ungeschickt? Für mich kein großes Problem. Ich war wählerisch, nicht irre.

»Tja, ich finde, du kannst stolz sein, dass sich deine Datingskills verbessern, auch wenn das auf deine Männerwahl nicht zutrifft«, sagte Bec ermutigend und klaubte ein Bröckchen Speck von meinem Teller.

»Was für Datingskills?«, fragte ich lachend. »Dass ich schon nach dreißig Sekunden weiß, dass er nicht zu mir passt?«

»Dass sie es komplett ignoriert, wenn sie mit dem Typen Sex haben will?« Meera riss sich nachdenklich ein Stück Brotrinde von meinem Sandwich ab.

»Nein, ich meine den Small Talk und den Kennenlernscheiß. Vor ein paar Monaten benutzte unsere Marina noch

Spickzettel, um das Gespräch am Laufen zu halten. Und jetzt sieh sie dir an – sie ist nach längstens zwanzig Minuten mit einem Date fertig.«

Ich sah sie an. »Ich ... weiß es zu schätzen, dass du das positiv siehst. Glaube ich.«

Sie lachte, und dann schien ihr etwas einzufallen. »Oh! Um die Unterhaltung für einen Moment auf ein weniger sexismusverdächtiges Thema zu bringen: Ich habe ein Geschenk für dich!« Bec setzte ihre Hornbrille ab und rieb die Gläser an ihrem Rautenmustershirt.

»Oh Gott, was denn? Du weißt, dass ich keinen Platz habe.« Ich wohnte in Becs Gästezimmer, das mir jeden Tag kleiner vorkam. Es waren schon zweihunderteinundvierzig Tage. Die Wände kamen mir allmählich entgegen.

»Keine Sorge, keiner schenkt mehr Zeug. Es ist ein Geschenk von uns beiden! Ich habe Meera und mich bei deinem Töpferkurs angemeldet.«

»Du hast was?«, keuchte ich.

»Du hast WAS?«, wiederholte Meera entsetzt.

»Du hast gesagt, du plagst dich damit ab, und ich wollte dich bei einem Hobby unterstützen, bei dem es nicht darum geht, den perfekten Mann oder die perfekte Wohnung zu finden oder den perfekten Bugfix anzupreisen.« Bec sah mich an, ihr schönes rundes Gesicht war plötzlich verkniffen und ernst. Es sagte: Sei jetzt bloß nicht undankbar, ich warne dich.

»Das wird lustig!«, jubelte sie. »Wie früher im Kunstunterricht bei Mrs Jacobs.«

»Du warst als Einzige gut in Kunst«, sagte Meera schwach. »Marina und ich haben immer nur unsere Namen in den Tisch geritzt und uns mit Farbe bespritzt.«

»Ja, klar, aber du musst etwas unternehmen, was Spaß macht, und Marina muss etwas tun, worin sie beschissen ist.«

»Hey!« Ich seufzte. »Die Lehrerin meinte, ich werde besser.«

»Ich glaube, deine Lehrerin hat eine Hornhautverkrümmung.« Bec grinste. Dann kehrte der entschlossene Blick zurück. »Sag danke, sei freundlich, mach weiter.«

»Danke«, brummten Meera und ich.

So war es immer gewesen: Meera zynisch, ich perfektionistisch, Bec der chaotische Freigeist. Allerdings lag Bec von uns dreien im Rennen ums Erwachsensein derzeit weit vorn, und damit hätte keiner gerechnet. Auch sie nicht.

Das Mädchen, das keine Ahnung hatte, was es mit seinem Leben anfangen wollte, und erst mal in einem Londoner Friseursalon Haare auffegte, um sich darüber klar zu werden, war inzwischen Inhaberin jenes Salons. Vor vier Monaten hatte ich ihr Matt vorgestellt, mit dem ich mich einmal verabredet hatte, weil er auch als App-Entwickler arbeitete. Wir hatten zu viel gemeinsam gehabt, und deshalb machte ich ihn mit Bec bekannt (außerdem reiste er nicht gern und stand auf Reptilien).

Sie gingen drei Wochen miteinander aus und heirateten an einem Mittwoch. Und als mein Vermieter für die Wohnung, die ich mit Adam geteilt hatte, die Miete erhöhte, sodass ich sie mir nicht mehr leisten konnte, ließen sie mich in ihr Gästezimmer einziehen. Anstatt weiter meine eigene Hochzeit zu planen (heimlich auf einem verborgenen Pinterest-Board) lebte ich bei zwei frisch Vermählten. Mein Fünf-Jahres-Plan würde offenbar nicht ganz zu halten sein.

Meine Sachen waren eingelagert. Alle paar Wochen ging

ich hin, um mir vor Augen zu führen, dass ich etwas besaß. Ich hatte die Dinge, die man zum Leben brauchte. Backutensilien und Sofakissen und eine Fußmatte. Ich vermisste meine Gläser aus dem Secondhandladen und die Abendessen mit Freunden, bei denen ich das Essen auf ausgefallenen Platten servierte. Sicher, das war nur Zeug, aber es fehlte mir. Sobald ich die perfekte Wohnung gefunden hätte, würde ich ausziehen und es aus dem Lagerraum holen.

»Komm, ich bring dich nach Hause.« Bec hielt mir die Hand hin. Ich nahm sie sofort und drückte sie. Das war unsere Routine. Ich verabredete mich mit einem schrecklichen Typen im Treasure, und Bec begleitete mich auf dem Heimweg. Anfangs hatte sie das aus Sicherheitsgründen getan, aber inzwischen glaubte ich, sie wollte mich damit trösten. So oder so, meine beste Freundin wollte mir die Hand halten, selbst wenn ich ihr Arbeitszimmer besetzte und sie davon abhielt, Frischvermähltensex auf dem Küchenfußboden zu haben. Ich war ein Glückspilz.

»Danke, ganz ehrlich. Ich weiß nicht, was ich getan hätte, wenn ihr mir das Zimmer nicht gegeben hättet«, sagte ich. Wir gingen die stille Straße entlang zu dem schönen viktorianischen Reihenhaus, in dem sich Becs Wohnung befand.

»Du musst mal aufhören, mir zu danken.« Bec drückte meine Hand und schüttelte sie ermahnend. »Es ist schön, dich bei uns zu haben. Und wenn du deine instagramwürdige Erdgeschosswohnung mit Garten und Bücherecke gefunden hast, die noch dazu hell genug ist für eine Tomatenstaude, dann werde ich dich sicher vermissen.«

Ich zog die Brauen zusammen. »Du findest, ich bin zu wählerisch?«

»Ich finde, du bist genau richtig.« Bec lächelte schulterzuckend. »Und wer bin ich, um Marina Spicer zu sagen, sie soll ihre wunderbare Persönlichkeit ablegen?«

»Ich sollte meine Erwartungen herunterschrauben«, sagte ich, während wir durch die Dämmerung gingen. »Das sollte ich wirklich. Es ist nur ... Ich habe meine Wohnung geliebt. Sie war perfekt.«

Das war sie. Meine Wohnung mit Adam war ein Werk der Liebe gewesen. So war das eben, wenn man seit dem fünfzehnten Lebensjahr mit jemandem ging und dann zusammenzog, anstatt ein Zimmer im Studentenwohnheim zu nehmen. Man hatte genug Zeit und Platz und verfügbares Einkommen, auch weil man neue Freunde nicht ermunterte, sich bei einem einzunisten. So konnte man sich eine Sammlung schön gerahmter Kunst zulegen, anstatt Poster mit Patafix an die Wand zu kleben, einen altmodischen Barwagen mit Flaschen und Gläsern bestücken und am Wochenende alte Möbel überstreichen, bis Freunde vorbeikamen und mit offenem Mund staunten, wie gut man alles geregelt kriegte. Wie erwachsen man war.

»Ich weiß«, sagte sie weise. Arme Bec. Sie musste das Thema absolut leid sein. Und wie oft hatte ich in den letzten Monaten meiner traumhaften Wohnung nachgetrauert? Es war leichter, deswegen zu jammern, als darüber zu reden, dass Adam gegangen war. Lieber tat ich so, als wären Hartholzböden und eine für East London verblüffend helle Wohnung jetzt das Wichtigste und als würde ich einfach abhaken, dass mich der Mann verlassen hatte, mit dem ich mein ganzes Leben verbringen wollte. Bis zum Verlust der Wohnung hatte ich die Trennung im Grunde nicht als real betrachtet.

Ich war mein Gejammer selbst leid.

»Und wie läuft's bei der Arbeit?« Ich wechselte das Thema und lernte aus meiner Erfahrung mit Michael. Stell Fragen und hör zu.

»Stell dir vor, ich habe Marjorie überzeugt, hellviolette Strähnen auszuprobieren.« Bec strahlte und holte ihr Handy heraus, um es mir zu zeigen. »Sie sieht toll aus.«

»Marjorie, die fünfundachtzig ist?«

»Die fünfundachtzig ist und das prominenteste Modelabel der Stadt gegründet hat. Sie ist schon legendär.« Sie fasste sich an die Brust, als wäre sie überwältigt. »Und ich hatte Einfluss auf sie. Wie aufregend!«

»Toll, wie du dich begeistern kannst.«

»Und du? Kreierst du eine furchterregende KI, die die Weltherrschaft übernehmen und uns alle versklaven wird?«

»Nee, das kommt erst nächste Woche.« Ich schnaubte, dann seufzte ich. »Bin noch im Wortgefecht mit der Marketingabteilung.«

»Der Typ mit den bissigen E-Mails?«

»Jep, lauter passiv-aggressive Höflichkeiten. Inzwischen reagiert er auf meine E-Mails mit einem schlichten k, also weiß ich, dass er echt angepisst ist.« Ich grinste. »Das ist besser als Kaffee. Wirklich belebend, weißt du?«

»So konfrontativ, das sieht dir gar nicht ähnlich.« Bec schnaubte, und ich nickte.

»Bei manchen Leuten lohnt sich die Mühe«, sagte ich lachend, und in dem Moment vibrierte mein Handy in der Tasche.

»Ist deine Präsentation morgen?«

Ich verzog das Gesicht und atmete tief durch. »Ich will

erreichen, dass ich befördert werde. Ich hätte das erste Angebot gar nicht akzeptieren dürfen. Und es fehlt mir, ein großes Team zu leiten. Ich darf keine Rückschritte mehr hinnehmen.« *In keinem Bereich meines Lebens.*

Bec nahm einen tiefen Zug aus ihrer E-Zigarette. »Wie kommst du damit klar, vor lauter Leuten zu sprechen?«

»Ich würde mir lieber das Lego-Raumschiff auf den Kopf hauen, das meine Bosse in ihrem kindisch-maskulinen Büro ausgestellt haben.«

Bec lachte und musste schließlich husten. Dabei summte mein Handy wieder, und ich schaute aufs Display.

Bin heute an dem Geschäft in Dulwich vorbeigekommen, wo wir die Flamingogläser gekauft haben. Sie haben jetzt einen riesigen Flamingo im Schaufenster. Dabei musste ich an dich denken.

Ich blieb stehen und starrte auf die Nachricht. Nein, es war wirklich keine gute Idee, mit dem Mann befreundet zu bleiben, der mit seinen verdreckten Turnschuhen auf meinem Herzen herumgetrampelt war.

Nach einem Moment Schweigen fragte Bec: »Adam?«

Als ich nickte, spähte sie auf mein Display.

»Mistkerl.«

Ich drehte lachend den Kopf. »Womit hat er sich das verdient?«

»Weil er glaubt, er hätte nach allem, was er getan hat, das Recht, dir zu schreiben.« Sie fletschte die Zähne und knurrte. Die beiden waren auch mal befreundet gewesen. Wir alle. Ich hatte die Freunde nach der Trennung behalten.

»Menschen dürfen sich entwickeln, Bec. Sie dürfen verschiedene Dinge wollen«, sagte ich zu seiner Verteidigung, denn das war wahr. »Ich wünschte nur, er hätte es mir gesagt, bevor ich die Schwangerschaftsvitamine schluckte. Dann hätte ich auch nicht wegen des großen Mutterschaftspakets den öden Job in dem blöden Start-up angenommen.«

Plötzlich standen wir vor Becs Haus auf der grünen Vorstadtstraße, die für London typisch war. Wir setzten uns auf die Vorgartenmauer, und sie zündete sich die letzte Zigarette des Abends an.

»Tja, morgen, wenn du deine große aufregende Präsentation hältst, um zu einer Boss Bitch aufzusteigen, wird das blöde Kumpel-Start-up anfangen, Geld zu scheffeln und Eindruck zu machen. Und du wirst das Herzstück sein.«

Ich drückte mir bloß schweigend die Daumen. Ich näherte mich meinem Ziel, die Entwicklungsabteilung zu leiten, ein Team zu führen, Programmiererinnen auszubilden und die Branche zu verändern. Die Beförderung war ein wichtiger Schritt in meinem Fünf-Jahres-Plan, auf dem Weg zu meinem neuen Ich mit der todschicken Frisur und der Capsule Wardrobe, der Wohnung mit Garten und dem Traummann.

Ich dachte an Adams Textnachricht. Ich erinnerte mich an das Geschäft, sah es noch vor mir, wie ich die Flamingogläser im Schaufenster entdeckte und lachend in die Hände klatschte und wie er die Arme um meine Taille legte. Er sagte damals oft, es sei eine meiner besten Eigenschaften, dass mich die einfachsten Dinge glücklich machen konnten.

War es nicht das einfachste Ding der Welt, jemanden kennenzulernen, sich zu verlieben, sein Leben zu gestalten?

Als ich Bec in die Wohnung folgte und sah, wie Matts Augen aufleuchteten, weil er sich freute, sie zu sehen, gab ich mir das Versprechen, das eines Tages auch zu haben. Ich würde dafür tun, was ich konnte. Ich würde es wahr machen.

Ich hatte eine App entwickelt, um anderen Frauen miese Dates zu ersparen. Wie schwer konnte es für mich sein, ein scheiterndes Start-up zum Erfolg zu führen?

Morgen sollte es damit losgehen, und diesmal würde ich mich von keinem mehr zurückhalten lassen.

2

Er war unnötig aggressiv, als ich sagte, dass ich die Beatles nicht mag. Na ja, man sollte Leuten ihre Meinung lassen.

»Marina Bambina! Come stai?«

Ich gab mir Mühe, nicht zusammenzuzucken, als ich vom Schreibtisch aufblickte. Harriet, die mir gegenübersaß, zog die Brauen hoch und schaltete dann für die Bosse ihr Megawattlächeln ein.

Joe und Joey, die beiden CEOs von LetsGO, waren genau die Typen, wie man sie in einem Start-up erwartete – laut, gewinnend und unendlich zuversichtlich, auch wenn es dazu keinen Grund gab. Joe war mir einen Tick sympathischer, aber nur weil seine dunklen Haare über ein Auge fielen wie bei der Emo-Boygroup meiner Jugend. Er war auch ein bisschen ruhiger.

Joey war kleiner, blond und hatte sich angewöhnt, über seinem verschlissenen T-Shirt und den zerrissenen Jeans ein Jackett mit Einstecktuch zu tragen. Es sah aus, als hätte er sich das Starterpack für Start-up-CEOs gekauft.

Er redete mit mir auch ständig in italienischen, spanischen oder portugiesischen Satzbrocken, obwohl ich ihm schon dreimal erklärt hatte, dass ich aus Forest Hill stammte.

Dummerweise hatte ich mal erwähnt, dass meine Mutter zur Hälfte Italienerin war. Dabei kannte sie nicht mal ein anständiges Lasagne-Rezept. Das Exotischste an mir war, dass ich in der Kebab-Bude in meinem Viertel mit Namen begrüßt wurde.

»Hey, Boss.« Ich salutierte, und er wackelte grinsend mit seiner Brille, indem er die Ohren bewegte. Er schien es zu lieben und zugleich zu hassen, wenn er daran erinnert wurde, dass er der Boss war. Ich weiß nicht, ob er sich cool fühlen wollte oder ob ihm das bewusst machte, dass er verantwortlich war für dieses Start-up, in dem viel Geld steckte und das noch immer nicht aus den Startlöchern kam.

»Also, Marina, wir sind alle Ruderer in diesem fantastischen Boot, klar? Da gibt es keine Bosse, nur den Lotsen während der Fahrt.« Manchmal wollte ich die Faust gegen sein schönes Kinn rammen.

»Klar.« Ich trank von meinem Kaffee und lächelte krampfhaft. Mir taten schon die Wangenmuskeln weh.

Joe kam herein. Er war immer in der Nähe seines Geschäftspartners, als wären die beiden Ant und Dec und suchten immer eine Gelegenheit als Duo aufzutreten. Die zwei Joes.

Joe trug gern Turtlenecks, sogar im Frühjahr. Als wäre er Steve Jobs und Joey wäre Zuckerberg. Ich empfand eine seltsame Zuneigung für sie, zwei kleine Jungs, die Start-up spielten und dabei Anregung und Umarmungen brauchten.

»Bist du bereit, uns zu verblüffen?«, fragte Joe. Herzlich lächelnd strich er sich die dunklen Haare aus der Stirn, dann wurde er von seinem Handy abgelenkt.

»Oh, absolut«, versprach ich grinsend. »Datenorganisation mag langweilig klingen, aber ich verspreche, ich habe GIFs.« Auf der Arbeit musste ich mich anbiedern. Die meiste Zeit des Tages schüttelte ich über mich selbst den Kopf.

Es fiel mir schwer, mit Leuten zu reden. All diese Gespräche am Wasserspender bereiteten mir körperliche Schmerzen. Wenn ich fünfzehn Minuten lang versucht hatte, mit Bemerkungen über das Wetter eine Unterhaltung in Gang zu bringen, war mir, als müsste ich sterben. Ich wusste nicht, ob ich deswegen unbeholfen oder unhöflich war, aber am liebsten wollte ich einfach nur ins Büro kommen, meine Arbeit erledigen und wieder nach Hause gehen zu den Leuten, die ich schon kannte und mochte. Die mich nicht fragten, ob ich am Wochenende etwas Schönes unternehmen würde. Denn ich konnte darauf eigentlich nichts Cooles antworten. Allenfalls so tun, als wäre Töpfern ein legitimes Hobby und nichts, zu dem ich mich jede Woche zwingen musste, kein Ausdauertest für jemanden, der mit Ton absolut nichts zustande brachte.

Und LetsGO stand auf das Geschwafel, von wegen wir wären eine Familie, doch das bedeutete nichts weiter als Überstunden und dass noch mehr Leute so taten, als würden sie den Druck als Herausforderung nehmen. Noch eine Jobanzeige mit dem Spruch »Hart arbeiten und das Leben genießen«, und ich würde hart austeilen.

Die Geschäftsidee war jedoch toll, und unsere schicken Glasbüros in der Nähe der Canary Wharf sahen definitiv nach #Girlboss aus. Auch wenn der Kaffee schauderhaft schmeckte und der kostenlose Süßigkeitenmix, den es freitags gab, die Fahrtkosten nicht wettmachte. LetsGO war eine Webseite, auf der man Freizeitaktivitäten in der Stadt buchen konnte. Ob ruhige oder abenteuerliche, wir fanden für jeden etwas ganz Besonderes. Wir propagierten, dass sich niemand zu langweilen brauchte, denn es gab viele attraktive Angebote, um etwas zu unternehmen. Das war ein großartiges Konzept.

Doch jeden Tag stundenlang besagte Aktivitäten auf der Seite umzugruppieren, weil der Marketingabteilung ständig etwas Neues einfiel, das brachte mich um. *Kannst du das mal eben machen? Das ist bestimmt kein großer Aufwand …* Grr.

Ich drehte mich zu Joe und Joey um, plötzlich erpicht darauf, mir Gehör zu verschaffen, bevor sie mit ihrem Kaffee in den Konferenzraum verschwanden.

»Hey, Leute, ich habe nachgedacht … Wenn euch gefällt, was ich heute präsentiere, meine Idee …« Ich räusperte mich, weil meine Kehle plötzlich trocken war. »Vielleicht sollte ich sie dann umsetzen dürfen? Indem ihr mir die Leitung der Entwicklungsabteilung gebt und das Team vergrößert?«

Harriet saß mit ihrem Hafermilchlatte an ihrem Schreibtisch und tippte mit ihrem flauschigen violetten Kuli an den Kopfhörer, in dem eindeutig keine Musik dudelte. Nach meiner Frage wackelte sie mit den Brauen, reckte beide Daumen und formte mit den Lippen: *Super, Bitch!*

Leise schnaubend verkniff ich mir das Grinsen und konzentrierte mich auf die CEOs.

Das Schweigen schien ewig zu dauern, und sie machten so ausdruckslose Gesichter, als hätten sie noch nie was von Beförderung gehört.

Plötzlich reckte Joey die Faust, sodass ich erschrocken zurückwich.

»Gott, Marina, ich *liebe* deine Energie! Ja, das ist der Unternehmergeist, den wir brauchen! Die Machermentalität.«

Er sah Joe an, der nachdenklich nickte und den Kopf zur Seite neigte. »Ich wusste gar nicht, dass du am Management interessiert bist, Marina.«

Fünf-Jahres-Plan, Baby.

Ich zuckte die Schultern. »Ich nutze gern jede Gelegenheit zur Weiterentwicklung.«

»Tja ...« Joe sah zu seinem Partner, der so enthusiastisch wirkte, als würde er gleich ins All starten. »Hören wir uns deine Präsentation an, dann können wir reden.«

Ich nickte und atmete tief durch.

»Bis gleich«, sagte Joe freundlich, und sie gingen zum Konferenzraum.

Ich sah auf die Uhr. Jep, alle standen von ihrem Schreibtisch auf. Ich versuchte, meine Panik zu unterdrücken, und holte noch mal tief Luft.

Harriet stand unvermittelt mit einem Glas Wasser vor mir. Ich leerte es mit drei großen Schlucken, plötzlich sehr durstig, und versuchte, an etwas anderes zu denken als die drohende Peinlichkeit, falls die Präsentation schlecht lief und Joe und Joey mich mitleidig anblickten.

Harriet zupfte an einem ihrer roten Rattenschwänze, eine moderne Pippi Langstrumpf. Eine Pippi, die Programmiererin geworden war und auf Death Metal stand.

»Gut, dass du etwas für dich forderst! Aber ... dir ist schon klar, dass dich keiner dazu gezwungen hat?« Sie hatte die dunklen Brauen skeptisch hochgezogen und schaute auf das leere Wasserglas. »Du hast dich freiwillig für die Präsentation gemeldet.«

»Ich habe eine Chance zur Verbesserung gesehen. Das ist meine Verantwortung.« *Selbst wenn ich dabei kotzen möchte.*

Warum willst du der Boss sein, Marina? Ich bin mir nicht sicher, ob das deiner Veranlagung entspricht, Darling. Ein Team leiten würde dich nur stressen. Manche Leute sind Löwen, andere sind … Ameisen. Meine Mutter hatte diesen Morgen, als sie mich anrief, um mir Glück zu wünschen, ihre typische Ängstlichkeit an den Tag gelegt.

Von wegen. Ich konnte auch Schwieriges. Darum ging es schließlich beim Erwachsensein. Und mein künftiges todschick frisiertes, diszipliniertes Ich war darauf angewiesen, dass ich beruflich aufstieg.

Ich stand auf und zog mir den blauen Blazer über, den ich gern zu T-Shirt und Jeans trug. Ich steckte mir die Glücksbringerohrringe an, die mit den kleinen blauen Pompons. Harriet nickte und ging voraus.

Der Konferenzraum war voll. Leute standen in Grüppchen herum, saßen auf Tischen oder lehnten an den Milchglaswänden. Vorn lümmelten einige auf den hellgrünen Sitzsäcken. Ich ging langsam zum Pult, um meinen Laptop startklar zu machen. Wie so oft fasste ich nervös mit dem Daumen an die Anhänger meiner Kette, um mich zu beruhigen. Ich sollte wirklich aufhören, das Ding zu tragen.

Harriet machte es sich in einem Sitzsack bequem und zupfte an den Fäden ihrer zerrissenen Jeans. Ravi ließ sich neben sie plumpsen und winkte mir zu. Unser kleines Team. Das Team, das ich gern vergrößern und leiten wollte.

Ich holte tief Luft und dachte an meine schöne künftige Eigentumswohnung mit dem idealen grünen Veloursofa und dem instagramwürdigen Barwagen mit dem Neonschild darüber. Meine Wohlfühloase. Ich konnte das schaffen.

»Leute! Hallo!« Joey stieg auf einen Tisch, um die Aufmerksamkeit aller zu bekommen, was völlig unnötig war. »Heute Morgen bekommen wir etwas geboten! Eine fantastische Präsentation von unserer erfahrenen Softwareentwicklerin Marina! Marina ... verblüffe uns!«

Kein Druck.

Ich schaute über das Meer von Gesichtern, die ich nur vage erkannte. Die strahlend weißen Wände und die bodentiefen Fenster mit der Aussicht über die Stadt wirkten auf mich ein bisschen abschreckend. In dem Konferenzraum wünschte ich mir immer eine Sonnenbrille. Die meisten Kollegen saßen auf den Schreibtischen anstatt auf den Stühlen und baumelten mit den Beinen. Einige lehnten an der Wand, da sie glaubten, die Sache sei in fünf Minuten vorbei.

Ringsherum hingen große Motivationsposter mit kitschigen Sprüchen wie »Lebe deine Träume« oder »Arbeite hart und genieße das Leben«. Vage Ratschläge, die niemandem weiterhalfen, nur irgendwie positiv rüberkamen. Die Joes liebten solches Zeug.

Hinter mir leuchtete ein Bildschirm auf. Ich tippte auf mein Tablet und vergewisserte mich mit einem Blick über die Schulter, ob die richtige Folie gezeigt wurde. Ich schaute wieder zu den Kollegen und fragte mich, ob es schlecht war, dass ich nur so wenige mit Namen kannte.

Ich kannte Martha vom Marketing, das ständig besorgte Stirnrunzeln. Ich erkannte Tara von der Rezeption und die beiden Kollegen aus dem Personalbüro und die ständig johlenden Zwanzigjährigen aus dem Vertrieb, die immerzu einen High-Five machten und Tüten mit Kartoffelchips durchs Büro warfen. Die sahen mich jetzt alle ausdruckslos an. Die meisten würden mich außerhalb des Büros wahrscheinlich nicht erkennen, selbst wenn sie es versuchten.

»Hallo, Leute, ich werde versuchen, es kurz zu machen, versprochen!« *Toll, Marina, nicht gerade beeindruckend.* »Joe und Joey lassen mich freundlicherweise ein paar Gedanken mit euch teilen, wie wir die Events auf der Seite ordnen. Das Problem dabei ist die Kategorisierung.« Ich klickte durch meine Präsentation und zeigte die Simulation der aktuellen Seite mit den angebotenen Aktivitäten. »Also, ihr findet zum Beispiel jemanden, der eigentlich Bungeejumping-Enthusiast ist und einen Nachmittag lang Lamas auf einer Farm füttern möchte, aber ich stelle mir vor, dass die Überschneidung nicht besonders groß ist.«

Höfliches Gekicher aus dem Publikum. *Okay, mach einfach weiter.*

»Was …« Ich räusperte mich und fing mich wieder. »Was uns hier meiner Ansicht nach fehlt, ist das Gruppenelement – die Kunden buchen solche Ausflüge nicht allein. Sie wollen sie mit Freunden unternehmen. Viele davon würden sich für Junggesellen- oder Junggesellinnenabschiede eignen, zum Beispiel Floßbau und Vintage-Make-up-Workshops. Ihr seht es, ja?«

Joey nickte wie ein Irrer. Ich klickte weiter, und meine nächste Simulation erschien. Ich sah engagierte, überraschte Gesichter, als hätten sie nicht erwartet, dass der Nerd aus dem Entwicklungsteam etwas zu sagen hatte. Möglicherweise, weil ich seit meinem Jobantritt tatsächlich nichts gesagt hatte. Ich spürte eine seltsame Erregung – die Sache lief gut!

»Also müssen wir an Gruppen denken«, sagte ich zuversichtlich und zeigte auf meine Simulation. »Wir machen es einfach, die Buchungsinfos zu teilen, wir lassen euch für eine Gruppe buchen und splitten die anfallenden Kosten auf. Vielleicht stellen wir sogar Platz zur Verfügung, wo Fotos von dem Tag geteilt oder Nachrichten gesendet werden können. Daraus werden leicht Empfehlungen und Werbematerial für das Marketingteam.« Ich lächelte Martha zu, und sie blinzelte überrascht. »Leute werden LetsGO mit ihren Freunden nutzen wollen, und wir müssen uns Mühe geben, wir müssen sie mit dem, was wir ihnen bieten, begeistern.«

Ich schaute durch den Raum und sah Leute nicken, lächeln, allgemein zustimmendes Schulterzucken. Nicht nur ich hatte Ideen, das war mir klar, doch ich war die Erste, die sie auf diese Weise präsentierte. Unser Start-up war sehr gut bei attraktiven Vergünstigungen und alkoholischen Werbegeschenken, hatte aber keine Strategie. Wir wurden geführt von zwei Typen, die glaubten, jeder entscheide sich am Freitagmorgen für ein Skiwochenende in den Alpen und könne sich die Last-Minute-Preise leisten. Jeder Schritt war ein Schritt in die richtige Richtung.

Joey klatschte so langsam, dass ich es für sarkastisch gehalten hätte, wenn er zu Sarkasmus fähig gewesen wäre. Aber nein, er wollte nur einen Applaus auslösen. Zum Glück schloss sich ihm keiner an, denn wir waren viel zu britisch für solch ein unnötiges Zeichen der Begeisterung.

»Das ist brillant, Marina! Solche Initiative brauchen wir, die Zielgruppe erkennen und wumm – voll darauf einsteigen.«

Ich strahlte erleichtert. Ich hörte schon Meera sagen: *Du*

warst ein sehr tapferes Mädchen, und jetzt verdienst du eine dicke Gehaltserhöhung und ein Schulterklopfen.

»Ähem.« Ein Kollege, der an der hinteren Wand lehnte, räusperte sich und hob lässig die Hand, gerade genug Kraftaufwand, um unsere Aufmerksamkeit auf sich zu lenken. Es sah aus, als ob ihn nur die Wand aufrecht hielt. Seine braunen, lockigen Haare lugten verwuschelt unter einem Beanie hervor, sein grünes T-Shirt war verknittert, seine Jeans löchrig. Er war über dreißig und kleidete sich wie ein Neunzehnjähriger, und sein höhnisches Lächeln stieß mich sofort ab.

»Ja?«, fragte ich verärgert. »Hast du etwas beizutragen?«

Er grinste mich an. »Ja, hab ich tatsächlich.« Sein nordirischer Akzent war schwach ausgeprägt, aber eindeutig, und ein paar Leute drehten sich nach hinten um und schienen zu rätseln, wer er war. Offenbar kannten sie ihn so wenig wie ich. Er löste sich von der Wand und strich sich das T-Shirt glatt, nur um uns etwas länger auf seinen Beitrag warten zu lassen, die Erwartung zu schüren.

Einer, der sich gern reden hörte.

Ich zog eine Braue hoch und streckte eine Hand aus. »Also ...?«

Er blickte mich herausfordernd an. »Also ... das ist eine sehr gute Idee, Liebes. Nur leider völliger Blödsinn.«

Mein Aufkeuchen war so deutlich zu hören, dass im nächsten Moment alle verlegen lachten.

»Nein, hör mir zu.« Der Unbekannte lächelte über die Reaktion und besaß dann die Frechheit, nach vorn zu kommen und sich vor mir aufzubauen. »Was unsere gute ... Entschuldige, wie war noch gleich dein Name?«

Ich war entschlossen, ihn umzubringen. Mein künftiges

Ich löste sich gerade in Luft auf. Dieser aalglatte Mistkerl ruinierte mir alles.

»Marina«, sagte ich zähneknirschend, und er zwinkerte mir doch tatsächlich zu. Er zwinkerte!

»Ah, Marina! Jetzt verstehe ich«, sagte er, und die Bemerkung gefiel mir gar nicht. »Also, was Marina hier übersieht, ist die klarste Option von allen – Dates.«

Ich zog die Brauen zusammen. »Wir haben einen sehr intuitiven Kalender entwickelt, also denke ich nicht ...«

Er lachte, kurz, kräftig und schrill, als würde er eine Tonleiter hinaufklettern. Ich bemerkte die Blicke der Frauen aus der Buchhaltung, wie sie seine leuchtenden Augen und geschürzten Lippen in sich aufnahmen, als könnten diese Merkmale wettmachen, dass er ein eingebildeter Arsch war, der gerade mein Leben ruinierte.

»Seht ihr, das ist der Punkt! Es geht nicht um Dates, sondern um Dating.« Er sah mich mit hochgezogenen Brauen an, als verstünde sich das eigentlich von selbst. »Wir bieten die aufregendsten Freizeitaktivitäten der Stadt an. Wann möchte man etwas Aufregendes und Beeindruckendes unternehmen? Bei einem Date!«

Der Typ ist beknackt. Ich sah Harriet an, die daraufhin die Augen verdrehte.

»Du gehst mit deinen Dates regelmäßig Fallschirmspringen, ja?«, warf ich ihm an den Kopf, und er grinste mich an und schob die Hände in die Hosentaschen.

»Lass mich raten – du bist eher die Nur-ein-Glas-Wein-ich-muss-morgen-arbeiten-Frau?«

Das war ein persönlicher Angriff, schien mir. Und als hätte jemand mein Tagebuch gelesen.

Ich holte tief Luft und setzte ein breites Lächeln auf. »Nun, sich mit fremden Männern zu treffen ist für eine Frau schon gefährlich genug. Man weiß nie, ob man den Abend vielleicht mit einem Verrückten verbringt. Chaos und Spontaneität mögen in Filmen entzückend wirken. Nicht aber bei einem Mittwochabend-Date mit einem Buchhalter aus Balham, bei dem man nicht weiß, ob er gern Frauen umbringt.«

»Oder zu Tode langweilt«, warf Harriet solidarisch ein.

Seine Mundwinkel zuckten, doch er machte ein betroffenes Gesicht.

»Das klingt allerdings ... nicht nach Spaß.« Er drehte sich zu seinem Publikum um – meinem Publikum – und sprach es an. »Und wollen wir nicht genau dieses Manko aus der Welt schaffen? Leuten helfen, Spaß zu haben?«

Ich stemmte die Hände in die Seiten und hörte ein leises Knurren aus meiner Kehle kommen, ohne dass es mir bewusst war. Er hörte es ebenfalls, mein unbekannter Saboteur. Er grinste darüber. Mit seinen grünen Augen fixierte er meinen Blick ein bisschen zu lange und forderte mich heraus, als Erste wegzugucken. Ich ballte die Fäuste und hielt stand. Ich hätte nicht sagen können, wie lange wir so dastanden und uns niederstarrten, doch zum Glück schritt Joe ein und machte der Pattsituation ein Ende.

Ich wusste, es musste übel sein, denn sein ernstes Gesicht wirkte eulenhaft. »Na, das ist ja *ziemlich* kontrovers. Sind wir das führende Ziel für Freundesgruppen, die zusammen Spaß haben wollen, oder helfen wir mehr, den Verehrer zu beeindrucken?«

Er zog am Halsausschnitt seines schwarzen Pullovers, als wäre er zu eng.

»Unsere Aktivitäten sind für Dates nicht geeignet. Darauf sind sie nicht ausgelegt. Waren sie nie.« Ich zielte auf die Kollegen vom Vertrieb, die schulterzuckend nickten.

»Nur weil deine Dates uninspiriert sind, muss es nicht bei jedem so sein«, konterte der Typ, und bevor ich etwas erwidern konnte, redete er gleich weiter. »Und wenn doch, dann sollten wir das ändern! Dass wir etwas immer so gemacht haben, heißt nicht, dass das richtig war.«

Einen Moment lang stellte ich mir vor, wie ich mich mit einem meiner Dates der letzten sechs Monate woanders getroffen hätte und nicht in einer Bar, die ich sorgfältig danach ausgewählt hatte, ob sie gut beleuchtet war und einen bequemen Fluchtweg bot. Warum sollte ich denn meine Zeit verschwenden, indem ich etwas Cooles mit jemandem unternahm, der wahrscheinlich auch wieder ein Reinfall war? Es war ärgerlich genug, acht Mäuse für ein Glas Wein hinzublättern, das ich meistens nicht mal austrank.

Ich gab die gespielte Höflichkeit auf und warf die Hände hoch. »Entschuldige, wer bist du noch mal?«

Er warf lachend den Kopf zurück, und Joey griff ein. Sichtlich überreizt federte er auf den Zehen wie ein Kleinkind.

»Ah, ausgezeichnete Frage! Das, liebe Leute, ist Lucas Kennedy. Er ist ein sehr talentierter freiberuflicher Werbetexter, der bislang von Belfast aus für uns arbeitet. Unser Marketingteam dürfte mit seinem kunstvollen Textmaterial und großartigen Ideen vertraut sein, aber sein Gesicht wird allen neu sein!«

Lucas Kennedy. Natürlich.

Ich biss die Zähne zusammen, so fest, dass ich fürchtete, Kopfschmerzen auszulösen. Dann machte ich bewusst ein sanfteres Gesicht, während ich ihm zuhörte, der es eindeutig liebte, im Mittelpunkt zu stehen.

»Bin nur hier, um das Terrain zu sondieren, ob es für mich an der Zeit ist, Londoner zu werden«, verkündete er gut gelaunt, dann wagte er es, mir in die Augen zu sehen. Ich stand kurz davor, zu explodieren.

»Du bist Lucas Kennedy«, hauchte ich und hätte beinahe den Kopf geschüttelt, konnte mich aber gerade noch zurückhalten.

Er grinste. »Schön, dich endlich leibhaftig kennenzulernen, Marina Spicer.« Er schob die Hände in die Hosentaschen. »Du bist genau so, wie ich es mir vorgestellt habe.«

Lucas war für mich ein Stachel im Fleisch, seit er für LetsGO arbeitete. Ein endloses Aufgebot an Anfragen und Ideen und Forderungen. *Warum können wir das nicht einfach tun? Wie schwer kann es schon sein, das zu tun? Soll das heißen, es ist unmöglich, Marina? Es ist zu schwer für dich?* Der Typ hörte nie auf, und wenn ich ihn ignorierte, handelte er über meinen Kopf hinweg. Deshalb hatte ich den letzten Heiligabend als einzige im Büro verbracht und Systemänderungen vorgenommen, nachdem der liebe Lucas Joey überzeugt hatte, sie seien essenziell.

Er war egoistisch, er war rechthaberisch, und er hielt sich für intelligenter als alle anderen. Als wäre es im realen Leben wichtig zu wissen, ob es »Stil« oder »Stiel« heißen musste.

Unter meine E-Mails an Lucas Kennedy schrieb ich lediglich »Gruß« und meinen Namen, und das auch nur, weil ich schlecht »Schmor in der Hölle« schreiben konnte.

Ich ignorierte ihn komplett und wandte mich an unsere Bosse.

»Wollt ihr meine Idee ausprobieren oder seid ihr überzeugt, dass die Leute einen Großteil ihres Einkommens dafür ausgeben möchten, einen wildfremden Menschen zu beeindrucken, mit dem sie nichts gemeinsam haben?«

Lucas schnaubte. »Du klingst wie eine Frau, die noch nie ein richtiges Date hatte.«

Mir fiel die Kinnlade runter. Ich war drauf und dran, etwas zu sagen, was ich später bereuen würde, und in dem Moment ging Joey dazwischen.

»Also, ist die Debatte nicht ERFRISCHEND?«, dröhnte er wie ein MC bei einer enttäuschenden Open Mic Night. »Diese Leidenschaft, diese Energie, diese … ÜBERZEUGUNGSKRAFT … genau das wollen wir von euch sehen, Leute! Und Marina und Lucas haben wirklich gezeigt, wie engagiert sie sind, wie visionär sie für LetsGO denken! Ich finde, wir schulden ihnen einen Applaus!«

Alle klatschten pflichtschuldig und schauten ein bisschen verwirrt.

»Also, wie lautet die Antwort, Boss?«, fragte Lucas. »Denn ich muss es frei heraus sagen: Wenn wir es auf ihre Art machen, wird das Textmaterial nicht angemessen zur Geltung gebracht. Wir müssen hier an die User denken.«

Ich sah ihn böse an, weil er tat, als wollte er das vernünftig angehen. »Und das auf seine Art zu tun wird meine perfekt geschriebenen Algorithmen verhunzen, die genau auf die User zugeschnitten sind.«

»Wuu-huu«, jubelte Harriet auf ihrem Sitzsack. »Sexy Algorithmen, User-Erlebnis, ja!«

Alle lachten, und ich atmete auf. Der Mann hatte mich schon enorm Nerven gekostet, als er vierhundert Meilen weit weg war und ich sein Gesicht nicht sehen konnte. Jetzt riss ich mir förmlich die Haare aus, um ihn damit zu erdrosseln. Das konnte ich ganz bestimmt besser.

Lucas grinste bloß gutmütig und höllisch irritierend und lehnte sich an den nächsten Schreibtisch, als hätte er keinerlei Sorgen. Die Kolleginnen respektierten ihn. Würden sie sich an die Seite der stillen Frau mit der guten Idee stellen oder an die des Mannes mit den schönen grünen Augen, der eine Welt versprach, wo Männer sich die Zeit nahmen, Dates zu planen? Wo ungebundene junge Männer sich auf einer Webseite einloggten und Abendevents verglichen, Anzahlungen leisteten und sie mit schönen romantischen Stunden zu zweit überraschten? Die meisten von uns waren begeistert, wenn sie an einem Donnerstagabend beim Drive-in eines Burgerladens landeten oder ein Mann nicht in den ersten fünf Minuten nach den sexuellen Vorlieben fragte.

Ich beobachtete, wie sie ihn musterten. Hoffnung war bekanntlich ein harter Brocken.

Joe und Joey ließen uns vorübergehend allein – »Sprecht mal untereinander« – und begaben sich auf den Flur, um sich zu beraten.

»Du musst ungeheuer stolz auf dich sein, hier aufzukreuzen und eine Riesenwelle zu machen«, fauchte ich leise.

Er guckte amüsiert, was bei ihm offenbar Standard war. »Es ist wahnsinnig leicht, dich zu ärgern, Spicer. Dadurch macht es eigentlich nur halb so viel Spaß.«

Mit geballten Fäuste und entschlossener Miene redete ich leise weiter. »Warum heute? Warum konntest du mir die eine Idee nicht lassen, nicht mal einen Moment, in dem du nicht ungeduldig herumtänzelst wie ein Labrador, der mir sagen will, dass der Ball eigentlich eine andere Farbe oder andere Form haben soll oder sogar gar nicht infrage kommt, weil jetzt bei Hunden Kauspielzeuge im Trend liegen?«

Darauf drehte er sich mit dem ganzen Körper zu mir, plötzlich mit geradem Rücken, sodass ich sah, ja, er konnte aufrecht stehen und ja, er war groß. Es zog ein bisschen im Nacken, als ich zu ihm hochblickte, aber ich weigerte mich, zerbrechlich zu wirken, weigerte mich, wegzugucken. Einen Moment lang nahm ich die Tattoos in mich auf, die unterhalb der hochgekrempelten Hemdsärmel seine Unterarme bedeckten, lauter alberne Bildchen dicht an dicht. Er schüttelte das Handgelenk, und seine Lederarmbänder klapperten leise. Seine hochgezogene Braue bildete eine entwaffnende Linie, als er mich prüfend ansah.

»Geht's hier um die Weihnachtskampagne?«

Ich kniff die Lippen zusammen und starrte mit verschränkten Armen an ihm vorbei. »Du meinst die, als du über meinen Kopf hinweg bei den Joes gefordert hast, dass ich radikale Änderungen vornehme bei der Version, an der ich monatelang gearbeitet hatte, und als ich deswegen allein hier sitzen musste an Heiligabend, um sie nach deinem Gutdünken abzuändern?«

Er verzog das Gesicht und öffnete den Mund, doch ich hob die Hand.

»Nein, noch nicht fertig. Vielleicht geht es ja auch um das Seiten-Update, als du meintest, du wüsstest es besser und deswegen das Upload-Feature zerschossen hast. Oder als ich eine andere Reihe von Artikelschaltflächen vorgestellt habe, um dir zu helfen, und du dich nicht mal bedankt hast.« Ich senkte wieder die Stimme und blickte hastig zur Tür. Gott, das war alles vorbei, wirklich. Ich konnte nicht mithalten mit Lucas' Energie oder seinem Charme. Die Leute schienen ihn anzublicken, als wäre er ihr bester Freund, obwohl sie bisher kaum von ihm gehört hatten.

Ich seufzte und versuchte, mich mit meiner Niederlage abzufinden. »Vielleicht wollte ich aber auch nur *ein* Mal eine Idee vorstellen, ohne dass du sie schlechtmachst.«

»Wow, du kannst mich wirklich nicht leiden.« Er wirkte ehrlich überrascht. Halb rechnete ich damit, er würde sich entschuldigen, da er nun wusste, was er getan hatte. Stattdessen sah er mich nur übertrieben nachdenklich an. »Ich bin mir nicht sicher, ob mich schon mal jemand so gehasst hat. Ein Erzfeind also ... Wie lustig.«

Ich unterdrückte ein wütendes Knurren, schaffte es aber nicht ganz. Er lächelte träge, als wüsste er genau, dass er mich in den Wahnsinn trieb.

»Es ist, wie die Firma sagt, Spicer: Zusammenarbeit ist die süße Frucht am Baum des Erfolgs.«

»Das Bild ist nicht mal ...«

Ich verstummte, weil Joey mit federnden Schritten in den Raum zurückkam, hinter ihm Joe mit ruhigerem Gang. Joey breitete die Arme aus, was mich an einen Zirkusdirektor erinnerte, nur dass die Elefanten durchgedreht waren, die Zeltstangen sich bedrohlich neigten und der Tiger sich an die Zuschauer heranpirschte.

Joey wartete darauf, dass alle still wurden, auch ein Fan der Vorfreude. Warum musste er immer aus allem eine Show machen? Warum musste der Eiscremewagen, der donnerstags im Büro stand, mit Strass besetzt sein? Und warum fand ich nach dem Wohltätigkeitslauf immer Flitter in meinem BH? Warum konnte die Arbeit nicht einfach nur Arbeit sein, sodass ich mich auf den wichtigeren Teil meines Lebens konzentrieren konnte?

»Was wir brauchen«, Joey grinste und zog eine Braue hoch, »ist eine gute altmodische Abstimmung.«

Vor Schreck riss ich die Augen auf.

»Leute!« Joey stieg wieder auf den Tisch. »Ihr seid Experten auf eurem Gebiet, und ihr seid Experten darin, was es heißt, LetsGO zu sein! Was meint ihr? Stimmen wir für Mr Kennedy und seine romantischen Vorstellungen von einem sorgfältig geplanten Date?« Er hatte sichtlich Spaß an der Sache. »Oder folgen wir Miss Spicers Vorschlag, die Freundschaft, gemeinsame Unternehmungen und Erlebnisse wichtig findet?«

»Es gibt eine dritte Option!«, rief jemand, dessen Stimme ich erkannte. Was für ein schelmisches Gesicht Harriet machte, als sie die Hand hob, gefiel mir gar nicht.

»Wir gehen hierbei keinen Kompromiss ein! Was halb ein Omelett und halb ein Kuchen ist, kann man nur misslungen nennen!« Joey verkündete das wie ein spiritueller Führer.

Ravi zog die Brauen zusammen und flüsterte laut: »Halb Omelett und halb Kuchen ist ein Pfannkuchen und bekanntlich lecker, oder nicht?«

Ich zuckte mit einer Schulter. Ravi regte sich immer noch darüber auf, dass die Joes keine Metaphern konnten.

»Ich schlage keinen Kompromiss vor, sondern mehr Recherche!«, erwiderte Harriet und streckte mir eine Hand hin, damit ich sie hochzog. Ich zog ein bisschen zu kräftig.

»Warum schicken wir sie nicht zu ein paar Unternehmungen und sehen, ob die sich besser für Paare oder für Gruppen eignen? Marina und Lucas können jeweils eine Bewertung schreiben und Rückmeldung geben. Sollen sie die Aktivitäten ausprobieren, die Drinks kosten, dann können wir angemessen abstimmen. In vino veritas, heißt es schließlich.«

Wie gerissen. Sie wusste, dass die Bosse auf lateinische Sprüche standen.

Joey strahlte, und ich sprang in den Ring, bevor Lucas den Mund aufmachte. »Ich werde natürlich sehr gerne alles ausprobieren und Feedback geben.«

Lucas zuckte die Schultern. »Sicher, es ist gut, sich einen realistischen Eindruck zu verschaffen. Und meine Abende sind ziemlich einsam, solange ich hier bin.« Ich beobachtete gespannt, wie die Kolleginnen bei dieser Bemerkung aufhorchten. »Man kann nicht endlos mit seiner Nichte *Vaiana ((kursiv))* gucken, ohne verrückt zu werden.«

Die Frauen kicherten und himmelten ihn an, und ich knirschte mit den Zähnen. Der Mistkerl stellte sich als süß und beziehungstauglich hin.

»Großartig! Ihr werdet also unser Testduo!« Joey nickte, und ich staunte nur deshalb nicht mit offenem Mund, weil ich die Zähne zusammenbiss. Außerdem tat es gut, Lucas Kennedy, den Alleswisser, plötzlich mal sprachlos zu sehen.

»Wir schicken euch zu fünf verschiedenen LetsGO-Aktivitäten, und ihr beurteilt sie! Lucas, du könntest sogar darüber schreiben! Eine kleine Kolumne, um beschäftigt zu bleiben, solange du hier bist!«

»Ich ... äh ... super Idee, Boss.« Er sah mich an, als hoffte er, dass ich Einwände erhob. *Siehst du, wenn du einfach die*

Klappe gehalten hättest, wäre das nicht passiert. Jetzt müssen wir mitspielen.

»Das klingt nach einer tollen Herausforderung.« Ich lächelte höflich und versuchte, den Enthusiasmus aufzubringen, den die Joes liebten. Lucas' Gesicht wurde dagegen länger. »Ich werde mir Notizen machen und ein paar Entwürfe auf die Seite stellen. Lucas kann seinen kleinen Blog schreiben …« Ich lächelte ihn böse an und sah zu, wie die passiv-aggressive Stichelei bei ihm ankam. »Und dann können alle abstimmen!«

»Okay! Brillant. Alle dafür?«, fragte Joe laut, und jeder hob die Hand. »Toll, die Gruppe hat entschieden.«

Als alle hinausgingen, reckte Harriet vor mir die Daumen, und ich sah sie böse an.

»Was sollte das?«, zischte ich und packte sie am Arm.

»Ähm, ich habe deine Ideen vor direkter Ablehnung bewahrt?« Sie riss sich los. »Hab dir ein paar Freizeitaktivitäten und Restaurantessen auf Spesen verschafft? Dafür gesorgt, dass du mal ein bisschen lebst?«

»Ich lebe sehr wohl. Was mir bis heute gefehlt hat, war die Notwendigkeit, enorm viel Zeit mit meinem Erzfeind zu verbringen«, zischte ich und beging den Fehler, zu Lucas zu blicken, denn im selben Moment sah er mich an.

Mit hochgezogenen Schultern und den Händen in den Hosentaschen kam er angeschlendert. »Na komm, Erzfeind ist ein bisschen übertrieben, oder?«

»Den Begriff hast du gewählt!«, schäumte ich.

»Und ich lasse mich gern korrigieren«, erwiderte er aalglatt, griff an mir vorbei und streckte Harriet die Hand hin. »Lucas Kennedy, Werbetexter.«

Sie legte den Kopf schräg und schüttelte seine Hand ein kleines bisschen zu lange. »Harriet Graft, Anwendungsentwicklerin. Team Marina.«

Er lächelte, als hätte er die Warnung nicht gehört. »Da hat sie ja mächtig Glück, hm?«

Harriet war sich nicht sicher, was sie damit anfangen sollte, also schaute sie auf den Boden und wurde rot.

Ich sah ihm ins Gesicht, unsicher, ob ich ihn anschreien oder betteln sollte. »Was willst du damit erreichen? Ich versuche, befördert zu werden. Das ist meine Chance, ein voll finanziertes Team zu bekommen, etwas zu bewirken, anstatt nur Fehler zu beheben und ständig zurückzuliegen.«

Lucas betrachtete mich, und einen Moment lang glaubte ich, er könnte Reue zeigen. Er hatte noch immer die Hände in den Hosentaschen, als wäre ihm das alles nicht wichtig. Doch das war nur Fassade. Denn hinter den verwuschelten braunen Haaren, dem Space-Invaders-T-Shirt und dem Dreitagebart sah ich Verbissenheit. Und in seinen grünen Augen eine Kampfansage.

»Wow, das scheint dir wirklich wichtig zu sein.« Er nickte und wartete, bis ich auch nickte, mit einem Funken Hoffnung auf eine vernünftige Antwort. Dann grinste er. »Vielleicht hättest du eine stärkere Präsentation hinlegen sollen.«

Im ersten Moment war ich sprachlos. »Du gewinnst also nichts dabei, außer dass du mir Steine in den Weg legst?«

Er zuckte mit einer Schulter und blickte durch den Raum zu den Bossen, die an der Tür in ein Gespräch vertieft waren. »Vielleicht ist es mit dem Gehalt eines Werbetexters nicht so einfach, in London zu leben. Vielleicht bezahlen mir unsere mutigen Bosse ein schönes Hotelzimmer, während sie darüber beraten, ob wir einen festangestellten Texter brauchen anstelle eines freiberuflichen. Vielleicht habe ich noch andere Gründe, mich in dieser teuren Stadt aufzuhalten.«

Blinzelnd richtete ich meine Gedanken auf das wichtige Detail. »Sie bezahlen dir das Hotel?«

Lucas lächelte bloß. »Andererseits habe ich vielleicht gar nichts davon, außer dass ich deine Arbeit korrigieren kann, Marina Spicer. Du machst Zusammenarbeit unwiderstehlich.«

Ich würde ihn definitiv umbringen.

»Also war Erzfeind doch das richtige Wort.«

Er grinste nur und wackelte mit den Brauen.

»Na schön.« Ich seufzte, als wäre ich unsäglich gelangweilt, und hielt ihm die Hand hin. »Möge der Bessere gewinnen.«

Lucas Kennedy schlug grinsend ein und hielt Blickkontakt. Seine Hand war warm, seine Finger fest, und er strich mir doch tatsächlich mit den Fingerspitzen über das Handgelenk, so kurz und so unerwartet, dass ich mich fragte, ob ich es mir nur eingebildet hatte. Doch sein Lächeln wankte keinen Moment.

»Oh, keine Sorge, liebe Kollegin. Das werde ich.«

3

»Was für ein aalglattes Arschloch!«, dröhnte Bec und langte bei den Nachos zu. »Hast du ihm eine geknallt?«

Das Bricking It war ein neues Pop-up-Restaurant auf derselben Straße wie Becs Friseursalon, und sie war im Rahmen der Eröffnungswoche eingeladen worden. Es hatte rote und orangefarbene Wände, unbequeme Lederbänke und gefährlich erschwingliche Bierpreise. Die ich nach meinem Zusammenstoß mit Mr Kennedy ein bisschen zu leichtfertig ausnutzte.

»Nein, nein, gar nicht.« Ich trank einen großen Schluck von meinem Pint und stellte das Glas wieder hin. »Hätte ich aber zu gern getan. Ich habe es mir ausgemalt, geradezu meditativ. Es wäre wunderbar gewesen.«

Meera schnaubte. Sie nahm sich einen Jalapeño-Popper und betrachtete ihn wie ein unergründliches Zaubertrickrequisit. »Ich wünschte, du würdest wenigstens ein Mal ausrasten. Und zwar so richtig. Besser die Beherrschung verlieren als den Verstand, weißt du?« Sie schob sich das Häppchen in den Mund und schloss genießerisch die Augen.

»Das solltest du auf ein T-Shirt drucken lassen.« Ich seufzte und schob mich vom Tisch weg, um mich tiefer in meinen Sessel zu fläzen. »Aber im Ernst, was soll ich tun?«

»Du sollst gewinnen, was sonst?« Bec zuckte die Schultern. »Der Typ kann dir gar nichts. Du bist die Recherche-Queen, eine Problemlöserin. Mit praktischem Verstand und kühlem Kopf.«

»Du bist sein schlimmster Albtraum«, bekräftigte Meera mit vollem Mund.

Ich sah die beiden groß an, ihre Klugheit leuchtete selbst in diesem lauten, lebhaften Lokal. Ich schaute auf meine Jeans, mein T-Shirt, fasste an meine Kette.

»Wow, das klingt, als wäre ich rasant und lustig«, witzelte ich trocken.

Meera verdrehte die Augen. »Muss ich dich wieder zwingen, den Podcast über das Annehmen von Anerkennung zu hören?«

Ich schüttelte mürrisch den Kopf. »Er hat eine weiße Weste, ich hab nachgeguckt! Ihr glaubt doch wohl nicht, dass ich mich online mit einem Mann bekriege, ohne in den sozialen Medien nach ihm zu suchen.« Ich seufzte. »Manchmal braucht man von einem Kerl nur ein übles Foto mit Vokuhila oder Crocs. Aber nichts. Er existiert gar nicht.«

Ein Kellner ließ ein Tablett mit Gläsern fallen, und die Leute johlten. Ich blickte den armen Jungen mitfühlend an, als er mit hochrotem Kopf die Scherben zusammenscharrte und versuchte, seine Verlegenheit zu überspielen.

Bec zog eine Braue hoch, sah mich mit geneigtem Kopf an und hob ihr Weinglas, als wartete sie auf mich.

»Was?«

»Konzentration, Rina. Du vergisst wohl das Wichtigste von allem: Du hast eine Geheimwaffe.«

Ich runzelte die Stirn. »Harriet meinte zwar, sie würde für mich töten, aber ich denke, da hat sie übertrieben.«

Bec strich sich durch die hellrosa Haare und schüttelte den Kopf. »Du glaubst nicht, dass deine App, die die Schwächen und Fehler vieler Männer offensichtlich macht, an diesem Punkt ein Vorteil ist?«

Meera zeigte auf Bec. »Das ist eine Wahnsinnsidee! Du sagst, er kommt als Charmeur rüber, ja? Trägt keinen Ehering?«

Ich verzog das Gesicht und dachte daran, wie Lucas sich auf die Lippe biss, nachdem er mich höhnisch angegrinst hatte, weil er meine Beschwerden enorm lustig fand. Wie sehr er sich freute, weil ich wusste, dass er mich beobachtete, und herausfordernd zu mir herüberblickte. Dachte an das eine Wangengrübchen, bei dessen Anblick sich die Frauen vom Vertrieb am Nachmittag scherzhaft Luft zugefächelt hatten.

»Der Mann ist absolut kein Typ zum Heiraten. Aber dazu ist Dealbreakers nicht da!«, sagte ich. »Es soll Leuten helfen, jemanden zu finden, mit dem sie wirklich zusammenpassen, ohne ständig Zeit zu vergeuden. Nicht um schlechte Eigenschaften aufzulisten. Ich habe mir extra den Super-Typ-Button ausgedacht!«

Meera blinzelte betont langsam. »Was zum Henker ist ein Super-Typ-Button?«

»Klingt, als ob die patriarchatsverliebten Pfadfinderinnen Ansteckplaketten verteilen.« Bec lachte und trank von ihrer Limonade.

»Damit kennzeichnet man jemanden wie Matt, also einen netten, anständigen Typen, der nicht zu einem selbst passt, aber vielleicht zu einer anderen.«

»Tja, ich weiß es zu schätzen, dass du einen Kerl zu unserer Party angeschleppt und ihn zu meinem Seelenverwandten erklärt hast.« Bec prostete mir lächelnd zu. »Das war definitiv die beste Art, einen Ehemann zu finden. Zehn von zehn, würde ich weiterempfehlen.«

»Wir schweifen ab.« Meera deutete auf mein Handy. »Finde irgendeinen Dreck an dem Arschloch, damit du gewinnst.«

»Zu wissen, dass sein Schwanz einen Linksknick hat, wird ihr in der beruflichen Konkurrenzsituation kaum helfen«, wandte Bec ein, und ich verschluckte mich fast an meinem Bier.

»Kommt drauf an, wie sie es verwendet.« Meera zog spöttisch grinsend eine Braue hoch.

Ich gab Lucas' Namen bei Dealbreakers ein und wartete auf das befriedigende Ping. Der Suchbildschirm öffnete sich, ein Haufen punkiger schwarz-roter Herzen erschien, während die Daten von den verschiedenen Dating-Apps zusammengeholt wurden. Und da war es – wir hatten einen Gewinner. Hinge, Tinder *und* Bumble. Sein Hauptprofilfoto war nett, irgendwo im Ausland aufgenommen, wo die Sonne seine braunen Locken aufgehellt und seine Haut gebräunt hatte. Sein breites Lächeln zeigte die gefährlichen Grübchen, die Augen waren zusammengekniffen, und schon wollte ich wissen, worüber er lachte.

Und dann fiel mir wieder ein, dass er der selbstgefällige Mistkerl war, der zwischen mir und meiner Zukunft stand, und klickte auf den Kommentarreiter.

»Heilige Scheiße«, hauchte ich, den Blick auf das Display geheftet.

»Penis mit Linksknick.« Bec nickte weise und saugte mit dem Strohhalm geräuschvoll den Rest aus ihrem Glas. »Ich sag's ja.«

»Nein, es ist ... Er ...« Ich starrte verblüfft auf die Kommentare. »Bei ihm sind fast hundert K.-o.-Kriterien aufgelistet.«

Meera zuckte die Schultern. »Erklär das mal für die, die keine App brauchen, um flachgelegt zu werden. Sind das viele? Was ist der Durchschnitt?«

Ich stutzte und überlegte. »Das höchste, was ich bisher gesehen habe, waren fünfundzwanzig.«

»Also ist das ein Zahlenspiel, ja?« Bec suchte lächelnd nach den positiven Aspekten. »Er war bei hundert Dates, und jede Frau fand an ihm etwas schlimm?«

»Ich habe es so eingerichtet, dass man pro Date maximal sechs K.-o.-Kriterien eintragen kann«, erklärte ich und scrollte hektisch, »und die App gibt es erst seit einem halben Jahr, also ... entweder sind das eine Menge Dates, die jedes Mal K.-o.-Kriterien angegeben habe, oder wenige Dates, die viel über ihn anzumerken hatten.«

Ich sah Meera im Kopf rechnen. »Hoffen wir auf Letzteres. Das ist viel interessanter. Besser, als wenn er der schlimmste Mann auf Erden wäre und alle Frauen sich darüber einig sind.« Meera schnaubte und dehnte ihre Schultern, als ob sie schmerzten. »Komm, gib uns ein Beispiel. Wie nah am Erdkern lebt der Typ?«

Ich scrollte und überflog die Einträge.

»Im Restaurant war er ständig mit seinem Handy beschäftigt, und dann ist er auch noch früher gegangen. Ich bin überzeugt, er hatte noch ein Date mit einer anderen.«

Meera zuckte die Schultern. »Entschuldige, hattest du nicht vor ein paar Tagen noch zwei Dates hintereinander?«

»Ja, aber sie hatten meine volle Aufmerksamkeit, bevor ich abgehauen bin«, antwortete ich und schaute nach einem weiteren Beispiel. »*Er hasst Hunde.* Wer hasst Hunde? *Er hat mich ständig mit dem falschen Namen angesprochen und sich nicht mal entschuldigt.* Hier ist ein gutes: *Er hat nicht angeboten zu bezahlen, und wir mussten die Rechnung bis auf den Penny genau teilen.*«

Bec schürzte die Lippen. »Na ja, manche davon sind Geschmackssache…«

»Er *hasst Hunde*«, jaulte ich.

»Klingt nach einem Arschloch, wie erwartet.« Meera zuckte die Schultern und rieb sich die Augen. »Such weiter – da muss etwas zu finden sein, mit dem er kleinzukriegen ist.«

Ich sah sie an, wie sie den Kopf hängen ließ und wie müde ihre Augen wirkten.

»Hey, alles okay?«

Ihr Lächeln war sofort wieder da. »Bei mir? Aber immer doch, Babe. Ihr beide seid es, um die man sich kümmern muss.«

Bec blickte leicht belustigt auf. »Um mich muss man sich kümmern?«

»Du hast einen Mann geheiratet, den du erst seit drei Wochen kanntest. Du brauchst einen Aufpasser.«

Sie verdrehte die Augen. »Ich führe ein eigenes Geschäft mitten in London, ich kriege während der Busfahrt einen perfekten Lidstrich hin, und ich wechsle meine Bettdecke entsprechend der Jahreszeit.« Sie zog eine Braue hoch. »Ich habe mich Knall auf Fall verliebt, ich wusste, was ich wollte, und habe es verwirklicht. Das ist nicht verrückt, das ist effizient.«

Meera sah mich erwartungsvoll an, damit ich sie unterstützte, doch ich hob abwehrend die Hände, um mich da rauszuhalten. Sie war nie in einer Beziehung gewesen (jedenfalls nicht mit Absicht, und reagierte sehr überrascht, wenn sie darauf aufmerksam gemacht wurde), und sie fand die ganze Sache ein bisschen widersinnig.

»Andere Leute, anderer Lebensstil. Da will ich nicht urteilen«, sagte ich.

»Oh ja, weil du ja auch so tolerant bist gegenüber anderen Herangehensweisen.« Meera lachte ein bisschen zu schrill. »Die Frau mit der Checkliste, die gegen die biologische Uhr anrennt.«

»Hey«, sagte ich gekränkt, »ich stelle auch nicht infrage, wie du deine Dinge angehst. Ich bin kein schlechter Mensch, nur weil ich mit keinem ausgehen will, der flucht oder tätowiert ist oder keine Kinder will.«

Meera hob die Hände. »Na ja, wir sind auch tätowiert und fluchen, und du liebst uns.«

»Euch muss ich nicht meiner Mutter vorstellen.« Ich bedeutete der Kellnerin, uns noch eine Runde zu bringen. Sie reckte lächelnd den Daumen.

»Penny liebt uns vielleicht zu sehr«, erwiderte Bec.

»Viel zu sehr«, bekräftigte Meera grinsend.

Ich schüttelte den Kopf. »Ihr kapiert es nicht. Ich habe einfach nicht die Zeit dafür. Meine Familie war an Adam gewöhnt, sie mochten ihn. Und jetzt muss ich mir einen anderen suchen und wieder in die Spur kommen. Ich will, dass alles geschmeidig läuft.«

Bec sah mich besorgt an. »Schätzchen, das Leben ist chaotisch. Niemand sagt, dass du innerhalb der nächsten paar Jahre heiraten musst. Wenn du ein Kind willst, kannst du das allein machen. Du sagst, wo es lang geht, deine Eltern werden damit klarkommen.«

Wir unterbrachen die Unterhaltung, als die Kellnerin uns zwei Krüge Bier und eine Rum-Cola hinstellte, dankten ihr und warteten, bis sie gegangen war, bevor wir den Faden wieder aufnahmen. Ich wusste nicht, wie ich mich meinen Freundinnen begreiflich machen sollte.

Ich kniff die Lippen zusammen. »Das ist nicht der Punkt. Mein Plan sieht einfach anders aus. Ich will die Wohnung und eine Ehe und einen Mann, der das Gleiche will wie ich. Das lasse ich mir nicht nehmen, nur weil Adam etwas anderes will.«

Meera seufzte, als hätte sie das Argument von mir schon hundert Mal gehört. »Ich meine ja nur ... Es ist nicht verkehrt, ein bisschen Spaß zu haben.«

Ich wollte nicht anmerken, dass sie selbst allem Anschein nach keinen Spaß mehr hatte. Die One-Night-Stands und das sang- und klanglose Verschwinden, das ausdruckslose Gesicht, wenn jemand sie ansprach, als würden sie sich kennen. Die Ex-Freundinnen, die auf der Bildfläche erschienen, wenn sie für etwas Neues keine Kraft hatte.

»Also, wie willst du Lucas besiegen?«, fragte Bec, die spürte, dass ein Themawechsel ratsam war. Ich hakte den Daumen um meine Kette und lächelte sie dankbar an.

»Ich denke, ich werde alle Kommentare über ihn lesen und herausfinden, wie er wirklich ist. Und wenn was dabei ist, das mir zum Sieg verhelfen kann, werde ich es benutzen.«

»Du könntest dich an ein paar Frauen wenden, die einen Kommentar hinterlassen haben, und sehen, ob sie dir Munition liefern können«, schlug Meera vor. Das war ein Friedensangebot. Sie leerte ihr Bierglas.

Ich schüttelte den Kopf. »Das geht zu weit, oder? Und dass er ein, äh, *enthusiastischer* Dater ist, sagt nicht viel über ihn aus.«

»Oder er ist kein Don Juan, sondern benimmt sich nur unglaublich blöd.« Meera goss ihren letzten Schluck von dem alten Bier in das neue und lachte, als ich die Nase rümpfte.

»Du weißt bereits, dass er vor Hunden Angst hat. Willst du dir Muffin ausleihen?«, bot Bec an. Sie meinte das offenbar ernst.

Meera verkniff sich ein Lächeln, und ich lachte. »Danke, Liebes, aber ich glaube nicht, dass der winzige Zwergspitz deiner Mutter den Kerl das Fürchten lehrt.«

»Muffin ist der Teufel im flauschigen Overall.« Bec runzelte die Stirn. »Aber du machst es, ja? Du wirst gegen ihn kämpfen? Denn du verdienst, was du dir wünschst, und du hast den Job nur wegen Adam angenommen, und du solltest alles bekommen, was du willst.«

Ich bekam feuchte Augen. Bec hatte allen Grund, mich und meine Probleme leid zu sein. Es war schon fast ein Jahr. Und stattdessen hatte sie mich aufgenommen und war bei allem zuverlässig meine Cheerleaderin.

»Danke.«

»Ist das ein Ja?« Meera neigte sich zu mir, dann sang sie lauthals: »War, what is it good for? Rinas Karriere. SAG ES NOCH MAL!«

Ich wollte mir das Lachen verkneifen, versagte aber und zog an ihrem Arm. »Schsch! Ja, ja, okay, ich werde mich auf einen Krieg einlassen und meinen Erzfeind vernichten und befördert werden und meine Zukunft in die Hand nehmen!«

Meera nickte grinsend. »Und keine Rede mehr von Babys und langweiligen Ehemännern. Super.«

Als wir unsere Gläser leer tranken, verlagerte sich die Unterhaltung auf andere Dinge, und ich dachte an Adam und unser letztes Gespräch, bei dem er mit mir Schluss gemacht hatte. Wie ich mich für meine Verwirrung entschuldigte, als er betroffen die Stirn runzelte und erklärte, er habe das Leben, das ich plante, nie gewollt, obwohl er mich das immer glauben ließ. Er habe mir nie wehtun wollen, sagte er, könne aber nicht mehr so tun als ob. Er wolle leben, sich weiterentwickeln. Neues ausprobieren mit neuen Leuten. Ich dachte an meine ersten Dates nach der Trennung, wie ich mich schick machte und nervös war und noch voller Hoffnung, wie ich mich mit Spickzetteln auf die Unterhaltung vorbereitete und hinterher immer enttäuscht und aufgebracht war.

Und dann dachte ich an Lucas Kennedy und sein Grübchen, der mir breit lächelnd ins Gesicht gesagt hatte, dass er gewinnen würde. Charme und ein einnehmendes Lächeln waren die übelsten Eigenschaften, die ein Mann haben konnte.

Aber für den ganzen charmanten Blödsinn, auf den er stand, war ich unempfänglich. Ich würde mich nicht von den unschuldigen Fragen und den kurzen Retourkutschen unterkriegen lassen. Denn ich musste an meine Zukunft denken. Und die hing davon ab, dass mir dieser Job wirklich etwas einbrachte.

Ich hatte keine Zeit für Gnade. Ich wollte bestimmte Dinge erreichen und hatte einen Zeitplan. Mein einunddreißigster Geburtstag rückte näher, es war fast ein Jahr her, seit Adam gegangen war. Und was hatte ich für mich erreicht? Nicht mal ein neues, aufregendes Singledasein. Nur eine Reihe von Dates, die zu nichts geführt hatten und eine Anzahl enttäuschender Töpferarbeiten unter meinem Bett.

Ich war entschlossen zu gewinnen. Weil ich das brauchte. Nein, weil ich das verdiente. Ich hatte meine Strafe abgesessen, meine Schulden bezahlt. Ich hatte gute Ideen, und wenn ich diesen Wettstreit gewann, würde ich auf Lucas Kennedy zugehen und ihm die Hand schütteln. Ich würde seine Hand nehmen und mit dem Daumen über seinen Handrücken streichen, um zu sehen, wie er erschrocken die Augen aufriss. Und ich würde ihm sagen, dass die Bessere gewonnen hatte.

Ich fragte mich, wie er die Niederlage aufnehmen würde, auf erwachsene oder auf kindische Art. Ob er lachen und so tun würde, als spielte das sowieso keine Rolle, oder ob er mich wütend anfauchen und hinausstürmen würde.

Ich konnte es kaum erwarten, das zu erleben.

Ich wollte mir etwas aufbauen, und keiner sollte mir mehr in die Quere kommen. Nicht Adam und die Trennung und nicht irgendwelche Männer von Dating-Apps mit ihren Lügen. Und ganz sicher nicht Lucas Kennedy mit seinem melodischen Lachen und dem Grübchen.

Er würde so was von untergehen.

4

Netter Typ, aber mein Gott, so was von ungeschickt. Hat mich mit Bier bekleckert, blieb am Barhocker hängen, hat ein Glas zerbrochen. Mir wär's egal, nur ihm schien das megapeinlich zu sein. Ist aber gut im Bett.

Die erste Aufgabe war in einem jadegrünen Umschlag auf meinem Schreibtisch gelandet.

»Die Joes verlangen, dass ich das in den sozialen Medien dokumentiere«, sagte ein junges Mädchen mit großen grauen Augen und einem weißblonden Zopf. Sie beugte sich über meine Schulter und knipste den Umschlag. »Ich bin übrigens Marie.«

»Nett, dich kennenzulernen.« Ich nickte ihr zu, dann zog ich die Brauen zusammen. »Wir müssen dir also Fotos schicken?«

Sie nickte nur, gab mir eine Haftnotiz mit ihrer Telefonnummer und E-Mail-Adresse und verschwand wieder.

Der Umschlag versprach etwas Ausgefallenes wie einen Maskenball. Ich war erleichtert, als es sich als etwas ganz anderes herausstellte. Auf der Karte stand die Uhrzeit und eine Adresse, und ich fragte mich, wie viel Vorlauf ich bei den nächsten Unternehmungen bekäme. Würde ich die Informationen immer erst am selben Tag erhalten? Ich ging im Kopf durch, welche Arbeiten zu erledigen waren, und schaute bei Harriet rein, um sicherzugehen, dass sie alles im Griff hatte.

»Alles bestens.« Sie trug ein türkisfarbenes Pomponstirnband und hatte ihre roten Haare zu kleinen Ringeldutts gedreht. Ich konnte meinen Blick nicht davon abwenden. »Du konzentrierst dich darauf, unser Entwicklerteam und die Beförderung zu kriegen. Tu es für die Frauen in der Branche, die sich Frauen in Führungspositionen wünschen.«

»Kein Druck.« Ich zog eine Grimasse, und sie grinste mich an. »Ich weiß nicht mal, wie ich dabei gewinnen soll. Das ist ja praktisch ein Date.« Ich wagte einen Blick durch die Glaswände zum Marketingbereich auf der anderen Seite. Da lugte ein Büschel Haare unter einem grünen Beanie hervor, und das genügte, um mich in Rage zu bringen.

»Na ja, es ist seine Aufgabe zu beweisen, dass das ein Date ist, und deine, dass es keins ist, stimmt's?« Harriet zuckte die Schultern. »Also bleib freundlich. Lass dich nicht – ich wiederhole – lass dich nicht von seinem Charme dazu bringen, dich wie bei einem Date zu verhalten, Marina. Ich habe schon stärkere Frauen als dich umfallen sehen, wenn ihnen einer den Traummann vorgespielt hat.«

Sie schüttelte traurig den Kopf, als dächte sie an gefallene Soldaten. Ich blinzelte nur. Ich verstand meistens nur siebzig Prozent von dem, was Harriet sagte, aber diese siebzig trafen gewöhnlich ins Schwarze.

»Ich denke, mein erbärmlicher Hass auf Männer ist ein Stimmungskiller.«

»Sagt eine Frau, die eindeutig noch nie Hass-Sex hatte.«

Sie schüttelte den Kopf. »Eine Schande. Stell dir einfach bei jeder neuen Situation vor, du wärst mit Freunden dort, und mach dir Notizen. Ich helfe dir, eine fantastische Präsentation zu erstellen, wenn ihr fertig seid.«

»Danke.« Ich lächelte sie an, und sie salutierte.

»Team Marina bis zum Sieg.«

Das Bad Mother Chuckers befand sich in einem Industriegebiet in South London. Es war die Art Viertel, wo man sich fragte, ob man gleich auf ein Mordopfer stieß. Ich ging in flottem Tempo und machte mir gedanklich Notizen, als ich unter einem Schild mit zwei gekreuzten Äxten durch die Tür trat. Axtwerfen konnte unmöglich als romantisch gelten. Diese Schlacht hatte ich praktisch schon gewonnen. Das war wie ein Geschenk der Joes, als wüssten sie, dass ich Dampf ablassen musste, wenn ich mir eine Weile Lucas' Unsinn angehört hatte.

Um ehrlich zu sein, ich freute mich auf das Axtwerfen. Das hatte ich noch nie ausprobiert, und es schien mir eine super Methode, um Stress abzubauen. Die schmiedeeiserne Tür und die flackernden elektrischen Kerzen sorgten für eine hübsche mittelalterliche Atmosphäre, und alle, die im Barbereich vor der Rezeption abhingen, wirkten entspannt. Sogar am Nachmittag standen da Grüppchen und plauderten, als hätten sie sich nach dem Gym auf einen grünen Smoothie getroffen. War Axtwerfen das neue Kardio? Ich zog mein Notizbuch aus der hinteren Hosentasche und schrieb mir das auf.

Bestimmt war das gut für die mentale Gesundheit. Und für Leute mit Liebeskummer. Der Laden sollte Anti-Valentins-Partys veranstalten!

Okay, das ging zu weit. Ich zügelte mich, senkte die Schultern, hob das Kinn, und als ich an die Rezeption kam, schaute ich mich nach Lucas um. Ich hörte ihn, bevor ich ihn sah, sein Lachen. Er lehnte an der Theke und unterhielt sich mit dem Barkeeper. Der nickte und lächelte, als fände er es aufregend, mit ihm im Gespräch zu sein. Was hatte der Kerl bloß an sich?

Ich nahm mir einen Moment Zeit, um ihn zu betrachten, seine lässige Körperhaltung, die braunen Locken, die grüne Beanie, seine Arme, die er auf die Theke stützte, wie gespannt er zuhörte, als gäbe es nur ihn und den Barkeeper. Natürlich liebten es die Leute, wenn man ihnen das Gefühl gab, als wären sie der interessanteste Mensch der Welt.

Als er sich umdrehte und mich bemerkte, dachte ich, er würde auf sein Konkurrenzverhalten umschalten und wieder zu dem unangenehmen Mann werden, den ich aus dem Büro kannte, aber nein, er winkte mich freundlich heran. Er trug wieder ein kindisches T-Shirt, diesmal eins mit einem rosa Glücksbärchi vorne drauf, und darunter stand: Pass auf dich auf!

»So was trägst du zu einem Date?« Das platzte aus mir raus, sowie ich in Hörweite kam.

Offenbar konnte ihn nichts, was ich sagte, aus der Ruhe bringen. Er schüttelte lachend den Kopf, und seine Augen funkelten vor Belustigung. »Dir auch ein freundliches Hallo, du Schmeichlerin.«

Ich wurde rot und ärgerte mich darüber. »Ähm, hallo.«

»Und nein, ich würde dieses herrliche T-Shirt nicht zu einem Date anziehen, aber zum Glück sollen wir nur beurteilen, ob die Aktivität geeignet ist, nicht die Begleitung.«

»Ja, Gott sei Dank.«

Er zog eine Braue hoch. »Das beruht auf Gegenseitigkeit, glaub mir. Ich date keine Arschkriecherinnen.«

»Und ich keine Piraten.«

Er neigte überrascht den Kopf, das Grinsen spielte um seine Mundwinkel, als wäre er permanent amüsiert.

Ich half ihm auf die Sprünge. »Du hast meine Präsentation gekapert.«

»Oh, das. Ja, ich nenne es lieber gemeinsame Ideenverbesserung.«

»Meinetwegen kannst du meinen Stiefel in deinem Hintern auch lieber eine Darmspiegelung nennen«, brummte ich. »Nur tut es deshalb nicht weniger weh.«

Er lachte wieder, und das ärgerte mich noch mehr.

»Pflegst du immer diese grobe Ausdrucksweise?«

»Wo uns doch eine so schöne Sprache zur Verfügung steht? Nein, ich war nur faul.«

Er verdrehte die Augen. »Natürlich, was sonst.« Dann bedeutete er mir, voranzugehen. »Wollen wir anfangen mit dieser herrlichen Freizeitbeschäftigung?«

Ich verdrehte auch die Augen und ging an ihm vorbei zum Begrüßungspult. Unser Betreuer, Devin, erklärte uns, wie das Axtwerfen populär geworden war, und zeigte uns die Wurftechnik. Ich stellte eine Frage nach der anderen und schrieb mit unleserlicher Klaue in mein Notizbuch.

»Solltest du als ITlerin die Notizen nicht ins Smartphone schreiben?«, fragte Lucas.

Ich zog eine Braue hoch. »Stört es dich, dass ich Papier benutze?«

Er hob beschwichtigend die Hände, als wollte er Streit

vermeiden. Lügner. »Ich bin nur fasziniert. Ich dachte, du stehst auf *die besten Mittel zur Leistungsoptimierung*.«

Die Anführungszeichen waren deutlich zu hören.

»Du spielst auf die App an, die ich dir empfohlen habe, um deine Redaktionen zu verbessern.« Ich deutete mit meinem Bleistift auf ihn. »Ich wusste doch, dass du darüber sauer warst!«

»Um schneller zu werden, nicht besser. Man braucht einen Menschen, um Texte zu redigieren.«

»Sag das der Rechtschreibprüfung, Opa.« Ich schnaubte und wandte mich wieder Devin zu, der uns amüsiert beobachtete.

»Mir scheint, das wird ein ziemlicher Konkurrenzkampf zwischen euch.« Er grinste mich an, und ich zeigte lächelnd mit dem Daumen auf Lucas.

»Wenn du ein Foto von seinem Gesicht auf die Zielscheibe pinnst, wird sich meine Trefferquote um hundert Prozent erhöhen.«

Lucas prustete und tat dann, als ob er hustete. »Schluss mit der blöden Anmache. Lass uns anfangen.«

»Und da dachte ich, ich bekomme Einblick in deine Datingmaschen«, erwiderte ich und nahm mir eine Axt.

Es gefiel mir, wie sich die Axt in der Luft drehte und wie es klang, als sie in die Zielscheibe einschlug. Wir standen in einer Reihe wie beim Bowling, und jeder um uns herum sah aus wie ein Profi. Eine Frau neben uns benutzte Wurfsterne. Wurfsterne! Ich war starr vor Schreck. Das war wie in einem Film. In einem Racheepos.

Grinsend sah ich zu, wie Lucas seinen ersten Wurf machte und die Axt auf den Boden knallte, ein gutes Stück von der

Zielscheibe entfernt. Das war auf keinen Fall eine gute Idee für ein erstes Date. Die geringste männliche Unsicherheit, und der ganze Abend würde den Bach runtergehen.

»Weißt du, irgendwie glaube ich nicht, dass es wie ein Aphrodisiakum wirkt, wenn man jemanden jämmerlich versagen sieht«, sagte ich unbekümmert und tat, als machte ich mir Notizen, während er die nächste Axt warf. Die streifte den Rand der Zielscheibe.

»Du meinst, etwas zu versemmeln und zusammen darüber zu lachen, trägt nicht zu einem schönen Abend bei?«

Ich dachte an meinen Töpferkurs und all die misshandelten Tonklumpen, die ich unter dem Bett aufbewahrte. Ich kriegte noch immer keine Vase hin. Und ja, das machte mich auch jetzt noch sauer.

»Kommt drauf an, ob du Versagen attraktiv findest.« Ich zuckte lächelnd mit einer Schulter.

»Du versuchst, durch mich eine Gehaltserhöhung zu bekommen, Spicer, aber du kläffst den falschen Baum an, Kleines. Ich habe viele Misserfolge hinter mir. Es macht mir nichts aus, irgendetwas nicht zu können. In den wichtigen Dingen bin ich gut.«

Er warf die letzte Axt auf gut Glück, und diesmal traf er immerhin die Zielscheibe. Wenn auch knapp.

»Wuu-huu!« Er sprang überrascht in die Höhe, und ich verkniff mir ein Schmunzeln. Er benahm sich wie ein Kind, dem zum Abendessen ein Stück Kuchen erlaubt wurde.

»Allmählich kriegst du den Bogen raus«, sagte Devin anerkennend. Er gab mir ein Zeichen, nach vorn zu kommen, und ging die Äxte holen.

»Darf ich fragen, welche wichtigen Dinge das sind?« Ich

trat an Lucas vorbei an die Wurflinie, und er trank einen Schluck aus seiner Wasserflasche und grinste mich dann höhnisch an.

»Oh, ich habe das sogar gehofft.«

Dann lieber nicht.

Ich nahm die Ausgangsposition ein. Auf einmal wurde ich nervös und spürte meinen Herzschlag, als ich die erste Axt warf. Ich merkte, dass Lucas mich beobachtete und fragte mich, ob er einen Fehlwurf zu beschwören versuchte oder ob er hoffte, dass ich traf. Schwer zu sagen. Ich legte meine ganze Kraft in den Wurf, schleuderte sie über meinen Kopf hinweg und sah sie durch die Luft trudeln und in der Mitte der Zielscheibe stecken bleiben.

»Ja!« Ich sprang und drehte mich im Kreis, um das zu feiern.

»Ah, ein Naturtalent!«, rief Devin aus.

»Das ist bloß die ganze angestaute Wut, die irgendwie rausmuss«, sagte Lucas trocken. Er machte sich Notizen im Handy und knipste ringsherum das Dekor.

»Bist du sicher, dass du einer Frau beim ersten Date Zugang zu einer tödlichen Waffe ermöglichen willst?«, konterte ich und warf die zweite Axt. Sie sauste auf die Zielscheibe zu und traf ins Schwarze. Ich grinste Lucas selbstgefällig an und genoss es, wie geschockt er aussah. »Das ist eindeutig besser geeignet für eine Trennungsparty.«

»Die Leute feiern Trennungspartys?« Er schaute zu Devin. »Habt ihr hier solche?«

»Wir haben hier ... Gruppen wütender Leute, besonders um den Valentinstag herum, sicher.« Er zuckte die Schultern. *Ich wusste es.*

»Wie soll man sonst feiern, dass man der Hölle entkommen ist? Oder sein gebrochenes Herz heilen?« Ich wagte einen Blick zu Lucas, während ich die Axt in der Hand wog.

Er sah mich an, als wäre die Lösung offensichtlich. »Na, mit Whisky und Johnny Cash.«

»Klischeehaft.«

»Das ist oft das Beste«, sagte er. Dabei beobachtete er genau, wie ich meinen Wurf ausrichtete, als wollte er sich meine Technik abgucken. Gerade als ich die Axt losließ, fragte er: »Und welcher Mistkerl hat dir das Herz gebrochen?«

Vor Schreck zerrte ich mir die Schulter.

Die Axt traf den Sockel, prallte ab und wurde zu uns zurückgeschleudert. Oder genauer gesagt zu Lucas.

»Runter!«, brüllte Devin, und wir sprangen geduckt weg.

Lucas wich aus, wurde trotzdem getroffen und schrie auf. Die Axt landete polternd auf dem Boden.

»Heilige Scheiße.« Ich hastete zu ihm. Er lag halb zusammengekrümmt am Boden und hielt sich mit beiden Händen das Gesicht. »Bist du verletzt?«

Seine Stimme klang heiser. »Halluziniere ich oder hat die überkorrekte Miss Marina gerade geflucht?«

Ich knurrte. »Lucas. Bist du verletzt?«

»Als ob dich das wirklich kümmern würde, du kleines kaltherziges Frauenzimmer.«

Ich atmete tief ein. »Um Himmels willen, lass mich mal sehen.«

»Damit du es zu Ende bringen kannst?«

Ich schlug einen autoritären Ton an, der keine Widerrede duldete. »Lucas.«

Er nahm die Hände weg und sah mir in die Augen, während ich sein Gesicht nach Verletzungen absuchte.

Ich keuchte entsetzt und riss die Augen auf.

»Gott, was? Was ist da?« Er schaute zu Devin, der mir über die Schulter blickte. Der schüttelte gelassen den Kopf.

»Es wird schwer, höhnisch zu grinsen, wenn das halbe Gesicht fehlt«, sagte ich entsetzt und lachte dann. Er kniff die Augen zusammen, als er begriff, dass ich ihn veralberte. »Alles in Ordnung. Wahrscheinlich bekommst du einen blauen Fleck an der Wange, und da ist auch eine winzige Schürfwunde.«

»Ich habe euch gewarnt, keinen beim Werfen abzulenken«, sagte Devin freundlich. »Es passiert selten, aber die Äxte können zurückprallen. Alles okay so weit?«

»Mir geht's gut, danke.« Lucas schaltete seinen Charme wieder ein. Nun, da er überblickte, welche Tortur ihm bevorstand, wurde er umso freundlicher. Als Devin zur Theke Bier für uns holen ging, damit wir uns für die nächste Runde bereit machen konnten, drehte Lucas sich zu mir und hielt sich die Wange.

»Wenn du mich umbringst, wirst du nicht automatisch befördert, das ist dir doch klar, oder?« Obwohl er jammerte, hielt ich ihm die Hand hin, um ihm aufzuhelfen. Er zögerte, als fürchtete er, ich würde ihn dabei fallen lassen. Aber dann ergriff er meine Hand. War sie schweißfeucht? Ich schob den Gedanken beiseite. Seine Fingerspitzen fühlten sich rau an, und ich fragte mich, ob das vom stundenlangen Tippen kam und ob meine sich auch so anfühlten. Er stemmte die Füße gegen meine und sprang hoch wie ein Spaniel, anscheinend bereit für das nächste Abenteuer.

»Glaub mir, wenn ich dich umbringen wollte, wäre das schon erledigt, und es gäbe keine Beweise und kein erkennbares Motiv. Ich höre oft True-Crime-Podcasts.«

»Du klingst nur umso faszinierender, Spicer.«

Plötzlich hatte ich das Bedürfnis, mich zu rechtfertigen. Das war nicht meine Schuld! Aber er hätte schwer verletzt werden können. *Oh nein, sind das etwa Schuldgefühle? Die kann ich jetzt nicht gebrauchen.*

»Sieh mal, das kann ich unmöglich mit Absicht getan haben. Wenn du mich nicht abgelenkt hättest mit deiner blöden Frage, gerade als ich zum Wurf ausholte ...«

»Es ist nicht blöd, sich zu erkundigen, ob eine gewisse reizende Person kürzlich abserviert wurde, wenn man bei einem beruflichen Projekt mit ihr zusammenarbeiten muss.« Er machte große, ehrliche Augen. Einen Moment lang überlegte ich, ob sie grasgrün oder meergrün waren, und dann fiel mir ein, dass mir das egal war.

Ich blickte ihn fest an. »Ich wurde nicht abserviert.« *Nicht kürzlich.*

»Also bist du einfach ... wütend? Ist das ein Charakterzug von dir?«

»Wenn Leute meine sorgfältigen Pläne durchkreuzen, nur um ihr Ego zu stärken? Sicher. Außerdem, wenn du nicht so unbeholfen wärst, hätte dich die Axt nicht getroffen.«

»Ich bin nicht unbeholfen«, widersprach er leise wie ein Siebenjähriger, der ins Bett geschickt wurde. Er wusste, dass ich recht hatte. Und Dealbreakers hatte mich schon vorbereitet. Offenbar war er an dem Punkt empfindlich. Ich brauchte nicht mal auf die Wunde zu drücken.

Er sah gerade so traurig aus, dass ich tatsächlich Mitleid bekam.

»Willst du die Sache abbrechen, und ich fahre dich zum Krankenhaus, damit die sich das mal ansehen?«, bot ich halbherzig an. Er ging und betrachtete seine lädierte Wange in der spiegelnden Oberfläche der Theke.

»Ah, jetzt kommt raus, was für dich ein gutes Date ist. Verstümmelst du alle Männer, mit denen du dich triffst?«, erwiderte er, nervig wie immer.

»Nur die, die es verdienen. Also ist das ein Nein?«

Er schüttelte den Kopf. »Ich bin gern professionell; ich werde das durchziehen. Vor allem weil es kostenloses Bier gibt.«

Ich hob einlenkend die Hände und setzte mich auf den Barhocker an unserem Stehtisch gegenüber der Wurfscheibe.

»Aber danke«, sagte er plötzlich ernst. »Ich weiß das Angebot zu schätzen.«

Ich nickte nur wortlos, da ich meine Entschlossenheit nicht schwächen wollte. Vor so ernst blickenden schönen Augen waren schon stärkere Frauen als ich eingeknickt. Und die meisten von ihnen hatten sich hinterher in der App über ihn beklagt.

Ich hatte den ganzen Abend die Kommentare über ihn gelesen. Das K.-o.-Kriterium Nummer eins? Er gab den Frauen das Gefühl, dass sich sein Leben nur noch um sie drehte, und ließ dann nichts mehr von sich hören.

Ich sah es vor mir, wie er sie charmant anlächelte, neckisch zwinkerte, beiläufig Komplimente fallen ließ. Er hatte sie mit seinem Charme überwältigt, eine Offensive eines erfahrenen Generals, und nach dem Kaffee oder Essen oder nach einer gemeinsamen Nacht eröffnete er ihnen, dass sie zwar schön und etwas ganz Besonderes seien, er aber nicht bereit für etwas Ernstes war.

Das schlimmste K.-o.-Kriterium von allen: Zeit von Frauen verschwenden.

Devin kam mit zwei Gläsern Bier und einer Platte mit Spiralpommes zurück und stellte sie auf den Tisch. »Lass dich davon nicht abschrecken!«, sagte er zu Lucas. »Trink in Ruhe dein Bier, und wenn ihr in die nächste Runde geht, wechselt die Reihenfolge. Und regt euch nicht gegenseitig auf!« Er lachte und ließ uns allein.

»Da könnte man ebenso gut der Sonne sagen, sie soll nicht scheinen!« Lucas stopfte sich den Mund voll, als hätte er wochenlang nichts Richtiges gegessen.

»Also machen wir weiter?« Ich nahm mir eine Fritte, bevor er alle allein wegputzte, und tauchte sie in Ketchup, dann in Mayonnaise. Er rümpfte die Nase über meinen Geschmack, gab aber klugerweise keine Bemerkung von sich.

»Und liefern uns weiter Wortgefechte? Ich bin zu müde, um in meinem geschädigten Zustand mitzuhalten, Spicer. Du hast mich geschafft.« Lucas schüttelte theatralisch den Kopf.

»Also, das ist herzerfrischend.« Ich knusperte die nächste Fritte weg und trank einen Schluck von meinem Bier, wobei ich genießerisch die Augen schloss. Es gab üblere Arten, den Nachmittag auf Firmenkosten zu verbringen. Und ja, meine Töpferkunst war mies, aber als Axtwerferin war ich olympiaverdächtig. Wer hätte das gedacht?

Er lachte über meine Erwiderung, und als ich die Augen aufmachte, um ihn anzusehen, tastete er an der Schürfwunde herum.

»Lass das, du machst es nur schlimmer.« Ich schlug ihm an den Arm.

»Ah, gut zu wissen, dass es dir nicht egal ist«, sagte er grinsend. Ich atmete tief durch und fragte mich, ob ich die Energie hatte weiterzumachen.

»Weißt du, du machst es mir wirklich schwer, dich zu mögen.«

»Und ich weiß es zu schätzen, dass du es versuchst.«

Ich bezwang den Impuls zu lachen. »Soll ich diesmal als Erste werfen?«

Ich hob die Axt über den Kopf, holte tief Luft und warf. Sie traf das Ziel mit einem befriedigenden Laut. Als ich mich umdrehte, kauerte Lucas am Boden, die Arme schützend vor dem Gesicht. »Ist es vorbei? Ich kann nicht mehr hinsehen!«

Diesmal schaffte ich es nicht, das Lachen zu unterdrücken, und er lächelte erfreut.

Umgarne mich so viel du willst, Mister. Ich weiß genau, wie du bist. Das wird bei mir nicht wirken.

Ich zeigte zur Wurfscheibe. »Na los, zeig mir, wie attraktiv es ist zu verlieren.«

Lucas nahm mir schulterzuckend die Axt ab, stellte sich an die Wurflinie und atmete tief ein. Ein bisschen hoffte ich, er würde das Ziel diesmal treffen.

»Wenn du die Füße etwas weiter auseinandernimmst ...« riet ich spontan.

»Schsch, du hast mich schon verstümmelt, lenk mich nicht auch noch ab.«

»Ich hab dich nicht verst...«

Die Axt traf ins Schwarze, und ich klatschte tatsächlich,

während er sich freute. Als er sich zu mir umdrehte, machte ich ein unbewegtes Gesicht.

»Weißt du, was dein Problem ist, Spicer?«, fragte er, als er auf den Tisch zukam.

Ich ging zur Wurflinie und übernahm im Vorbeigehen die Axt. »Ja, du. Du bist mein Problem. Du und dein großes Mundwerk, mit dem du dich in mein Projekt einmischst.«

Er schüttelte den Kopf und stützte die Unterarme auf den Tisch. Ich ignorierte, wie schön sich seine Bizepse wölbten und die Ärmel darüber strafften, und konzentrierte mich auf sein Gesicht. »Dein Problem ist, dass du mich eigentlich ziemlich magst.«

Einen Moment lang musste ich mir das Lachen verkneifen. »Unmöglich.«

»Nein, wirklich.« Er lächelte. »Das ist okay. Passiert den Besten trotz gegenteiliger Absicht. Es ärgert dich, aber du magst mich.«

»So machst du dir Freunde? Du beharrst darauf, dass sie dich mögen, bis sie klein beigeben?«

»Ach komm, sei ehrlich. Nur ein kleines bisschen.« Seine Augen funkelten. Sie *funkelten*.

Ich dachte kurz darüber nach. »Du bist charmant«, räumte ich ein.

Er klatschte in die Hände. »Okay, also sind wir ...«

Ich fiel ihm ins Wort. »Aber ich traue charmanten Leuten nicht. Charme ist eine Lüge mit einem schönen Gesicht.«

»Oh.« Er schaute ehrlich verblüfft. »Also ... dann sollte ich wohl erleichtert sein, weil du mein Gesicht schön findest?«

»Und wer weiß, wie lange noch, wenn ich wieder eine Axt

in die Finger bekomme«, sagte ich leichthin und warf, ohne mich sonderlich zu konzentrieren. Ins Schwarze. Erneut.

»Jetzt wissen wir also, wie du bist, wenn du etwas gut kannst. Aber wie bist du, wenn du etwas schlecht kannst?«, fragte Lucas ernst und notierte sich etwas auf seine fleckige Serviette.

»Ziemlich furchtbar«, gab ich ehrlich zu. »Ich mag es nicht, wenn ich etwas nicht kann. Wer tut das schon?«

Er hob die Hand, dann nahm er sein Glas. »Wenn ich etwas schlecht kann, heißt das, ich habe es wenigstens versucht. Und ehrlich gesagt, so cool das ist, dass sich Axtwerfen als deine Inselbegabung herausstellt ... Es bleibt deine einzige, nicht wahr?«

»Habe ich dich eben noch als charmant bezeichnet?«, schnaubte ich und holte mein Notizbuch hervor. »Hör zu, lass uns den unterhaltsamen Schlagabtausch für einen Moment aussetzen zugunsten ernsthafter Arbeit. Würdest du zu einem Date in diesen Laden gehen?«

Er blickte sich um und zählte die Argumente an den Fingern ab. »Es macht Spaß, es ist einzigartig, es ist erschwinglich, das Essen schmeckt, es ist unvergesslich.«

»Unvergesslich?«

»Jeder wünscht sich einen schönen Beziehungsanfang, nicht wahr?« Er zuckte die Schultern. »Wenn man seine Verlobungsgeschichte erzählt, möchte man sagen: Unser erstes Date war fantastisch, wir hatten einen wunderschönen Abend! Und nicht: Wir tranken miese Cocktails in einem abgeranzten Pub und hatten dann Sex, weil wir betrunken waren, und jetzt sind wir zusammen, weil wir Angst vor dem Alleinsein haben.«

Ich blinzelte. »Mir scheint, ich habe gerade mehr über dich erfahren als nötig.«

»Über mich?« Er lehnte sich zurück. »Ich bin ein Romantiker der alten Schule, durch und durch.«

Ich schnaubte. »Das merkt man. Ist dir klar, dass sich Paare im wirklichen Leben anders kennenlernen? Du hast nur Bilder aus romantischen Filmkomödien vor Augen. Tatsächlich lernen sich Leute über Apps kennen, und Jahre später erfinden sie so eine Geschichte, dass sie sich vom ersten Augenblick an sicher waren, damit es interessanter klingt.«

Er zuckte zusammen. »Autsch, wie zynisch.«

»Du denkst, Pärchen haben sich kennengelernt, weil sie sich wegen des letzten Handschuhpaars bei Bloomingdale's stritten oder weil er eine Wette eingegangen ist, sie zur Abschlussballkönigin zu machen?«

»Mir drängt sich der Eindruck auf, dass du romantische Komödien hasst.«

»Nein.« Ich schüttelte den Kopf. »Tatsächlich mag ich die sehr. Ich liebe diese herrlichen Stellen, wo endlich alles gut wird und die Musik anschwillt und im Hintergrund das Feuerwerk losgeht. Doch im wirklichen Leben gibt es die nicht. Und wer an solches Zeug glaubt, kann nur bitter enttäuscht werden.«

Er zog die Brauen hoch. »Tja, ich weiß nicht.«

Ich warf die Hände hoch. »Willst du hören, was ich zu sagen habe, oder bist du schon von vornherein dagegen?«

»Ich meine ja nur ... Nein, die meisten von uns erleben keine dramatische erste Begegnung, die zum Happy End führt ... aber es gibt Feuerwerk. Es sollte immer Feuerwerk geben. Andernfalls, wozu das Ganze?«

»Jetzt verstehe ich, warum du beim Date mit einer Frau, die du kaum kennst, vierzig Mäuse fürs Axtwerfen ausgibst.« Ich betrachtete ihn kopfschüttelnd.

»Weil ich der klassische Romantiker bin?«

»Weil du es nicht erträgst, wenn du nicht der Beliebteste im Raum bist. Du brauchst es, gemocht zu werden.« Ich grinste spöttisch.

»Wirklich nett von dir, dass du an mir arbeitest, um mich von meinem belastenden Problem zu befreien.« Er verdrehte gereizt die Augen. »Na los, du bist dran. Warum funktioniert das für Gruppen? Für deine wütenden Weibergruppen oder was auch immer.«

»Es baut einen auf, man kann sich verausgaben, ohne dass man dafür etwas können muss, es ist nicht teuer, und man kann einen schönen Wettkampf ausfechten. Das Essen und die Getränke passen für Geburtstagsfeiern. Und wenn wir mit Freunden gekommen wären, könnten die sehen, wie ich dich fertigmache.«

»Stimmt.« Er stand auf und blickte sich um. »Es steht also unentschieden?«

»Das werden wir erst am Ende wissen.«

Einen Moment lang blickte er auf seine Schuhe, dann sah zu mir hoch.

»Die Zwillinge haben mich gebeten, Tagesberichte für den Blog zu schreiben«, sagte er, als wir nebeneinander auf den Ausgang zuhielten.

»Zwillinge?« Ich stutzte, dann kapierte ich. »Die Joes. Witzig.«

»Willst du lesen, was ich geschrieben habe, bevor ich es auf der Seite veröffentliche? Dich vergewissern, dass ich dich nicht als Ungeheuer hinstelle oder übertrieben schildere, wie Marina Spicer mich zum Krüppel gemacht hat?«

Er hielt mir die Tür auf, worauf ich dankend nickte und auf die Straße trat.

»Danke für das Angebot. Aber seltsamerweise«, ich zögerte kurz und ahnte schon, dass ich das bereuen würde, »was das anbelangt, vertraue ich dir voll und ganz.«

Sein Lächeln war blendend, ganz unbestreitbar. Es strahlte so hell, dass mir in dem Scheinwerferlicht ein bisschen flau wurde. Das war ein gefährliches Lächeln. Ein Lächeln, das sagte, ich sei für ihn die wichtigste Person. Die schönste, die interessanteste. Und für eine Sekunde fand ich es berauschend.

Ich bekam tatsächlich schlecht Luft angesichts von so viel unerschrockener Zuneigung. Als hätte ich ihn beeindruckt, verblüfft, entzückt.

Und dann fielen mir all die Frauen bei Dealbreakers ein, die geglaubt hatten, in ihm ihren Seelenverwandten gefunden zu haben, in Lucas Kennedy, der einen zum Mittelpunkt seiner Welt machte, solange er Lust hatte.

»Ich wusste es.« Er zeigte auf mich, während er sich rückwärts von mir wegbewegte. »Du magst mich! Du vertraust auf meine Texte und respektierst mich als Mensch!«

»Tue ich nicht«, rief ich verärgert.

»Tust du doch, das tust du wirklich!«

»Auf Wiedersehen, Lucas.«

Ich verkniff mir ein Lächeln und konzentrierte mich auf den Gedanken, dass nur Lucas Kennedy zwischen mir und meinem Zukunftsplan stand. Zwischen mir und meiner schönen Wohnung und meinem großartigen Job und sogar meiner künftigen Beziehung und der Familie, auf die ich so erpicht war. Der erste Schritt war der Sieg bei dieser Aufgabe. Dadurch würde sich alles von selbst ergeben.

Und dennoch, als ich sicher im Bus saß und nach Hause fuhr, wo mich niemand beurteilte und ich nicht kratzbürstig und schlagfertig zu sein brauchte, dachte ich an sein Lächeln und wie schön es gewesen war, dass mich jemand ansah, als wäre ich die Sonne, die hinter den Wolken hervorkam. So hatte mich seit Langem keiner mehr angesehen.

Das hatte mir gefehlt.

5

Als ich auf den Bus wartete, um zu meiner Verabredung zu fahren, klingelte mein Handy. *Zuhause* leuchtete auf dem Display auf. Eigentlich hätte ich das längst ändern sollen, doch die Festnetznummer meiner Eltern würde immer diesen Anspruch erheben.

»Hallo?« Ich beschloss, zur nächsten Haltestelle zu laufen. Es war leichter, in Bewegung zu bleiben, wenn ich Gesellschaft hatte.

»Hallo, Schatz«, rief Dad. »Ich mache gerade das Curryrezept. Wie viele Teelöffel Garam Masala muss ich nehmen?«

Ich seufzte lautlos. Er brauchte immer einen Grund, um anzurufen. Selbst wenn er grundlos anrief.

»Zwei.« *Und du weißt das, weil du das schon zubereitet hast, als ich noch gar nicht auf der Welt war.* »Was ist los?«

»Ich wollte nur mal ein bisschen mit der Jugend von heute reden. Mich wichtig und zeitgemäß fühlen. Ist sehr wichtig, den Überblick zu behalten.« Ich hörte ihm an, dass er lächelte.

»Was hast du vor?«

»Dasselbe wie immer. Immer dasselbe. Fahren natürlich, und ich habe beim Nachbarn die Klospülung repariert. Hätte fast die ganze Straße überschwemmt! Und ich habe mit deiner Mum über deinen Geburtstag gesprochen ...«

Ah, das war es also. Ein Warnanruf.

»Bis dahin sind es noch ein paar Wochen, Dad. Bin mit einem Gutschein zufrieden.« Aber das brauchte ich ihm eigentlich nicht zu sagen.

»Natürlich, tja, also deine Mum hat schon eine Idee für dein Geburtstagsgeschenk. Es ist auch eine Art Gutschein. Und ich, na ja, ich bin mir nicht sicher, ob es eine gute Idee ist, aber vielleicht bin ich bloß altmodisch und verstehe es nicht. Also wenn sie es erwähnt, sei freundlich, ja, Schatz? Sie macht sich deinetwegen Gedanken. Sie möchte, dass du glücklich bist.«

»Jetzt beunruhigst du mich ...«

»Nein, es ist nur, du weißt schon, sie meint es nur gut und ...«

»Ist das Marina?«, hörte ich sie im Hintergrund schreien.

Halb musste ich lachen. »Gib ihr das Telefon, Dad.«

Ich winkte meinen Bus heran, legte die Fahrkarte auf das Lesegerät und schenkte dem Fahrer ein Lächeln, das er aber nicht registrierte. Während ich den Gang hinunterwankte zu einem Sitzplatz, hörte ich meinen Vater flüstern: »Denk dran, was ich gesagt habe: Sie meint es nur gut.«

Ich hörte Geraschel, als er mich an sie weiterreichte, und hielt das Handy vorsorglich ein Stück vom Ohr weg.

»Liebling!« Meine Mutter redete immer zu laut. Dad war ein zurückhaltender Taxifahrer, der gern etwas über das Leben seiner Fahrgäste erfuhr. Ich sagte oft, er sollte mehr Geld verlangen und sich Therapietaxi nennen. Meine Mutter dagegen war eine Schulleiterin, die sich nichts vormachen ließ und ein bisschen wütend war, weil sie es nicht zur Schauspielerin gebracht hatte. Sie war der Star ihrer Amateurtheatergruppe. Nur Penelope Spicer hörte man bis in die hinterste Reihe.

»Hey, Mum, wie geht's?«

»Wie ist deine Präsentation gelaufen?« Ich war ehrlich gerührt, weil sie das noch wusste. Oft reagierte sie begeistert und vergaß dann, was sie nicht unmittelbar betraf. Ihre Stärke war es, die Siege zu feiern. Hatte man eine Bestnote geschrieben, schmiss sie eine Party. Hatte man einen neuen Job ergattert, rief sie beim Lokalblatt an und fragte nach, ob die ein paar Zeilen darüber schreiben würden. Wenn einen der feste Freund nach zehn Jahren sitzen ließ, dann … versuchte sie, das zu kitten. Am besten, man ließ sie über alles, was nicht perfekt lief, im Dunkeln.

»Die … läuft noch.« Ich erklärte kurz die Situation und versprühte möglichst wenig Gift, wenn ich Lucas erwähnte.

»Nun, nicht jeder muss ein Führer sein, Liebes. Der Job an der Uni, wo du die Webseite gemacht hast, hat perfekt gepasst. Man muss nicht nach den Sternen greifen, Marina. Wir sind so oder so stolz auf dich.«

Ihre Art der Akzeptanz gab mir immer das Gefühl, dass ich mehr erwartete, als ich leisten konnte, mehr als ich wert war. Und dass sie in den Neunzigern ein spezielles Buch über wichtige elterliche Slogans gelesen hatte und dabei stehen geblieben war.

»Ich habe eine gute Stelle mit guten Sozialleistungen.«

»Wie die kostenlosen Süßigkeiten an Freitagen?«

»Wie bezahlten Mutterschaftsurlaub und Krankenversicherung.«

»Hm, du hast noch vor, eine Familie zu gründen?« Oh

Gott, ich war in die Falle getappt. Meine Mutter und der Fall der biologischen Uhr.

»Ja.« Ich kam mir vor wie ein mürrischer Teenager. »Warum?« *Dass mein Freund mit mir Schluss gemacht hat, heißt nicht, dass ich nicht irgendwann Kinder habe.*

»Ach, das ist nur gut zu wissen, Liebling. Ich mache mir Sorgen. Du mit deinen vielen Dates. Eine Beziehung nach der andern. Du lebst das Hashtag HoeLife? So nennt man das heute, oder?«

Ich zuckte derart zusammen, dass ich mich fragte, ob sich meine Muskeln je wieder entspannen würden.

»Ich treffe mich nur mit Leuten, Mum. So kommt man zum Kinderkriegen. Man muss jemanden finden, der das auch will.«

»Ich musste nicht jeden Abend mit einem anderen ausgehen, um zu wissen, dass dein Vater der Richtige war. Ich habe ihn nur einmal angesehen und …«

»Es war perfekt, ich weiß. So ist es jetzt nicht mehr, Mum. Und selbst wenn, du hast ihn schon in der Schule kennengelernt. Das hat bei mir nicht funktioniert.«

»Apropos, Patricia meint, Adam kommt gut voran. Neuer Job. Hat wirklich Erfolg«, sagte sie lebhaft, als wüsste sie nicht, wie weh das tat.

»Das ist toll«, erwiderte ich zähneknirschend. »Das freut mich für ihn. Und ich habe auch Erfolg, weißt du.«

»Ich weiß, das habe ich ihr auch gesagt. Patricia, sagte ich, du kannst auf den Jungen so stolz sein, wie du willst, aber du weißt, er wäre nicht halb so erfolgreich, wenn meine Marina ihm nicht all die Jahre geholfen hätte.« Sie klang sehr zufrieden.

Ich schlug mir entsetzt an die Wange. »Das hast du nicht wirklich gesagt, bitte, Mum.«

»Doch, es ist wahr! Adam war ein netter Junge, und wenn ihr wieder zueinanderfinden würdet, wäre ich froh und glücklich, aber er wollte Rockstar werden, und du hast ihn dazu gebracht, sich einen richtigen Job zu besorgen.«

»Er will noch immer Rockstar werden«, murmelte ich. »Hör zu, bitte sprich mit seiner Familie nicht mehr über mich. Das ist peinlich.«

»Marina«, erwiderte sie bestimmt, und ich wusste, mir stand eine ihrer Aufmunterungsreden bevor. »Du brauchst dich für nichts zu schämen. Er hat *dich* verlassen. Er hat *deine* Zeit vergeudet. Er ist der Grund, warum du vielleicht nie Kinder haben wirst. Ganz ehrlich, er sollte sich schämen.«

»Leute dürfen sich ändern, Mum«, erwiderte ich kraftlos. Ich schaute aus dem Fenster, während der Bus weiterzockelte, und fragte mich, ob jeder da draußen solche Gespräche mit seiner Mutter hatte oder ob alle anderen aus einer normalen Familie stammten.

»Unsinn. Männer verändern sich nicht, wenn sie dich lieben.«

Autsch. Zeit, das Thema zu wechseln. Ich schloss die Augen und sagte mit schwacher Stimme: »Dad sagte etwas wegen meines Geburtstags.«

Sie keuchte theatralisch. Ich stellte mir vor, dass sie sich an die Brust schlug. »Wie ungezogen von ihm! Aber ja, ich habe eine geniale Idee für deinen Geburtstag, Liebling. Eigentlich war es die Idee von Doris im Büro oder vielmehr von ihrer Tochter. Sie ist eine Lesbe, weißt du.«

Wusste ich.

»Und ... was ist es?« Meine Mutter beim Thema zu halten war ein gutes Stück Arbeit.

»Oh, wir werden deine Eier einfrieren, Liebling!« Sie klatschte mit einer Hand ans Telefon. »Wir schenken dir Zeit! Kannst du dir ein besseres Geschenk vorstellen?«

Ich wollte fragen, ob sie mich in den Tag zurückversetzen könne, als ich fünfzehn war und Adam fragte, ob ich mit ihm ausgehen wolle, und ob sie mich dann Nein sagen lassen könne, damit ich die zehn Jahre nicht an ihn verschwendete. Denn andernfalls würde sie mir keine Zeit schenken.

Beim Geschaukel des Busses wurde mir übel, wie er anfuhr und abbremste und durch den Verkehr kroch. Seit ich eingestiegen war, schien er kaum vorwärtsgekommen zu sein. Ich zog ein Fenster herunter, doch es kam keine Luft herein. Nur Lärm und Abgase. Ich setzte mich wieder, unsicher, wie ich hergekommen war.

»Ich ... weiß ehrlich nicht, was ich sagen soll.« Ich blinzelte, versuchte, nicht gekränkt zu sein. Ich schlug einen sanften, bittenden Ton an. »Ich bin dreißig, Mum. Ich habe noch Zeit.«

»Weniger, als du denkst, Liebling«, widersprach sie leise. Hätten wir uns persönlich unterhalten, hätte sie mir die Haare zurückgestrichen, mit einem pastellrosa Fingernagel meine Wange gestreift. Aber am Telefon, wenn sie eine Idee hatte und eine Möglichkeit, ein Problem zu beheben, dann war sie wie ein Bulldozer: Sie ließ nicht mit sich reden. »Ich möchte nicht unfreundlich sein, ich möchte nur dafür sorgen, dass du noch eine Wahl hast. Wir hatten nicht vor, Kinder zu bekommen, aber wir hatten andere Dinge in unserem Leben.«

Oh ja, sag mir ruhig noch mal, dass du keine Kinder wolltest und ich jetzt trotzdem da bin.

»Ich habe ein ausgefülltes Leben.« *Oder ich werde es haben, wenn meine Beförderung erst mal alles in Gang setzt.*

Sie ging überhaupt nicht darauf ein. »Du bist eine praktisch denkende Frau, Liebling. Ich tue etwas Praktisches. Dafür braucht man sich nicht zu schämen. Manchmal läuft das Leben nicht wie geplant.« Wir wussten beide, dass sie jetzt log. Wenn man Penelope Spicer war, lief das Leben genau wie geplant, andernfalls hatte man nicht gut genug geplant. »Außerdem gibt es gerade einen Rabatt auf die Eientnahme, und wir bezahlen die Lagerung für ein Jahr als Geburtstagsgeschenk. Im Jahr darauf kannst du die Kosten übernehmen. Sie nennen das Wunschkindhonorar. Ist das nicht süß?«

»Oh, reizend«, sagte ich trocken. »Ich muss auflegen, Mum, sonst verpasse ich meine Haltestelle.«

»Okay. Hab dich lieb!«

»Ich dich auch«, sagte ich mit einem Kloß im Hals.

Beim Axtwerfen hatte ich mich gefühlt, als könnte ich die Welt erobern. Jetzt war ich bloß eine Frau, der die Zeit davonlief.

Nach dem Gespräch hatte ich nicht mehr die geringste Lust auf das Date. Doch wie meine Mutter so eloquent herausgestellt hatte, durfte ich keine Zeit verlieren. Und bei dem Gedanken zog sich meine Brust zusammen, und mein Magen schlingerte. Es war, als liefe über meinem Kopf ein Countdown, den jeder sah, außer mir. Und die Zeit war fast abgelaufen.

Da ich mal nicht meinen Wein in mich reinkippen und unter dem Tisch mit den Beinen zucken wollte wie ein fluchtbereiter Hase, öffnete ich meine beruflichen E-Mails. Heute war ein normaler Tag gewesen, wenn man davon absah, dass ich quer durch das Büro Lucas' Hinterkopf sehen konnte, da er immer in seinem Schreibtischstuhl lümmelte, als machte er ein Schläfchen. Er hatte mir zugezwinkert, als er meinen Blick bemerkte. Daraufhin hatte ich bis Feierabend nicht mehr vom Schreibtisch aufgeblickt.

Und jetzt eine E-Mail von ihm mit einem Link zu der Seite. Sein Blogbeitrag war schon da. Verdammt, er arbeitete schnell. Doch als ich den Link öffnete und die Seite überflog, stellte ich fest, dass er Wort gehalten hatte. Er hätte mich als aggressiv und rücksichtslos hinstellen können, und stattdessen hörte es sich an, als … könnte man mit mir Spaß haben? Als wäre ich interessant? Unsere ärgerlichen Streitereien lasen sich wie ein superwitziges Geplänkel, und ich war beeindruckt von meiner Schlagfertigkeit.

> Mein Date mag anderer Meinung sein, doch es hat etwas Romantisches, wenn einem von einer schönen Kriegerin fast der Kopf abgeschlagen wird. Aber da spricht vielleicht nur der Blutverlust aus mir.

Du lässiger Mistkerl.

Ich nippte an meinem Wein und hielt mir vor Augen, dass er nur ein Spiel spielte. Wir beide. Doch er war talentiert, ohne Zweifel. Die Frauen im Büro waren heute netter zu mir gewesen. Als ob seine Nähe mich in ihren Augen menschlicher machte. Sie hatten mich alle gefragt, wie das

Date gelaufen sei, und über meinen Beinahetreffer mit der Axt gekichert. Darüber geredet, wie *nett* Lucas wirkte, wie viel *Spaß* wir gehabt haben mussten! Ich wusste nicht so recht, ob sie mich plötzlich nett fanden oder bloß herausfinden wollten, wie weit ich ihnen im Weg stünde, wenn sie sich an ihren Traummann heranmachten.

Er würde sie jedenfalls mit offenen Armen empfangen.

Ich sah auf die Uhr. David, ein Buchhalter aus Leeds, war zehn Minuten überfällig. Kein toller Anfang, aber für mich kein K.-o.-Kriterium. Manchmal kam eben etwas dazwischen, der Verkehr, die Arbeit, das Leben. Doch wenn sich die Wartezeit auf fünfzehn Minuten ausdehnte, würde ich das überdenken. Die Zeit anderer hatte man zu achten.

David hatte bei Dealbreakers gute Kritiken. Es hieß, er sei anfangs etwas still, aber höflich und engagiert. Er hatte zwei Hunde, es gefiel ihm, in London zu wohnen. Er stand seiner Familie nahe, doch nicht zu nahe. Er hatte einen Fünf-Jahres-Plan, und sein Foto war zwar ein bisschen unscharf, aber es war nicht noch der Arm einer abgeschnittenen Frau zu sehen und auch nicht irgendein Kind, durch das er sympathisch erscheinen wollte, und er trug auch keinen riesigen Fisch auf den Armen, als müsste er beweisen, dass er in der Wildnis überleben konnte. Also so weit ein guter Start.

»Hi, tut mir sehr leid, dass ich zu spät komme. Bist du Marina?« Vor mir stand ein Mann, der ... tja, »Mann« war eine glatte Übertreibung. Oh mein Gott. Auf dem Foto hatte er Bartstoppeln gehabt. Hatte älter ausgesehen. Er hätte über dreißig sein sollen.

Der ist noch ein Kind.

»David?« Ich sah ihn mit großen Augen an, und er nickte, setzte sich und griff nach der Speisekarte.

»Ich denke, das ist ein Missverständnis«, sagte ich und sah seine Augen größer werden. »Wie ... wie alt bist du?«

»Oh.« Plötzlich klang er kleinlaut. »Ach, das.«

»Ja, genau.«

»Alter ist bloß eine Zahl. Ist man es nicht wert, sich erst mal kennenzulernen und herauszufinden, ob man zusammenpasst, bevor man sich wegen solcher Dinge Gedanken macht?« Er sah mich hoffnungsvoll an, aber entsetzt wie ich war, schüttelte ich sofort den Kopf. Ich hatte mich gründlich informiert, alle Bewertungen gelesen. Ich wollte doch nichts weiter, als dass mal *einer* meinen Anforderungen entsprach. Ich brauchte keine Romantik, keinen ungewöhnlichen Beziehungsstart oder Feuerwerk am Himmel, wenn wir uns endlich küssten. Ich brauchte nur jemanden, der tatsächlich so war, wie er zu sein behauptet hatte. Das schien mir nicht zu viel verlangt.

Und dennoch saß ich wieder enttäuscht da. Es war zum Heulen.

»Möchtest du in den nächsten zwei Jahren eine Familie gründen?«, fragte ich direkt. Mal sehen, wie er sich aus der Sache herausredete.

»Ich ... äh ...« Er wollte sein Entsetzen überspielen und versagte. »Nein, ich studiere noch.«

»Genau. Also spielt das Alter doch eine Rolle, nicht wahr?«

»Es ist nur ... Irgendwie komme ich mit älteren Frauen besser klar ...«

Mir fiel die Kinnlade runter, und ich stand auf, riss beinahe mein Weinglas um, so eilig hatte ich es, wegzukommen. Ich fing es gerade noch ab und fand kaum die Kraft für dieses Gespräch. Ältere Frauen. Natürlich waren Frauen über dreißig für ihn ältere Frauen, denn er war praktisch noch ein Teenager.

David hob entschuldigend die Hände. »Ich meinte Frauen in den Dreißigern! Ich weiß nicht warum, aber sie verstehen mich besser als die gleichaltrigen!«

Frustriert ballte ich die Fäuste und hörte meine schrille, wütende Stimme: »Tja, das ist verblüffend, da dein Gehirn noch nicht voll entwickelt ist!« Ich holte tief Luft und gab mir Mühe, wieder zum verantwortungsbewussten, vernünftigen Menschen zu werden. Nicht vor Enttäuschung um mich zu schlagen. »David, ich möchte einen Partner fürs Leben finden. Ich möchte Kinder haben. Ich habe Pläne und kann meine Zeit nicht an jemanden vergeuden, der erst noch lernen muss, wie man Wäsche vor dem Waschen sortiert.« Ich spürte, dass mich die Kraft verließ, fühlte mich am Rand des Zusammenbruchs, und atmete einmal tief durch. »Bitte ... schreib in dein verdammtes Profil rein, dass du noch studierst, okay?«

Er nickte, als hätte ich ihm Angst eingejagt.

»Ich gehe jetzt. Viel Erfolg an der Uni.« Ich kippte meinen Wein hinunter, stellte das Glas behutsam auf den Tisch und ging, ohne ihn noch mal anzusehen. War das sehr grob? Vielleicht. Würde ich am Abend lachen, wenn Bec sich prustend darüber ausließ, wie es wohl mit einem jugendlichen Lover wäre und zu welcher Uhrzeit er zu Hause sein müsste, um Happahappa zu machen? Klar. Aber im Augenblick war ich von der Enttäuschung überwältigt.

Seltsamerweise überlegte ich, was Lucas von alldem halten würde. Dass er kichern und Mitgefühl für den »armen Jungen« äußern und fragen würde, ob ich nicht unfair gewesen war. Man vergibt sich nichts, wenn man höflich bleibt, oder?, würde er sagen. Warum sich nicht die Zeit nehmen und jemanden kennenlernen, sich überraschen lassen, etwas Neues erfahren?

Doch Grenzen und Erwartungen spielten eine Rolle, oder? Welchen Sinn hätte es, wenn einer des anderen Zeit verschwendete, nur um höflich zu sein? Ich hatte viele Jahre meines Lebens vergeudet. Ich lag hinter meinem Zeitplan zurück. Selbst wenn mir David gefallen hätte, selbst wenn wir uns auf Anhieb verstanden und er meine lustige, geistreiche Seite hervorgeholt hätte … wäre ich nicht bereit gewesen, meine Zukunft aufzugeben. Das täte ich für niemanden. Nicht noch einmal.

6

»Wieder eine Nullnummer?«, fragte Harriet, als ich mich am nächsten Morgen an den Schreibtisch setzte und die Kopfhörer nahm. Sie sah heute besonders farbenfroh aus: ein Schottenrock in Pink und Gelb über zerrissenen schwarzen Strumpfhosen und ein dunkelvioletter Lippenstift.

Ich lächelte und gab mich möglichst fröhlich. »Ich will nicht darüber reden.«

»Ich bin sicher, das reichte nicht an die freudige Erfahrung heran, Lucas Kennedy mit einer Axt zu killen.« Sie zog eine Braue hoch und fasste an ihren leuchtend roten Zopf.

»Also hast du den Artikel gelesen.« Seufzend legte ich den Kopfhörerbügel um meinen Hals und lehnte mich zurück. »Wie soll ich da mithalten? Er schreibt einen witzigen Blog, den alle Kollegen toll finden, und ich bringe nur eine PowerPoint-Präsentation?«

Darüber dachte sie kurz nach. »Weißt du, ich finde das nicht schlecht. Er macht dich zum Star der ganzen Sache. Als wollte er dich überzeugen, dass das gute Locations für ein Date sind, und dich gleichzeitig daten. In gewisser Weise.«

Ich sagte nichts, blinzelte nur unbeeindruckt.

»Nicht die Antwort, die du wolltest, schätze ich.« Sie hob die Hände, als wollte ich sie erschießen. Ich milderte meine

Miene ab. »Er ... verschafft dir mehr Aufmerksamkeit. Im Übrigen denke ich, du solltest eine erstklassige Seitensimulation für Bad Mother Chuckers machen und teilen, damit du quitt bist. Wenn jeder im Büro Anteil nimmt, musst du anfangen, deine Arbeit zu zeigen.«

Kaum hatte sie das gesagt, kam mir eine Idee, und es juckte mir in den Fingerspitzen, als ich sie erwog.

»Ooh, sie ist im Kreativmodus.« Harriet kannte den Gesichtsausdruck. »Leg dich ins Zeug und sag es mir, wenn du Feedback brauchst.«

Den Vormittag über folgte ich ihrem Rat. Wenn ich den Wettkampf gewinnen wollte, reichte es nicht, einfach mitzumachen und meinen Teil zu erledigen, sondern ich musste überzeugen. Ich musste die Leute dazu bringen, meine Seite zu sehen. Und sicher, ich hatte kein Talent für Small Talk und konnte mir Namen schlecht merken (ich hatte schon zu viel damit zu tun, mir meinen eigenen zu merken, wenn ich vor anderen reden musste). Aber ich musste nicht Lucas Kennedy sein. Es war nicht einmal nötig, dass mich alle mochten. Sie mussten nur an meine Vision glauben, in welche Richtung sich LetsGO entwickeln sollte.

Und auch wenn es mich ärgerte, dass Lucas mein Projekt an sich gerissen hatte, die Leute waren dadurch wenigstens interessiert. Die Firma hatte bisher keine klare Strategie gehabt, und die Angst, dass das Geld und die Süßigkeiten bald ausgehen könnten, ging sicher manchen durch den Kopf.

Ich entwarf eine Seite und bat Marie, die Sekretärin der Joes, um ein paar Fotos, die Lucas ihr gegeben hatte, weil ich ihn nicht selbst fragen wollte. Anscheinend war es sowieso ihre Aufgabe, unseren Wettkampf zu managen.

Dann entwarf ich ein Buchungssystem für Gruppen und ließ es so aussehen, als hätte eine Gruppe ihre Fotos hochgeladen, ihre Meinungen zu dem Event geäußert, Fragen gestellt und Kritik hinterlassen. Ich ließ es aussehen, als hätte Bad Mother Chuckers darauf geantwortet und sich mit verbilligten Eintrittskarten bedankt. Und dann schrieb ich Bec, dass ich ein bisschen kreative Hilfe bräuchte. Innerhalb von fünfzehn Minuten, schickte sie mir die erbetene Zeichnung, und ich fügte sie in die Seite ein. Es war ein Cartoon, in dem ein erwachsener Mann sich duckte und eine Axt über seinen Kopf hinwegflog. Mithilfe von Photoshop machte ich die hochgeladenen Fotos zu Polaroids, und wenn man auf die Seite klickte, erzeugte das eine Fotokollage. In der Mitte sah man Lucas und mich breit lächelnd auf dem Foto, das Devin aufgenommen hatte, bevor wir den Laden verließen. Ich hatte das zähneknirschend über mich ergehen lassen und einen gewissen Abstand gehalten, um deutlich zu machen, dass das kein Date war. Und natürlich wirkte Lucas lässig und gut gelaunt, obwohl sich an seiner Wange ein Bluterguss gebildet hatte.

Ich hatte eine imaginäre Welt erschaffen, in der ich mit Lucas Kennedy nicht nur befreundet war, sondern wir hatten etliche Freunde, die mit uns zum Axtwerfen gingen. Die witzige Kommentare darüber posteten, wer mit wem konkurrierte und wer die letzte Kringelfritte vom Teller klaute oder wer beim nächsten Mal gewinnen würde. Ich war vielleicht kein Schreibtalent, aber ich konnte ganz offensichtlich das Unvorstellbare visualisieren.

Als ich das Harriet zeigte, unterdrückte sie einen Freudenschrei. »Das. Genau das habe ich gemeint. Absolut mega.« Sie hob die Hände und senkte sie. »Ich verneige mich vor der Layout-Queen. Schick es ab.«

Ich zögerte, da ich es nicht gewohnt war, Zeug im internen System zu teilen, außer ein Update, das niemand las, oder eine Ankündigung, die niemand wollte. Es war nicht meine Art, anzugeben. Doch da, von gestern, war Lucas' Link, sein freundlicher Zwinker-Smiley verspottete mich, als ich dem ganzen Büro mitteilte, ich hätte etwas über unser »Date« geschrieben. Ich musste dasselbe tun.

Innerhalb von fünf Minuten kamen jede Menge Likes und Kommentare herein. Kollegen, die noch nie ein Wort mit mir gewechselt hatten, lolten jetzt und gratulierten mir zu der gelungenen Aufgabe. Hashtags #TeamMarina und #TeamLucas hatten begonnen, und ich fragte mich, was hier wirklich passierte. Ich spähte durch die Glaswände unseres Bürokastens in den Hauptbereich und nach drüben, wo die Marketingleute uns gegenüber saßen. Bisher hatte ich nur ein Haarbüschel unter einer anderen Beanie sehen können. Seinen Nacken, als er sich im Stuhl zurücklehnte.

Und dann hörte ich es. Sein helles lautes Lachen war unverkennbar. Mein Puls beschleunigte, und dann schüttelte ich den Kopf. Doch ehe ich mich wegdrehen konnte, beugte Lucas sich zurück und drehte den Kopf zu mir um, grinste das strahlendste, freudigste Lächeln. Ein Lächeln wie das konnte schwächere Frauen als mich zu Fall bringen. Er neigte den Kopf und hob die Arme, um zu applaudieren. Ich winkte majestätisch meinen Dank und wandte mich meinem Schreibtisch zu.

Zwanzig Minuten später kam Marie mit dem nächsten Umschlag herein, diesmal einem roten.

»Die Joes machen wirklich eine große Sache daraus.« Ich schnaubte, und Marie nickte mit einem Ausdruck von Weltverdrossenheit in ihrem jungen Gesicht.

»Ich denke, sie sind nur aufgeregt, weil es etwas gibt, worüber man reden kann, weißt du?« Sie zuckte die Schultern. »Übrigens, den Cartoon fand ich hinreißend. Supersüß. Bin aber froh, dass du ihn nicht geköpft hast. Eine Weile hatte man den Eindruck, es wäre gerade noch mal gut gegangen.«

Damit verschwand sie, und ich dachte darüber nach, ob mein Verhalten nahelegte, dass ich einen Mann tatsächlich enthaupten würde, weil er sich meiner Beförderung in den Weg stellte, und ob mich das beunruhigen oder ob ich darauf stolz sein sollte.

Ich runzelte die Stirn, als Lucas plötzlich den Kopf zur Tür hereinstreckte, obwohl das wegen der Glaswände unsinnig war. Er winkte mit seinem roten Umschlag. »Rot wirkt immer verdächtig. Ich dachte, wir könnten die Kuverts gemeinsam öffnen.«

»Angst?«, fragte ich, dann hob ich die Hand. »Mach jetzt keinen Verstümmelungswitz, das wird langsam langweilig.«

Er nickte und lehnte sich an den Türrahmen. »Bei drei aufreißen? Eins, zwei ...«

Er riss seinen Umschlag auf, bevor ich meinen in die Hand nehmen konnte, und ich schrie auf. »Du hast gesagt, bei drei!«

»Ich habe dich in falscher Sicherheit gewiegt!«

»Warum?!«

»Weil ... das lustig ist?«

Als wir auf die Karten schauten, machte er ein langes Gesicht. Ich dagegen konnte nicht aufhören zu grinsen.

»Selbstgefällig steht dir nicht, Spicer.« Er seufzte und zog seinen Pullover zurecht.

»Schmollst du, weil ein Escape-Room ganz klar was für Gruppen ist oder weil du darin schlecht bist?«

»Nein, ich hoffe nur, es wirkt sich für mich nicht nachteilig aus, dass ich unter Klaustrophobie leide!«

Ich sah ihn an. Litt er wirklich daran oder erfand er eine Schwäche, damit ich ihn schonte? Ich zog eine Braue hoch. »Hmm.«

Er hob die Hand. »Pfandfinderehrenwort. Aber wie auch immer, anscheinend müssen wir jetzt aufbrechen, um es rechtzeitig zu schaffen. Bist du bereit?«

Ich schnappte mir meine Jacke und klappte den Laptop zu. »Jep, in einer Sekunde. Aber auf keinen Fall warst du ein Pfadfinder. Viel zu normal.«

»Ach, komm, ich bin allzeit bereit.« Er lachte und machte Platz, als ich mich an ihm vorbeischob und Harriet winkte. »Frag mich, was ich gerade in der Hosentasche habe.«

»Nein.« Ich ging zu den Aufzügen, er lief hinter mir her wie ein aufgeregter Golden Retriever. Ich bemerkte, dass sämtliche Kollegen zu uns herüberschauten und lächelten. Manche reckten die Daumen.

»Na los ... du wirst beeindruckt sein!«

»Aber auch angewidert?« Ich stemmte eine Hand in die Hüfte.

»Nein!« Diese großen Unschuldsaugen. Ich glaubte ihm keine Sekunde lang.

»Okay, aber wenn du jetzt eine Schachtel Kondome herausholst, weil du allzeit bereit bist ...«

Lucas guckte ein wenig gekränkt. »Ich bin ein Gentleman, Spicer. Herrgott noch mal.« Er öffnete die Hand und enthüllte ein Schweizer Taschenmesser, drei zusammengeknotete Gummibänder, eine kleine Kugel Patafix und eine große Tüte Geleebonbons.

»Warum?«, fragte ich, betrat den Aufzug und wartete, dass er mir folgte.

»Team Marina!«, rief jemand aus dem Büro, als sich die Aufzugtür schloss, und wir schauten einander an. Plötzlich war es im Aufzug unangenehm eng, die grünen Augen und der spöttische Mund zogen meinen Blick unweigerlich an. Er schien enorm viel Raum einzunehmen, seine Arme streiften meine, als ich Handtasche und Mantel zurechtrückte. Ich zuckte zusammen wie bei einem leichten Stromschlag und griff nach dem Aufzugknopf. Er hatte noch kein Wort gesagt und sah mich nur wissend an, als amüsierte er sich über einen Scherz, von dem ich noch nichts wusste.

»Wieso hast du einen Haufen Kleinkram in den Taschen?«, fragte ich noch mal. Es ärgerte mich, wie sanft meine Stimme klang. Wieso war die Luft so dünn? Und warum lächelte er mich noch immer an?

»Weil man nie wissen kann, wie sich die Dinge entwickeln.«

Mir gefiel nicht, wie zuversichtlich er lächelte. Zeit, mich am Riemen zu reißen. Obwohl ein kleiner Teil von mir gern gewusst hätte, welches Rasierwasser er benutzte.

Ich schlüpfte in meine unerschütterliche professionelle Rolle und blickte gelassen auf die Tür. Achtete darauf, dass wir uns an keiner Stelle berührten. »Ich weiß genau, wie sich die Dinge entwickeln werden. Das ist der Zweck sorgfältiger Planung.«

»Oh ja, du hast vorausgesehen, dass du mit mir zu lauter Dates gehen wirst, um deine Beförderung zu erreichen?« Er neigte den Kopf zur Seite. Da war das geheime Lächeln wieder. »Na komm, Spicer, du musst nicht bei allem die Kontrolle haben, weißt du?«

»Mit dir zu lauter Non-Dates zu gehen und zu beweisen, dass du falschliegst, leichter kann man seine Beförderung nicht erreichen«, bluffte ich. Nein, meine sorgfältige Planung war in jedem Bereich meines Lebens den Bach runtergegangen. *Danke, dass du mir das unter die Nase reibst.*

»Ich liebe es, wenn du hitzig wirst.« Er grinste, als die Aufzugtüren im Erdgeschoss auseinanderglitten, und ließ mir den Vortritt.

Ich sah mir die Wegbeschreibung auf der Karte an. Zum Glück hatten wir nur einen Fußmarsch von fünf Minuten vor uns. Eine Weile gingen wir schweigend nebeneinander her. Es war erstaunlich ruhig auf den Straßen, bevor die arbeitende Bevölkerung in den Abend hinausströmte. Mit den Händen in den Hosentaschen lief Lucas neben mir. Ich sah, wie neugierig er alles beobachtete, andere Leute musterte, ihr Verhalten aufnahm. Seine Mundwinkel bewegten sich kurz nach oben, als er auf einer Bank eine Taube sah, die an einem Stück Pizza pickte.

»Ah, London. Alles, was man mir versprochen hat, und noch mehr.« Er grinste wieder und stieß mich mit dem Ellbogen an. Ich wich ein Stück zur Seite, und sein Lächeln ließ sofort nach.

»Würdest du sagen, ich benehme mich feindselig?«, fragte ich plötzlich, weil ich an den gestrigen Abend mit David und meine Flucht aus dem Pub dachte. Nachdem ich meine Bemerkungen auf der Seite gemacht hatte und nach dem #TeamMarina-Hashtag machte ich mir darüber Gedanken. Hatte mich die Enttäuschung über Adam hart gemacht?

»Nur zu mir, und in gewisser Weise genieße ich das.« Lucas zuckte mit einer Schulter. »Wieso?«

Er war keiner, bei dem ich mich verletzlich zeigen sollte. Er war mein Erzfeind.

»Nur so.«

»Es ist nichts falsch daran, seine Gegner zu besiegen, Liebes«, sagte er unbeschwert. Er blieb einen halben Schritt hinter mir, während wir die Straßen entlangliefen. »Und ich finde deine Entschlossenheit, jederzeit ganz allgemein stocksauer zu sein, irgendwie liebenswert.«

Ich sah ihn böse an, und er schlug sich an die Brust. »Genau das. Sei still, mein Herz. Du versuchst wieder, mich fertigzumachen.«

»Wie gesagt, Charme funktioniert bei mir nicht.«

»Vielleicht versuche ich es gerade deshalb immer wieder.« Vor einer roten Tür in einer dunklen Gasse blieb er stehen. Man hätte meinen können, wir wären bei der falschen Adresse gelandet.

Ich schaute prüfend auf die Karte.

»Sind wir hier richtig?«

»Das werden wir gleich erfahren.« Er fasste um den Knauf und öffnete die Tür.

Wir betraten eine völlig andere Welt. Die Decke war verkleidet mit falschem Weinlaub, an dem falsche Trauben hingen, durch das weiche Stimmungslicht wirkte es wie in einem geheimnisvollen Spukschloss. An einem schmiedeeisernen Gitter stand ein Gothic-Mädchen mit dunkelrotem

Lippenstift und dickem schwarzem Lidstrich und winkte uns heran.

»Willkommen bei Octavias Mysterienbacchanal und dem Fall des verschwundenen Weins«, deklamierte sie eigentümlich lächelnd. Ich sah zu, wie sie Lucas musterte und einzuschätzen versuchte, in welcher Beziehung wir standen. Mit ihrem akzentuierten Fünfzigerjahre-Englisch, wie man es aus alten Filmen kannte, war es plötzlich vorbei, als sie fragte: »Nur Sie beide?«

Ich grinste Lucas selbstgefällig an, ein stummes *Siehst du?*.

»Ist das ungewöhnlich? Verzeihung, wie heißen Sie?« Er schaltete voll auf charmant. Typisch.

»Nadine.«

»Nun, Nadine, sehr erfreut. Kommen selten mal einzelne Pärchen in den Escape Room?«

Sie nickte und zuckte die Schultern. Ich sah Lucas mit hochgezogener Braue an und fühlte mich schon als Siegerin.

»Na, na, keine vorschnellen Schlüsse, Liebes.« Er wich zur Seite und zog mich an der Taille mit, als jemand mit einem Getränketablett an uns vorbeiging und im Halbdunkel verschwand. Ich trat von ihm weg und versuchte zu ignorieren, wie warm mir plötzlich war. »Es bleibt noch jede Menge Zeit, um mich gewinnen zu lassen.«

Kurz begegnete ich seinem Blick und sah die Herausforderung. Wir waren beide hier, um zu gewinnen. Um jeden Preis. Glaubte er, beiläufiger Körperkontakt würde mich so nervös machen, dass ich schwächelte?

»Auf jeden Fall werden Sie hier Spaß haben!«, versprach Nadine, und ich richtete meine Aufmerksamkeit wieder ganz auf sie. War sie eine Schauspielerin, die diesen Gig neben ihren West-End-Auftritten und Werbeclips für Lippenserum leistete? Sie sah aus, als wäre sie schon berühmt. Ich sollte mir auch mal beibringen, wie man sich solche üppigen Lippen schminkt. Das war eins dieser Erwachsenendinge, die ganz sicher mein Leben verändern würden, wenn ich sie nur hinbekäme.

Nachdem wir unsere Jacken und Taschen abgelegt hatten, winkte sie uns, mitzukommen. Lucas schnaubte, als er sah, dass ich mein treues Notizbuch in der Hosentasche hatte, sagte aber nichts. Er ließ mir den Vortritt, doch seine Hand schwebte an meinem Rücken. Meinen bösen Seitenblick nahm er nicht wahr. Er war zu eifrig dabei, wieder der neugierige Junge zu sein, alles und jeden zu bestaunen.

Wir betraten einen sonderbaren Raum mit alten Möbeln und eigentümlicher Beleuchtung und ... Na ja, ich hatte noch nie einen Sexdungeon gesehen, aber der Raum hatte genau diese Atmosphäre.

»Willkommen in Octavias Weingarten, furchtlose Reisende. Dies ist der Schauplatz des jährlichen Bacchanals, bei dem eine handverlesene Gruppe einzigartiger Gäste zusammenkommt und die erstaunlichen Wirkungen von Octavias wundersamem Wein feiert.«

»Oh wirklich?« Lucas nickte. »Was ist an dem Wein so wundersam?«

»Nun.« Nadine lächelte ihn an. Dieses Lächeln hatte ich bei vielen Frauen gesehen, wenn Lucas mit einer hochgezogenen Braue schmunzelte. Gib ihnen eine Woche, und sie schreiben wie alle anderen in die App, was sie an ihm unmöglich fanden. »Dieser besondere Tropfen macht die

Gäste ziemlich ... hemmungslos. Bei jenen sehr besonderen Feiern.«

»Also wie ... jeder Wein?«, sagte ich, und Nadine schaute ein wenig ernüchtert.

»Ja.« Ihre Antwort fiel knapp aus, und das Skript wurde nun viel klarer. »Folgt den Hinweisen, um den verschwundenen Wein zu finden, bevor die Feier beginnt, und ihr gewinnt eine Flasche davon. Ihr habt neunzig Minuten Zeit. Läutet, wenn ihr Hinweise braucht – drei werden euch gewährt.«

Sie ließ uns allein, und wir sahen uns an.

»Musste das sein?«, fragte Lucas plötzlich ganz nah. Ich musste den Kopf zurückbeugen, um ihn anzusehen.

»Was? Fragen stellen?«

»Du hast ihr den Auftritt vermasselt.« Er seufzte. »Sie muss hier ihre Rolle erfüllen.«

»Ja, sicher, das hat dich geärgert. Wie wollen wir die Sache angehen?«

In der Mitte des Raumes ging ein Scheinwerfer an und warf einen Lichtkegel auf einige Buchstaben, die über einem Glastisch an Fäden von der Decke hingen. Es waren Scrabble-Steine, die gruselige Schatten warfen. Außerhalb des Lichtkegels war kaum noch etwas zu erkennen, also sollte das Spiel wohl an dieser Stelle begonnen werden.

Lucas zeigte darauf. »Ich schätze, das ist der Hinweis.«

»Was ihr trinkt und was ihr seht, befreit euch von der Mittelmäßigkeit«, las ich auf dem Schild darunter. »Wow, voll eins auf die Nase.«

»Als wärst du je mittelmäßig gewesen.« Lucas kniff die Augen zusammen, griff in die Hosentasche und zog eine Brille hervor. »Okay, dann schauen wir mal.«

Ich konnte es mir nicht erklären, aber diese unscheinbare Handlung stimmte mich milde. Als hätte er etwas von sich offenbart. Er gefiel mir mit der Brille und wie er plötzlich die Stirn runzelte, wie ein Familienvater, der in einem Nobelrestaurant die Speisekarte las. Irgendwie weniger gefährlich.

Dass ich ihn anlächelte, merkte ich im selben Moment wie er, doch ich ließ ihm keine Zeit zu reagieren.

»Ich denke, wir müssen an den Buchstaben ziehen und dadurch das Lösungswort angeben«, sagte ich, und wir griffen gleichzeitig zu den Scrabble-Steinen, sodass ich seine Finger streifte. Ich riss die Hand zurück, als hätte ich mich daran gestochen.

»Oh Gott, das Lösungswort ist Wein?« Lucas lachte und zog an den entsprechenden Spielsteinen, als hätte er meine Reaktion nicht mitbekommen.

Das Licht ging aus, ein anderer roter Scheinwerfer leuchtete auf und strahlte in den hinteren Bereich des Raumes. Wir erschraken und stießen aneinander. Er roch nach würziger Seife und frischer Wäsche. Diesmal wich ich nicht zur Seite, da ich nicht im Dunkeln über etwas stolpern wollte.

»Du meinst noch immer nicht, dass ein Escape Room etwas für ein Date ist? Im Dunkeln mit jemandem eingesperrt sein und nach Hinweisen suchen, die mit einer Sexparty zu tun haben?« Er flüsterte das und streckte mir eine Hand hin, um mir über den unebenen Holzboden zu helfen. Ich ignorierte das und passte auf, wohin ich trat.

»Ja, denn das ist peinlich.«

»Nee.« Er schüttelte den Kopf und blickte sich um. »Peinlich gibt's bei mir nicht.«

»Weiß ich schon. Ich nehme an, du vertreibst jede Peinlichkeit mit deinem Charme.«

Lucas unterbrach seinen prüfenden Rundblick, um mich anzusehen. »War das ein Kompliment?«

Ich tat, als müsste ich überlegen. »Klang es wie eins?«

Wir standen im Halbdunkel, doch ich sah sein Grinsen und seine Lachfältchen. »Aus deinem Mund, Liebes, ja. Deine hasserfüllten Seitenhiebe klingen wie Komplimente, wenn du sie mit dieser sanften, rauen Stimme sagst.«

Ich verdrehte die Augen, unsicher, ob er das sehen konnte, doch er lachte wieder.

Wir schauten in die angestrahlte Vitrine, in der etliche Schlüssel verschiedener Form und Größe lagen. Aber es war nicht erkennbar, wie man die Vitrine öffnen könnte. Ich stellte mich auf die Zehenspitzen und fummelte an allen Gegenständen herum, die obendrauf standen, um einen verborgenen Schalter zu finden, sogar an dem Kleinkram in einer Schale.

»Halt, mach das noch mal!«, rief Lucas und sah zu, als ich aus der staubigen Keramikschale eine Münze hervorholte. »Das ist ein Magnet!«

Und siehe da, ein Schlüssel bewegte sich entsprechend, und ich folgte seinen aufmerksamen Anweisungen und führte den Schlüssel durch ein Labyrinth, bis er unten in ein Fach fiel. Lucas setzte sich auf den Boden und verfolgte die Bewegungen des Schlüssels, während ich stand und den Magneten auf der Vitrine bewegte.

»Gut so, jetzt nach links, ein bisschen weiter«, hauchte Lucas, und ich war hellwach und hyperkonzentriert. Es war verblüffend, wie lebendig man sich bei einer so albernen, unwichtigen Beschäftigung fühlte. Wie bei einer Mannschaftsaufgabe, bei einem Nervenkitzel.

»Nah dran, gleich hast du's!«, sagte er leise, und die Spannung wuchs. »Noch ein bisschen nach rechts, dann kannst du ihn fallen lassen.«

»Wie soll ich das machen?«, flüsterte ich.

»Den Magneten einfach wegziehen, nehme ich an.«

Einen Versuch war es wert.

»Okay, jetzt!«

Ich zog die Münze weg, meine Fingerspitzen taten mir schon weh, so fest hatte ich sie gehalten, und der Schlüssel landete klirrend in einem Fach am Boden der Vitrine.

»Ja!« Lucas hielt ihn hoch und sprang vom Boden auf. Er kam auf mich zu, als wollte er mich umarmen, stoppte aber eine Handbreit vor mir. Einen Moment lang standen wir so da, wie Statuen in der Dunkelheit, unsicher, wer welche Initiative ergreifen würde, vorrücken oder zurückweichen. Ich leckte mir über die Unterlippe und hielt den Atem an. Wieso machte die Dunkelheit alles intensiver? Ich hörte ihn atmen.

Der Schlüssel entglitt seinen Fingern, landete klappernd am Boden und warf uns in die Realität zurück. Lucas lachte, hob ihn auf und trat von mir weg, sodass ich seine Wärme nicht mehr spürte, seine Seife nicht mehr roch.

Er räusperte sich und hob eine Hand. »Kann ein Erzfeind einen Freuden-Highfive kriegen?«

Lachend schlug ich ein. »Okay, zur nächsten Aufgabe.«

Nicht drüber reden, einfach weitermachen.

Wir schauten uns um, ob etwas Neues angestrahlt wurde, und bemerkten schließlich ein blaues Licht, das unter einer

Tür durchschien. Zumindest sah es aus, als wäre da eine. Wir betrachteten das Wandstück, das scheinbar keine Fugen aufwies, und gingen dabei auch in die Hocke und steckten die Köpfe zusammen. Ich neigte mich nach vorn und stieß mit der Nase an seine Schulter. Lucas fuhr erschrocken auf und riss mich dabei um.

»Entschuldigung«, flüsterten wir beide, dann lachten wir. Er bot mir die Hand, um mich wieder in die Hocke zu ziehen, dabei spürte ich seine Fingerspitzen am Handgelenk, und mich durchlief ein Kribbeln.

Er begann die Wand nach einem verborgenen Riegel oder Schloss abzutasten.

»Ergibt das irgendeinen Sinn?«, fragte ich. »Gibt etwas in der Geschichte einen Hinweis darauf?«

»Willst du mal das Bücherregal näher ansehen? Vielleicht öffnet ein Buch die Tür in ein Geheimzimmer«, schlug ich vor. »Als Kind habe ich mir immer gewünscht, so eins zu finden.«

»Ich auch! Mein Königreich für eine geheime Leseecke.«

Ich richtete mich auf und ging vorsichtig zum Regal. Mit den Fingern an den Buchrücken versuchte ich, die Titel in dem schwachen Licht zu entziffern.

»Probier einfach alle aus!«, drängte Lucas, doch ich wollte nicht. Ich wollte einen sinnvollen Lösungsweg. Außerdem sparte es Zeit, gleich an dem richtigen Buch zu ziehen, anstatt eins nach dem anderen zu bewegen.

Liebestränke und Elixiere für ein neues Zeitalter las ich auf einem Buchrücken und wusste, ich hatte es gefunden, denn die Autorin hieß Octavia Eleanor Barlett. Sowie ich das Buch herauszog, hörte ich in der Wand einen Mechanismus klicken, und man sah die Umrisse einer Tür leuchten. Doch als ich dagegen drückte, gab sie nicht nach.

»Der Schlüssel aus der Vitrine!«, rief ich und eilte zurück zu Lucas.

»Was?«, fragte er. Ich hörte ihn, sah ihn aber nicht. Ich hätte nach unten schauen sollen.

In meiner Aufregung schaute ich nicht, wohin ich trat, und stolperte über ihn, sodass ich auf ihn stürzte. Eine Sekunde lang war es still, und ich war einfach nur froh, dass es für Blickkontakt zu dunkel war. Spürte ich da Bartstoppeln an meiner Wange?

»Äh, tut mir leid«, sagte ich und fühlte mich wie erstarrt.

»Leid genug, um von mir runterzugehen?« Seine Stimme klang angestrengt, als er sich aufsetzte und mich mit hochstemmte. Ich spürte kräftige Hände an meiner Taille, die mich ganz langsam aufrichteten. Ein wenig außer Atem rückte ich auf den Holzdielen von ihm weg.

»Tut mir leid!«, wiederholte ich mit heller, leicht hysterisch klingender Stimme. Musste er unbedingt so gut riechen? Das war unfair. Ein Jahr lang nur enttäuschende Dates und jetzt im selben Raum mit einem Mann, der gut roch und herrliche Hände hatte ...

So schwach war ich nicht. Das lag nur an der Dunkelheit.

Als Lucas endlich etwas sagte, war keine Spannung mehr zu spüren, so als hätte ihm das gar nichts ausgemacht. Er lachte nur, während ich mir den Staub abklopfte. »Hey, das war eine filmreife Szene. Siehst du, es hat doch Methode, zwei Leute bei einem Date in einen dunklen Raum zu sperren.«

»Reines Wunschdenken«, krächzte ich. »Wirfst du mal den Schlüssel rüber?«

Er schob ihn mir über den Boden zu, und unsere Fingerspitzen berührten sich erneut.

»Danke«, sagte ich heiser und wunderte mich, wieso mein Hals so trocken war. Das Buch enthielt einen Code, der in einen verborgenen Safe an der Rückseite eines gruseligen Schranks eingegeben werden musste. Anschließend mussten wir den Inhalt des Safes gemäß Octavias Initialen umgruppieren, und endlich schien ein Lichtstrahl auf ein Bodenbrett, das aufklappte und eine staubige Flasche Wein freigab.

Ich nahm sie heraus und schwenkte sie über dem Kopf. »Gewonnen!«, rief ich, und Lucas schrie »Ja!«, fasste mir um die Taille und hob mich hoch, um sich mit mir zu drehen.

Sowie mir das T-Shirt hochrutschte und sein Daumen meine Haut traf, begriff er, was er tat. Er ließ mich auf den Boden runter und trat von mir weg. »Entschuldigung. Das war unpassend für einen Erzfeind.«

Ich tat, als wäre ich sauer. Dabei stieg mir Hitze ins Gesicht. »Ja, sehr unpassend. Aber wir haben gewonnen!«

»Schön, zur Abwechslung mal auf derselben Seite zu stehen«, sagte er, und plötzlich kam Nadine durch eine Tür herein, die uns jetzt erst auffiel.

»Hatten Sie Spaß?«, fragte sie, sah aber nur Lucas an.

»Und wie!« Er nickte und sah dann mich an, damit ich das bestätigte. Ich nickte auch, doch sie beachtete mich nicht.

»Sie haben das ziemlich schnell geschafft.« Sie schaute besorgt. »Normalerweise dauert das Erlebnis für die Leute viel länger.«

»Tja, sie«, Lucas zeigte auf mich, »steht auf Effizienz.«

Nadine führte uns zum Ausgang, machte an der Rezeption halt und übergab uns eine Logo-Tüte mit einem Haufen Werbezeug, in der auch zwei Plastikweingläser standen. »Für Ihren Wein.«

Lucas nahm die Tüte, hielt sie mir geöffnet hin, sodass ich die Flasche hineinstellen konnte, schob mir den Henkel über das Handgelenk und hängte sie mir über die Schulter. Ich blinzelte.

»Also, wenn Sie noch etwas brauchen, egal was, melden Sie sich.« Nadine sah ihn mit großen, hoffnungsvollen Augen und zog die Unterlippe zwischen die Zähne.

»Ganz bestimmt, meine Liebe, und ich werde definitiv eine Bewertung schreiben, wie toll es hier war. Schönen Tag noch!« Er sah nicht, was für ein langes Gesicht sie machte, als er mir bedeutete, vorauszugehen und mir die Tür aufhielt.

Also, jetzt war ich fasziniert. Wir standen in der komischen Gasse, die jetzt gar nicht mehr bedrohlich wirkte, und ich konnte mich nicht davon abhalten, eine Bemerkung loszulassen.

»Du weißt, du kannst noch mal zurückgehen und sie fragen, ob sie mit dir ausgeht. Mach dir meinetwegen keine Gedanken.«

»Wovon redest du?«

Ich deutete mit dem Kopf zum Eingang. »Mit deiner Charmeoffensive hast du offene Türen eingerannt.«

Er schaute mich stirnrunzelnd an, dann sah ich, wie es ihm dämmerte. »Du lieber Himmel, Frau, die ist noch ein Kind! Die stammt aus den Nullerjahren!«

»Oh, also gibt es ein Limit«, sagte ich gelassen lächelnd. »Ich hielt dich für einen, der nichts anbrennen lässt.«

»Für jemanden, der ein Jahr lang nur per E-Mail mit mir

Kontakt hatte, hast du ziemlich viele Meinungen über mich.« Er zog die Brauen zusammen.

Von seiner Warte aus eine berechtigte Kritik. Er wusste ja nicht, dass ich zu seinen Dates der letzten sechs Monate die Bewertungen lesen konnte. Dabei kam mir die Frage, was die Bewertungen wohl über mich sagen würden. Als ich wieder in der Dating-Szene auftrat, hätte da anfangs wahrscheinlich gestanden, ich sei ein labiles Wrack, fräße meine Gefühle in mich rein und stellte dem Mann Fragen wie bei einem Verhör zu einem internationalen Zwischenfall. Inzwischen würde da stehen, dass ich unhöflich war, mir nicht die Zeit nahm, den Mann kennenzulernen, sondern kurzerhand schloss, dass er nicht der Richtige war und noch vor der Vorspeise gehen würde.

Diese Gedanken verursachten mir Bauchweh und bewogen mich wohl auch zu dem Vorschlag. »Hast du Lust, in den Park zu gehen und den Wein zu trinken? Wir haben ihn zusammen gewonnen.«

Er sah mich tatsächlich mit offenem Mund an, und ich redete weiter, um einer Bemerkung zuvorzukommen.

»Außerdem müssen wir unsere Eindrücke austauschen. Obwohl ziemlich klar ist, dass ich das für mich verbuchen kann.«

»Keine Sorge, ich wollte das nicht als Zeichen nehmen, dass du gern mit mir zusammen bist. Nur dass du ein totaler Profi bist. Geh du voran.«

Ich nickte und schlug eine Richtung ein. Auf einmal fühlte ich mich verletzlich. Unterwegs nahm er einen Anruf an. »Hi, Schätzchen, was geht?«

Ich zog die Augenbrauen hoch. War ja klar. *Immer daran*

denken, wer er wirklich ist, Marina. Wahrscheinlich machte er gerade für den Abend ein Date klar, und ich würde morgen früh im kalten Licht des Tages lesen, was die Unglückliche von ihm hielt.

Die Versuchung, in Dealbreakers reinzugucken, während wir in den Park gingen, war groß. Mir vor Augen zu führen, wie unmöglich er war. Sicher, wir hatten Spaß gehabt, aber der Mann hasste Hunde, und zu meinen Zukunftsplänen gehörte ein schwarz-weißer Collie namens Doughnut. Der war nicht verhandelbar. Und was das mit Lucas Kennedy zu tun hatte, wusste ich nicht. Aber ich wurde wütend auf ihn und wollte ihm die Meinung geigen, weil er Hunde hasste und tätowiert war und immer das Päckchen Tabak in der Hosentasche hatte. Weil er jede Frau im Umkreis von zehn Meilen überzeugen wollte, dass er ihr Ritter in glänzender Rüstung war, obwohl er in Wirklichkeit ihr One-Night-Stand in gestreiften Boxershorts war.

Auf dem kurzen Weg in den Park hörte ich ihn leise und freundlich reden und fragte mich, ob die Frau ihm gerade Vorwürfe machte. Vielleicht hatte er zu Hause jemanden.

Vielleicht ging mich das nichts an.

Ich setzte mich ins Gras und holte die Flasche und die Gläser aus der Tüte.

Er nickte mir zu und formte mit den Lippen ein lautloses *Entschuldigung.* »Schätzchen, ich muss jetzt wirklich Schluss machen. Ich muss noch was für die Firma tun. Aber wir sehen uns morgen Abend, okay?«

Eine helle Stimme klang aus seinem Handy, dann legte er auf.

»Tut mir leid, das war …«

»Geht mich nichts an«, unterbrach ich hastig und reichte ihm ein Glas.

Ich schraubte die Flasche auf und goss ein, zuerst ihm, dann mir. Lucas schnupperte an seinem Wein und bekam feuchte Augen. »Puh, riecht stechend.«

»Tja, er ist magisch.« Ich zuckte die Schultern und stieß mit ihm an. »Runter damit.«

Wir nippten und verzogen beide angewidert das Gesicht. Er schmeckte furchtbar.

Nach einem Moment Schweigen probierte er noch einmal. »Dir ist … doch aber meistens klar, dass ich nur versuche, freundlich zu sein, ja?« Er klang zögerlich, als wäre ihm wichtig, was ich dachte.

Ich schnaubte. »Oh sicher, du bist die Freundlichkeit in Person. Du bist die reinste Willkommensparty.«

»So bin ich nun mal. Ich sehe nicht, was daran falsch ist, zwischendurch ein paar Sätze zu plaudern. Man kann nicht wissen, ob der andere gerade einen beschissenen Tag hat. Ein ehrliches Lächeln und die Frage, wie es demjenigen geht, kann viel ausmachen.«

Ich zog eine Braue hoch. »Schon gut, Mutter Teresa, trag bloß nicht so dick auf.«

»Grausame Frau.« Er schüttelte den Kopf. »Also gut, kommen wir zum Wesentlichen. Was hältst du von dem Laden?«

Ich trank einen Schluck und nickte nachdenklich. »Da kann man richtig Spaß haben, super für Gruppen, skurrile Spielhandlung. Toll für Geburtstagsfeiern. Bei mir Daumen hoch.«

»Ich finde, es funktioniert auch für ein Date«, sagte er,

und ich verzog den Mund. »Du bist anderer Meinung – wie überraschend.«

»Ich will nicht schwierig sein, ich meine nur, die meisten Leute finden es nicht besonders romantisch, in einem dunklen Raum zusammen eingesperrt zu sein und nicht rauszukönnen, außer sie überlisten einen sexgeilen Geist.«

Fairerweise muss gesagt werden, dass er darüber nachdachte.

»Also sind die emotionalen Momente, wenn man einen Hinweis richtig deutet, wenn man sich in die Augen sieht und auf die Lösung kommt, wenn man in Worte fassen kann, was der andere zu sagen versucht ... nichts Besonderes?« Er schob die Hand durchs Gras neben meine, dann zog er sie wieder weg. Ich traute mich nicht, aufzublicken. Nicht in dem Moment. Ich betrachtete seine Hand aus dem Augenwinkel.

»Du meinst, das ... erzeugt ein falsches Gefühl von Intimität?«

»Ich meine, du hast einfach zwei Leute, die miteinander vögeln wollen, zusammen in einen dunklen Raum gesperrt und ihnen das Gefühl gegeben, sehr intelligent zu sein. Das müsste doch wie ein Aphrodisiakum wirken, oder nicht?«

Ich versuchte, das heftige Flattern in meinem Bauch zu ignorieren. Es fühlte sich an, als hingen meine Eingeweide im Sturm auf der Wäscheleine.

Ich zuckte wohlüberlegt mit einer Schulter. »Es müsste ein ganz bestimmtes Anfangsstadium sein, meinst du nicht?«

Das räumte er nickend ein und sah mir in die Augen, als er darauf antwortete, und zwar sehr langsam, damit mir kein Wort entging. »Sicher, es müsste definitiv sein, bevor sie miteinander geschlafen haben. Sonst kommt die Spannung nicht auf.«

Ich überlegte, was ich darauf erwidern könnte, damit er nicht merkte, was seine grünen Augen bei mir auslösten.

»Du vergisst die Möglichkeit, dass sie vielleicht nicht gut zusammenarbeiten oder nicht auf die Lösung kommen.« Ich zog die Brauen hoch. »Das sind zwei große Risiken – festzustellen, dass der andere nicht besonders helle ist oder dass er schlecht verlieren kann.«

»Deinem Gesichtsausdruck entnehme ich, dass du Letzteres schlimmer fändest.« Er klang ungläubig.

»Allerdings.«

»Du wärst lieber mit jemandem zusammen, der im Denken langsam ist, als mit einem schlechten Verlierer?«

»Ich wäre lieber mit jemandem zusammen, der in Escape Rooms nicht gut ist, solange er sich nicht eine Woche lang darüber beschwert. Schlechter Laune ausgeliefert zu sein macht keinen Spaß.«

Lucas sah mich an, als wollte er noch mehr fragen, doch er tat es nicht, sondern trank von seinem Wein und verzog das Gesicht. »Es wundert mich nicht, dass sie den verschenken. Er ist furchtbar.«

»Er ist magisch.«

»Er ist verdammt übel«, widersprach er.

Ich grinste ihn an. »Er hat uns dazu gebracht, gut zusammenzuarbeiten. Damit ist er in meinen Augen ein Wunderelixir.«

Lucas stieß sein schnelles, volltönendes Lachen aus und prostete mir wortlos zu. Dann trank er und musste an sich halten, um ihn nicht auszuspucken.

»Eigentlich war gute Zusammenarbeit noch nie unser Problem.«

»Das ist mir neu«, sagte ich, und er fletschte die Zähne.

»Nein, wirklich. Bei dem beruflichen Kram, wenn wir über die Arbeit reden, Ideen diskutieren, da kommen wir gut klar.«

Stirnrunzelnd trank ich einen Schluck und zog dann die Brauen zusammen. »Ich werde die Frage sicher bereuen, aber ... wo kommen wir nicht klar?«

»Wenn wir uns in den Konkurrenzkampf verbeißen. Ich bin nicht dein Feind und du nicht meiner.«

»Die E-Mails eines ganzen Jahres und ein Haufen wahlloser Aktivitäten sagen etwas anderes.«

Lucas sah seufzend zum Himmel auf, als wäre ich unmöglich. Und vielleicht war ich das.

»Vielleicht hätte ich bei meiner Kritik nicht ganz so engagiert sein sollen.«

»Bei welcher genau?«

»Bei allen«, sagte er behutsam und beobachtete mich wie eine Bombe, die jeden Moment hochgehen konnte. Er neigte sich mit der Flasche zu mir und goss nach. »Hast du schon eine neue Wohnung gefunden?«

»Was?« Ich stutzte und vergaß zu trinken.

»Du suchst nach einer Wohnung. Deshalb die Präsentation. Dazu brauchst du die Beförderung, und deshalb unsere entzückende Feindschaft.« Er lachte, und ich lachte mit.

»Nein, ich bin zu wählerisch.«

Er sperrte den Mund auf und schüttelte den Kopf, als wäre er schockiert. »Du? Die Supercoole? Die restlos überzeugt ist, dass das Universum alles regelt? Nein!«

»Ha-ha.« Ich drehte mich auf den Bauch und stützte das Kinn auf die Hände. »Ich habe gewisse Ansprüche.«

»Berühmte letzte Worte.« Er zwinkerte, und ich zog mein Notizbuch aus der Hosentasche und warf es nach ihm. Er fing es mit einer Hand auf, dann grinste er mich überrascht an.

»Na los, erzähl mir von der schönen Wohnung, die du haben willst und die es gar nicht gibt.«

»Es gibt sie. Ich muss sie nur finden«, entgegnete ich zuversichtlich.

»Ich spüre da ein Muster.« Er grinste. »Aber nur zu, erzähl mir ein Märchen über eine Welt, die weit weg ist von schimmligen Souterrains und Mäusen namens Gus Gus.«

Ich holte tief Luft. »Ich verlange nicht viel. Nur Tageslicht und eine Frühstücksbar, an der ich sitzen und eins dieser tiefgekühlten Croissants essen kann, die man selber bäckt. Denn das fühlt sich schick an, kostet aber keine Zeit. Und ich würde meinen Kaffee trinken und dann auf der Fensterbank sitzen und mein Buch lesen, und meine Pflanzen würden alle gedeihen, weil sie Sonne abkriegen, und Sonnenschein glücklich macht ...«

Als ich einen Blick zur Seite wagte, schmunzelte er, als hätte ich etwas Überraschendes getan. Als wäre ich niedlich.

»Was noch?« Er neigte sich zu mir, und ich sah mich von grünen Augen bedrängt, die mir viel zu viel Aufmerksamkeit schenkten. *Er gibt dir das Gefühl, der wichtigste Mensch der Welt zu sein, und dann ist er weg.* Dealbreakers hatte mich gewarnt. Wieso bekam ich dann von seinem Blick ein warmes Gefühl im Bauch, das sich bis in die Fingerspitzen ausbreitete? Blöder, schauderhafter Wunderwein.

»Was?«

»Was brauchst du noch zum Glücklichsein?«

»Warum?«, fragte ich, blaffte ihn fast an, und er lachte.

»Ich versuche, keine geheimen Codes aus dir rauszukriegen, Spicer. Ich will dich nur kennenlernen, weißt du, als Mensch.«

»Ah …« Ich überlegte hastig, dann spürte ich das Gras unter mir. »Picknicks und Erdbeeren pflücken. Das gute Knödelrestaurant beim Büro um die Ecke. Hunde mit Socken. Den Nachthimmel betrachten und sich auf eine gute Art bedeutungslos fühlen. Richtig schlechte Dadwitze, wie mein Dad sie erzählt. Sonnenblumen und protzige Glitzerturnschuhe, das Lachen kleiner Kinder und einen Haufen Marshmallows in heißem Kakao.«

Er strahlte mich an. Ein umwerfendes Megawattgrinsen.

»Was?« Ich ging auf Abwehr. »Was ist falsch daran?«

»Es ist nur … Es ist echt schön, dich endlich kennenzulernen, Marina Spicer.«

Er schaute zu dem herrlichen rosa Abendhimmel hoch und sagte nichts.

Und so verbrachten wir die nächsten zwanzig Minuten, tranken miesen Wein, saßen in der Dämmerung auf dem Rasen und sagten kein Wort.

Mir dämmerte, dass das besser war als alle Dates der letzten sechs Monate.

Der Mistkerl.

7

Er meinte, ich sei etwas ganz Besonderes. Er erinnerte sich an jede Einzelheit, wenn ich etwas erzählt hatte, und war der perfekte Gentleman. Und dann verschwand er einfach. Ich kam mir vor wie ein Idiot. Dabei hatte ich geglaubt, das sei etwas Reelles.

Am nächsten Morgen, als ich ins Büro kam, lag eine Sonnenblume auf meiner Tastatur.

Ich rang mit einem Lächeln, und Harriet zog eine Braue hoch. Dann fiel es mir ein. Das war nicht der Plan. Ich hatte keine Zeit, mich von Lucas Kennedy bezaubern zu lassen. Er vögelte ständig mit irgendwelchen Frauen, hatte das nie endende Bedürfnis, jeden für sich zu gewinnen, damit jeder ihn mochte, und ich musste nicht umworben werden.

Typisches Beispiel, als ich durch das Büro hinüberschaute, wo er umringt war von einer Schar Kolleginnen, die an seinen Lippen hingen und laut lachten, sah er auf und begegnete lächelnd meinem Blick. Er zog die Brauen hoch, als erwartete er etwas von mir. Ich verschränkte die Arme. »Warum?«, signalisierte ich mit den Lippen.

»Warum nicht?«, fragte er genauso lautlos, aber in kindisch übertriebener Weise.

Er war einfach unmöglich.

Doch ich musste zugeben, die Tage liefen nach einem angenehmeren Schema ab. Am Morgen erledigte ich meine alltägliche Arbeit mit Harriet und Ravi, wir setzten unser Vorhaben um, die Seite zu verbessern. Ich leitete einen Workshop mit Harriet, um ihr zu helfen, andere von Ideen zu überzeugen, genoss die Macht des Führens und Lehrens. Okay, ich hasste diese Überzeugungsarbeit, aber ich wusste, dass Harriet darin ein Ass sein würde. Und an den meisten Tagen half ich ihr lieber beruflich weiter, als irgendwas anderes zu tun. Sie war hungrig auf alles. Das erinnerte mich daran, wie ich zu Beginn meiner Ausbildung gewesen war. Ich wollte im Ausland arbeiten und in verschiedenen Städten leben und Webseiten erzeugen und lehren ... Damals nahm ich einfach an, Adam würde dann mit mir gehen, weil er das immer getan hatte. Ich fing an zu studieren, und er zog mit, besorgte eine Wohnung, kellnerte und versuchte, seine Band zu lancieren.

Ich bestimmte den Gang der Dinge, preschte voran, und dann, als die Zeit kam, unsere Zukunftspläne konkret anzugehen, war ich plötzlich in der Defensive.

Ich schüttelte den Gedanken ab. Doch als hätte ich ihn heraufbeschworen, summte mein Handy von einer eingehenden Nachricht.

> Es ist so langweilig heute! Wie läuft es bei dir, Tech-Göttin?

Ich hörte Meeras und Becs alarmierte Stimmen, als säßen sie auf meinen Schultern mit einem Heiligenschein über ihrem

Kopf. Das Wort, das vor meinen Augen aufleuchtete, war »Grenzen«. In leuchtend roten Großbuchstaben.

Eine Minute lang schwebte meine Hand über dem Display, während ich Lucas beobachtete, der seine Fans begeisterte. Ich dachte daran, wie ich morgens auf dem Weg zur Arbeit Dealbreakers öffnete, um mein nächstes Date auszuwählen, und versuchte, nicht auszuflippen, weil ich von den Gesichtern und Namen immer mehr kannte. Oh Gott, hatte ich wirklich schon jeden verfügbaren Mann in East London durch? Würde ich etwa auf die nächste Scheidungswelle warten müssen?

Ich atmete tief durch und antwortete Adam. Mit ihm zu kommunizieren war früher einfach gewesen.

> Heute ist ein guter Tag, ich bewerbe mich um die Beförderung.

Ich könnte ihm erzählen, dass meine Mutter als Geschenk zu meinem Geburtstag meine Eier einfrieren lassen wollte. Das war etwas, worüber wir früher gelacht hätten. Und er hätte mir über den Kopf gestrichen und gesagt: *Oh Penny, sie will immer das Beste und tut das Schlimmste.* Und das durfte er, weil er meine Eltern schon als Kind gekannt hatte.

Allerdings würde sie meine Eier jetzt nicht einfrieren wollen, wenn er und ich noch zusammen wären. Sie würde ihm jeden Sonntag beim Mittagessen in den Ohren liegen, wann sie endlich Enkel bekommen würde. Und selbst dieses Bild war inzwischen überholt. Alles hatte sich geändert.

Wenn man eine langjährige Beziehung aufgab, ahnte man noch nicht, wie oft man noch bei dem Verflossenen Gedanken loswerden wollte, über die man mit keinem anderen reden konnte. Das verstand niemand. Niemand sprach diese Sprache. Und dann starb sie.

Unsere existierte noch, hing an einem seidenen Faden, aber ich wusste, ich sollte ihn durchschneiden. Ich konnte mich nur nicht überwinden. Vorerst. Wütend auf mich selbst griff ich an meine Kette.

Ein Klopfen an der Glastür zog meine Aufmerksamkeit vom Handy weg. Da standen zwei Kollegen vom Vertrieb. Ich hatte mir ihre Namen nie gemerkt, weil wir ehrlich gesagt nur einmal über das Wetter geredet hatten, als ich neu in der Firma war. Seitdem hatten wir keine gemeinsame Basis mehr gefunden.

Ich sprang auf. »Oh, hi. Braucht ihr technische Unterstützung?«

Die beiden sahen sich fragend an. »Nein, wir wollten nur sagen: stramme Leistung in dem Escape Room. Scheint, als wärst du ein Naturtalent! Falls du mal Lust hast, dich unserem Team beim Pubquiz anzuschließen, wir sind jeden Donnerstag nebenan. Bier und Quizfragen, das macht Spaß. Lucas meinte, ihr wärt dafür zu haben.«

Oh, meint er das, ja?

»Ich, äh, danke! Ich denk drüber nach!«

Sie nickten und winkten beim Hinausgehen. Harriet kicherte. »Guck mal, wer hier plötzlich beliebt ist. Hast du vor, gemein zu den Langweilern zu sein und unser Lunchgeld zu klauen?«

Ich schüttelte lächelnd den Kopf. »Warum sollte er ihnen sagen, ich hätte Lust dazu?«

»Vielleicht dachte er, du stehst auf so was.« Harriet zuckte die Schultern. »Ich nicht. Ich mag meine Männer groß und hohl. Gib mir einen Fitnesstyp, der ein goldenes Herz hat, und ich verspreche dir, ich werde mir nicht den Kopf darüber zerbrechen, was in ihm vorgeht.«

»Ah, noch mal so jung zu sein«, sagte ich salbungsvoll und schaute ins Leere.

»Selbst wenn du noch … jünger wärst«, formulierte sie vorsichtig, »würdest du nach dem perfekten Mann suchen, mit dem du freitagabends im Pyjama kuscheln, Essen bestellen und DVDs gucken kannst. Das ist dein Ding. Du magst das Langweilige. Ich will in der Anfangsphase Spaß haben, bevor die chaotischen Ungereimtheiten wie Gefühle ins Spiel kommen.«

»Erinnere mich daran, dass ich dich meiner Freundin Meera vorstelle. Sie ist auch kein Fan von Gefühlen.«

»Kluge Frau.«

Ich schaute zu Lucas, der jetzt mit anderen Leuten plauderte – erledigte der Mann auch mal irgendeine Arbeit? Gerade als ich weggucken wollte, erwischte er mich und zwinkerte mir zu. Ich bekam Bauchkribbeln.

»Ja, sehr kluge Frau«, sagte ich und setzte die Kopfhörer auf.

Am Abend gingen wir zum ersten Mal zu dritt zum Töpferkurs. Ich war mir nicht sicher, was sich Bec dabei gedacht hatte. Zu Hause hatte sie mich genug um sich, sodass ich annahm, sie und Matt würden es genießen, wenn ich mal weg war.

Töpfern war mein Ding. Und … na ja, eigentlich war ich darin schlecht. Jede Woche gab ich mir die größte Mühe und bekam trotzdem keine Vase zustande. Ich lieh mir dazu Bücher aus der Bibliothek aus, schaute mir YouTube-Videos an, träumte von der Töpferscheibe, die sich unaufhörlich drehte. Egal wie sehr ich mich anstrengte, es nützte nichts. Doch ich weigerte mich, aufzugeben. Irgendwann würde ich die Vase hinkriegen, verdammt.

Unterwegs zu der Grundschule, wo der Kurs stattfand, klingelte mein Handy. Dad.

»Hallo, mein Schatz«, begann er, und ich fiel ihm gleich ins Wort.

»Ich schwöre bei Gott: Wenn du mich fragst, wie viel Zimt in deinen Apfelkuchen reingehört, schreie ich.« Ich lachte und erwartete, ihn kichern zu hören. »Du darfst mich auch einfach so anrufen, weißt du.«

»Ich gebe dir das Gefühl, gebraucht zu werden. Dasselbe erwarte ich eines Tages von dir«, sagte er schlicht, und ich hörte ihn einen großen Schluck Tee nehmen. »Bist du unterwegs zu deinem Kunstkurs?«

»Meera und Bec gehen auch hin«, erzählte ich schon leicht beunruhigt.

»Ach herrje, ihr drei kichernd in der letzten Reihe, wo ihr weiß Gott was formt. Als wärt ihr wieder Teenager. Die arme Lehrerin.«

»Dad«, seufzte ich genau wie früher. »Ich bin erwachsen.«

»Ach, sag so was nicht. Was für ein schrecklicher Gedanke.«

Im Hintergrund hörte ich Geklapper und fragte mich, ob er hinten im Garten in seinem neuen Schuppen war und in dem Zeug kramte, das er da sammelte.

»Was hast du heute Abend vor?«

»Hochzeitstag-Dinner«, sagte er, und damit wurde schlagartig klar, dass das ein Warnanruf war.

»Oh nein!«

»Ich hab deiner Mum gesagt, dass es bei der Post kürzlich zu Verzögerungen gekommen ist.« Er klang fast, als müsste er sich rechtfertigen. »Ich finde es unsinnig, von seiner Tochter Glückwünsche zum Hochzeitstag zu erwarten, aber du weißt ja, wie sie ist.«

»Anstandsregeln sind wichtig«, zitierten wir gemeinsam.

Ich holte tief Luft, um nicht in Panik zu verfallen, nur weil ich meine Mutter enttäuschte. »Danke, dass du angerufen hast, Dad.« Ich versuchte, lässig zu klingen. »Wohin geht ihr?«

»Zu Marco's. Sieben Uhr. Vorspeise, Steak als Hauptgang, dann teilen wir uns ein Tiramisu. Eine Flasche vom roten Hauswein, und dabei unterhalten wir uns darüber, ob wir uns einen besseren hätten gönnen sollen. Seit Jahrzehnten immer dasselbe, Schatz. Das weißt du.«

»Dad ... möchtest du gern mal woandershin gehen?«

Sein Zögern verriet mir mehr, als ich wissen wollte. »Du kennst deine Mutter, sie liebt Traditionen. Ich habe einen Strauß rosa Pfingstrosen bestellt und bin ausgehfertig. Die Floristin fragt schon gar nicht mehr, das ist praktisch ein Dauerauftrag.«

»Ist das gut?« Ich fragte mich, ob das effektiv war, um meine Mutter zufriedenzustellen, oder ob das meinem Dad die Freude genommen hatte. »Ich will nur wissen, ob alle glücklich sind.«

Er lachte leise.

»Man kann glücklich sein und noch Wünsche haben,

Marina. Man findet nicht einfach die große Liebe und alles ist gut, weißt du? Ich kann verliebt und glücklich sein und trotzdem etwas anderes für mich wollen.«

Ich zuckte zusammen. »Zum Beispiel eine Geliebte?«

Sein Lachen dröhnte mir so laut ins Ohr, dass es wehtat.

»Was? Nein! Sondern ... neue Erinnerungen. Neue Lieblingsblumen. Neue Anekdoten. Neue Restaurants, die nicht fünfundzwanzig Mäuse für ein durchgebratenes Steak verlangen, nur weil das Tradition ist ... Aber du kennst deine Mutter, sie liebt unsere Geschichte.«

»Sie liebt dich«, gab ich zu bedenken. »Sie wird sich darauf einlassen, was du willst.«

»Und da dachte ich, du seist die Kluge in der Familie. Ich sage ihr, dass ich nicht zu Marco's gehen will, wenn du ihr sagst, dass du deine Eier nicht einfrieren willst.«

»Ähm ...«

»Ja, ähm.« Er lachte. »Wir kommen klar, Schatz. Geh und leb dein Leben. Ich fummle hier weiter im Schuppen rum.«

»Gott, wie leicht man das missverstehen kann.«

Er lachte wieder dröhnend und gab mir damit das Gefühl, alles wäre in Ordnung. Als würde ich selbstverständlich meinen Weg und meine Wohnung und die Liebe finden, die ich verdiente. Weil Dad dachte, alles sei okay.

Und vielleicht hatte er recht. Hastig bestellte ich per Handy eine Glückwunschkarte und die Pralinen, die meine Mutter liebte. Okay, die würden morgen erst ankommen, aber sie würden den Ansturm schmerzlicher Gefühle stoppen. Als ich vor dem Klassenraum ankam, war ich absolut aufgedreht und überzeugt, dass diese Woche die entscheidende sein würde.

Ich ging immer frühzeitig zu dem Kurs, um mir den besten Platz zu sichern. Es gab mehrere Töpferscheiben, aber nur eine, wo man ringsherum viel Platz hatte und die Lehrerin gut sehen konnte. Wir hatten alle an den Töpferscheiben angefangen, aber einige Teilnehmer waren zu anderen Werkplätzen weitergezogen, wo sie Skulpturen oder Fliesen herstellten. Ich wollte die Töpferscheibe erst verlassen, wenn ich darauf etwas Akzeptables erzeugt hatte. Also begab ich mich Woche für Woche an denselben Hocker und weigerte mich, etwas anderes anzugehen. Vermutlich sprachen die anderen Teilnehmer deshalb nicht mit mir. Sie gingen nach dem Kurs meistens einen trinken, das wusste ich, doch bisher hatte mich keiner dazu eingeladen. Andererseits war ich immer zu sehr damit beschäftigt, die Tränen zurückzudrängen und mit meiner enttäuschenden Kreation unter dem Arm hinauszuschlüpfen. Also ... war das sicher für alle das Beste.

»Liebes!« Agatha schlug sich an den Busen und tat überrascht. »Sie sind immer so früh hier und verstecken sich im Halbdunkel!«

»Ich will nur meinen angestammten Platz behalten«, sagte ich unbeschwert und sah, wie ihr Blick weich wurde, vermutlich vor Mitleid. »Meine Freundinnen haben sich auch angemeldet.«

»Ah!« Sie klang erleichtert und machte eine ausholende Armbewegung. »Freundinnen! Ausgezeichnet!«

Meera und Bec kamen hereingeeilt und setzten sich an die Töpferscheiben rechts und links von mir. Sie kicherten tatsächlich wie früher in der Schule.

»Das wird ein Megaspaß!«, sagte Bec, und Meera schoss

mir einen Blick zu, als wollte sie sagen: Da klang ganz klar ein Und-wehe-wenn-nicht hinterher.

Agatha ging vorne ans Pult, setzte sich auf die Kante und wartete ungeduldig. Jedes Mal wenn sie auf die Uhr schaute, klirrten ihre Armreifen. Die Teilnehmer trudelten ein, sagten guten Abend, und sie nickte ihnen zu, hasste aber das Warten. Als wollte sie dringend anfangen. Als hätte sie dem Kurs den ganzen Tag entgegengefiebert. Ihrem großen Moment.

»Meine Lieben, ich möchte, dass Sie den Ton in die Hand nehmen und hinwerfen, als wollten Sie ihn umbringen.« Sie hatte eine raue Stimme, und zwischen den Fingern schien sie eine imaginäre Zigarette zu halten. »Dieser Tonklumpen hat Ihr Leben ruiniert, Ihnen das Herz gebrochen, Ihnen kostbare Jahre geraubt.« Sie sprang auf und bedeutete uns, anzufangen. »Ton verlangt Gefühl, Leidenschaft … Sie sind ein menschlicher Brennofen. Sie geben ihm Leben, Gestalt, Permanenz. Also tun Sie es mit gravitas, meine Lieben.«

Bec atmete dezent auf. »Ah, ich mag sie.«

Ich klatschte den Tonklumpen auf die Scheibe und hörte den satten Aufprall. Ich seufzte und wiederholte es.

»Ja!«, sang Agatha auf ihrem Weg durch den Klassenraum, bei dem sie die Fortschritte begutachtete. »Ich will, dass dem Tonklumpen Hören und Sehen vergeht! Er soll so verstört sein wie mein Mann, als ich ihm eröffnete, dass ich ihn wegen eines Fünfunddreißigjährigen verlasse, den ich in Santorini kennengelernt hatte!«

Blinzelnd sah ich zu Bec und Meera (im Grunde hätte mich nichts mehr überraschen dürfen, was Agatha ab und zu durchblicken ließ) und dann zu ihr, und sie zwinkerte mir zu.

»Okay, meine Lieben an den Töpferscheiben, Sie erinnern sich noch, ja? Kraft und Zärtlichkeit, ja?«

Sie redete ständig in solchen Gegensätzen, und irgendwie fand ich das bezaubernd. Diese Frau mit ihren silbergrauen Haaren und leuchtenden Augen, der stolzen Kopfhaltung und den herrlichen violetten Kaftanen. Sie tat, als könnte sie aus einem Tonklumpen alles machen. Er schien in ihren Händen lebendig zu werden und die Form anzunehmen, die er schon immer annehmen wollte. Sie schuf nichts, sie holte es ans Licht.

Ich drehte den Kopf zu Meera, deren Finger über den Ton glitten, und verfolgte, wie sie mit dem Fingernagel eine Linie zog, die verwackelte, weil sie zuckte. Sie lachte lautlos in sich hinein. Bec dagegen war still konzentriert und ließ es aussehen, als wäre es ganz leicht, wie sie sanft die Hände bewegte, bis eine Trichterform entstand. Sie lächelte mich an, vollauf begeistert. Ich konzentrierte mich wieder auf meine Töpferscheibe und schnaubte, als der Ton mir durch die Finger glitt und die perfekte Vase, die ich mir vorstellte, wieder in sich zusammenfiel.

Lucas würde die Sache meistern. Er würde da sitzen und herumwitzeln, wüsste genau, wie viel Druck nötig war, wann er sanft und wann er kräftig drücken musste ... Er würde sich mit dem Ton bewegen, anstatt ihm Widerstand entgegenzusetzen.

Er hatte schöne Hände.

Der Gedanke war plötzlich da, und vor Schreck stieß ich den Daumen durch den Ton. Ich ballte die Fäuste und brummte frustriert.

»Nicht verzweifeln, noch mal versuchen. Es gibt kein Versagen, nur Lernen«, flüsterte Agatha und verströmte ihre Lebensberater-Vibes.

»Sagen Sie das meinem Ex«, rief eine Frau hinter mir, und von einigen anderen war leises Schnauben zu hören.

»Ja, genau.« Agatha wirkte erfreut, ihre Mundwinkel bewegten sich nach oben und vertieften die beiden Falten daneben. Meine Mutter hätte gesagt: *Du meine Güte, die Ärmste hat sich gehen lassen, nicht wahr? Sicher ist sie so alt wie ich, aber sie sieht aus wie hundert!*

Doch Agatha wirkte wie ein hundertjähriger Baum – weise und geheimnisvoll und voller Leben.

Oh Gott, Mum. Ich hoffte, dass die Glückwunschkarte ihre Enttäuschung vertreiben würde. Wenn sie enttäuscht war, reagierte sie meistens eingeschnappt und trug einem das lange nach. Verdammt. Normalerweise behielt ich solche Sachen im Auge. Hoffentlich tat Dad wenigstens so, als ob ihm sein durchgebratenes Steak schmeckte.

Ich hatte Mühe, den Ton in den Griff zu kriegen, und knirschte mit den Zähnen. Wenn ich versuchte, zart zu sein, wirbelte er weg, und wenn ich versuchte, kräftiger zuzupacken, sackte er unter meinen Händen weg. Agatha stand dabei und beobachtete das.

»Legen Sie es nicht auf Perfektion an. Er fühlt, wie sehr Sie ihn in eine Form zwingen wollen. Er widersetzt sich, weil Sie ihn zwingen.«

»Ebenso gut können Sie versuchen, Marina das Atmen abzugewöhnen«, sagte Meera unbeschwert, und Agatha blickte sie prüfend an, dann sah sie mich wieder an, damit ich meine Ansicht dazu äußern konnte.

»Das stimmt«, gab ich zu, und sie schüttelte traurig den Kopf.

»Ach, Perfektionismus ist wahrlich ein Fluch.« Sie wandte sich Meera zu und beurteilte ihre entspannte Haltung. »Sie sind das Gegenteil – Sie nehmen die Dinge nicht ernst genug.«

Meera runzelte die Stirn, schien aber darüber nachzudenken. »Stimmt auch.«

»Nun, nehmen Sie sie ein kleines bisschen ernst, Liebes. Das tut nicht weh, versprochen.«

Meera wirkte ein wenig eingeschüchtert und nickte mit gesenktem Kopf.

Agatha schaute auf Becs zuversichtliche Hände auf der Töpferscheibe und nickte. »Sehen Sie, das ist Zusammenspiel.«

Ich brummte. »Also muss ich eins werden mit dem Ton?«

Agatha zuckte mit einer Braue. »Nein, Liebes, Sie müssen mit sich selbst eins werden.«

Ich bebte fast vor Wut. Erst als sie weggegangen war, traute ich mich, Bec und Meera anzusehen, die das Kichern kaum noch unterdrücken konnten.

»Kawumm.« Bec schnaubte. »Und ich sag's noch mal: Ich mag sie.«

»Ich *glaube,* ich bin froh, dass ihr mitgekommen seid.« Ich lachte. »Habt ihr Lust, hinterher essen zu gehen?«

Meera schüttelte verdächtig schnell den Kopf. »Hab was vor.«

»Oh, wirklich?« Ich neigte den Kopf zur Seite. »Mit wem?«

»Du kannst sie nicht leiden.« Sie streckte mir die Zunge

raus, damit ich lachte, doch stattdessen sackten meine Schultern herab.

»Oh Gott, Meer, nicht wieder Tanya.«

»Lass mich mein Leben leben, Marina«, sagte sie in einem unbekümmerten Ton, bei dem nur ich die wahre Bedeutung heraushörte: *Mach mir keinen Druck.* Und genau deshalb machte ich Druck.

»Beim letzten Mal hat sie dich beklaut. Dich *beklaut*. Und hinterher betrinkst du dich immer eine Woche lang und fühlst dich erbärmlich.«

Meera hob so langsam den Blick, dass ich mich beinahe wegduckte. »Manchmal brauche ich einfach etwas Vertrautes. Selbst wenn es scheiße ist. Jemanden, der meine Handicaps, meine Situation kennt. Und sie hat sich bloß einen Zehner geborgt, Herrgott noch mal.«

Ihre Handicaps, damit meinte sie ihre Tante. Meeras Tante Arti hatte als Teenagerin die Diagnose MS bekommen. Meeras Mutter hatte sich um ihre Schwester mit viel Liebe und Sorgfalt, geradezu hingebungsvoll gekümmert. Doch ihre Mutter starb, und ihr Dad ging zurück nach Goa, wo er sich eine neue Frau suchte, die für ihn sorgte. So blieb es Meera überlassen, für Arti zu sorgen. Das hatte sie ihrer Mutter versprochen, und nichts würde sie davon abbringen. Sie hatte ihr Jurastudium und vieles andere aufgegeben und lebte nur noch im Moment und kam damit zurecht. Außerdem liebte sie ihre Tante, liebte ihr gemeinsames Leben und würde alles tun, um es zu schützen. Vielleicht übertrieb ich, wenn ich fünf Jahre im Voraus plante, doch Meera plante nur fünf Minuten voraus. Mehr ertrug sie nicht.

»Na schön.« Ich zuckte die Schultern, die Hände voller Ton. »Wie du meinst.«

»Danke«, sagte sie, und ihre Unbeschwertheit kehrte zurück. »Wie steht's denn bei deinem Wettstreit mit dem Charmebolzen? Überlegst du, wie du eine Axt in den Escape Room schmuggeln kannst?«

Ich spreizte die Finger, als ich das Rad wieder in Bewegung setzte, und konzentrierte mich aufs Atmen. Vielleicht brauchte ich genau das, eine Ablenkung, damit es passierte. Um es endlich richtig hinzukriegen.

»Weißt du, er ist gar nicht so übel, wenn man ihn erst mal kennt.«

Sie ließ theatralisch den Kopf hängen, hätte ihn fast in die Hände gestützt, wenn ihr nicht eingefallen wäre, dass sie tonbeschmiert waren. »Nein.«

»Nein?«

»Keine nutzlosen, unreifen Typen mehr, die keinen Ehrgeiz haben und nicht wissen, welche Richtung sie einschlagen sollen, und nur deine Zeit verschwenden. Erinnerst du dich? Ich weiß, ich mache mich immer über dein Bedürfnis lustig, sofort jemanden zu finden und sich mit ihm fortzupflanzen, der deinem speziellen Level von Langweiler entspricht, aber … du hast fünfzehn Jahre an einen rückgratlosen Mann vergeudet. Warum willst du das wiederholen?«

»Ich will das gar nicht …«, keifte ich. Ihr Angriff machte mich fassungslos. »Entschuldige, wurde ich nicht gerade gerüffelt, weil ich mir eine Meinung über dein Liebesleben erlaube?«

»Ich will Tanya ja nicht heiraten. Ich werde lediglich ein

paar Mal mit ihr schlafen, in Clubs gehen und nicht das Geringste bereuen, wenn ich in ein paar Tagen wieder nüchtern bin und sie meine Uhr versetzt hat. Ich weiß, worauf ich mich einlasse. Du dagegen ... Du willst so sehr, dass jemand deinen Kriterien entspricht, dass du dir ein völlig falsches Bild von ihm machst. Dieser Typ ist dein Erzfeind, weißt du noch? Er ist das Hindernis, das du beiseiteräumen musst, sonst bekommst du deine bildschöne Wohnung nicht, und dein Zeug bleibt eingelagert, und aus dem hochtrabenden Jobtitel wird auch nichts. Erinnerst du dich?«

Im ersten Moment war ich sprachlos und unsicher, was ich sagen sollte. »Ich dachte, du hasst meine Listen, meine K.-o.-Kriterien. Ich war dir doch zu wählerisch.«

»Bist du auch. Aber wählerisch sein, gewisse Standards haben, mit dem Alleinsein klarkommen, so was stärkt den Charakter. Wenn du dir wieder so einen Peter Pan zulegst, der dich nett anlächelt und bereitwillig Ja sagt ... Mit so einem gibt es keine Entwicklung.«

Ich drehte mich zu Bec, damit sie den Schiedsrichter spielte, und sie schüttelte den Kopf. »Ich will hier töpfern und kein Drama mitansehen.«

»Ich meinte nur, es ist ermüdend, einen Erzfeind zu haben«, sagte ich gelassen, um einen Streit zu vermeiden. »Ich muss ständig klug reagieren und witzig sein, eine Retourkutsche parat haben, das ist anstrengend. Am besten, ich betrachte ihn als einen beliebigen Typen.«

Meera sah von ihrer Töpferscheibe nicht auf und nickte nur. Ich hatte den Eindruck, dass sie verlegen war. Normalerweise stritten wir nicht. Einmal Anfang der Nullerjahre hatten wir uns in einen lautstarken Streit hineingesteigert wegen der Frage, welche *Buffy*-Episode die beste ist, aber das war's auch schon.

Ich hatte in diesem Jahr genug verloren, ich wollte nicht auch noch auf Meera verzichten müssen.

Endlich zwang ich den Ton in eine Form, die einer Vase nicht unähnlich war, und stellte das Ding erleichtert zur Seite. Neben den anderen wirkte es gar nicht so armselig. Meeras und Becs Vasen waren besser, aber da war auch das blauhaarige Mädchen, das immer kleine Vögel formte, und der alternde Wirt von irgendeinem Pub, der davon besessen war, einen perfekten Bierkrug hinzukriegen. Viele Teilnehmer versuchten sich jede Woche an etwas anderem, aber nicht ich. Ich wollte mir das erst erlauben, wenn ich die Vase gemeistert hätte.

Wir gingen dann alle zu dem Tisch, wo die Kreationen aus der vorigen Woche standen. Ich drückte mir die Daumen, dass es diesmal endlich was geworden war.

Ich wurde mutlos, als ich meinen Namen auf einem Zettel sah und daneben eine Vase mit gedrungenem Korpus. Mein Daumen war darin verewigt, und sie hatte einen dünnen Hals, der im Bogen herabhing wie ein Elefantenrüssel.

Ich schloss seufzend die Augen.

Bec neigte den Kopf zur Seite. »Die ist süß.«

»Sie ist einzigartig«, fügte Meera hinzu.

»Sie wissen ja, es gibt kein Versagen«, gluckste Agatha neben mir, und ich schoss ihr einen Blick zu.

»Sie ist völlig nutzlos. Wie soll man da Blumen reinstellen? Das Ding taugt nicht als Vase.«

»Kunst wird nicht nach Nützlichkeit beurteilt«, erwiderte sie, als hinterließe das Wort einen schlechten Geschmack im Mund.

Hinter ihrem Rücken verdrehte ich die Augen, nahm mein mieses Stückchen Kunst und drehte mich zu Bec. »In den Pub oder nach Hause?«

»Nach Hause.« Sie hängte sich bei mir ein. An der Bushaltestelle umarmten wir Meera, aber ich konnte mich nicht überwinden, ihr viel Spaß zu wünschen. Tanya. *Tanya.* Die unausstehliche, laute Drogensüchtige, die gelegentlich aufkreuzte und uns unsere Freundin ausspannte. Aus der trocknen, lustigen, wunderbaren Meera wurde dann eine gereizte Person, die sich vor Verantwortung drückte. Die grollte, weil sie etwas versprochen hatte. Wir hatten jahrelang versucht, sie zu überzeugen, sich helfen zu lassen, eine Pflegerin zu bezahlen oder ihre Tante in einem Heim unterzubringen, doch sie glaubte, dadurch würde sie ihre Mutter enttäuschen. Sie engagierte eine Pflegerin für die Abende, wenn sie im Pub arbeitete, und tagsüber war sie zu Hause, und sie kam zurecht. Arti und sie hatten ihre Routinen, ihre Abläufe. Ihre Videospielschlachten und Artis Roman, an dem sie gerade schrieb. Es war eine stille Kameradschaft voll sarkastischen Humors, die Meera nicht ändern wollte. Sie wollte nicht das Gefühl haben, dass sie versagt hatte. Meera mochte kratzbürstig und gereizt sein, aber sie war treu bis in den Tod.

»War es falsch von mir, wegen Tanya zu schimpfen?«, fragte ich Bec, während wir auf den Bus warteten.

Wie immer dachte sie nach und wog alles gegeneinander ab. »Na ja, Tanya ist grauenhaft. Doch wir leben nicht Meeras Leben. Sie tut, womit sie sich gut fühlt.«

»Aber sie hat mehr verdient.«

Bec lächelte. »Mehr will sie nicht. Und das hat nur sie zu

entscheiden. Verirren wir uns gerade in Penny Spicers Ich-löse-dein-Problem-Territorium? Es gibt nicht immer Feuerwerk und ein Happy End.«

Ich sah den Bus kommen und streckte den Arm zur Straße.

»Aber für dich gab es das«, erwiderte ich leise. »Und wir dachten nie, dass du das wolltest.«

Bec legte grinsend einen Arm um mich. »Es war kein Feuerwerk dabei, das war ... einfach das stille, solide Gefühl, dass ich zu Hause angekommen bin. Ich steh nicht auf diese kribbeligen aufregenden Liebesgeschichten. Für mich ist Liebe etwas Stilles, Verlässliches.« Sie zögerte. »Und sieht ein bisschen aus wie Clark Kent.«

Ich stieg in den Bus und hielt meine Karte an das Lesegerät. »Oh, klar.«

»Tut er!« Bec beharrte darauf, während sie mir durch den Gang folgte. Sie warf sich neben mich auf den Sitzplatz wie früher auf der Heimfahrt von der Schule. »Und so wie du falsch liegst wegen Tanya, liegt Meera vielleicht falsch, was einen gewissen ärgerlichen Werbetexter angeht ...«

Ich drehte den Kopf zu ihr und verzog das Gesicht.

Bec drückte meine Hand. »Du bist ein kluges Köpfchen. Du fällst sichere, verständige Entscheidungen. Also mach dir nicht so viele Gedanken. Du triffst immer die vernünftige Wahl.«

Irgendwie ging es mir danach schlechter. Ich wusste nicht, warum, aber ich wollte, dass meine Freundinnen mir rieten, mich mal locker zu machen und unvernünftig zu sein. Stattdessen fühlte ich mich alt, als dürfte ich nichts mehr riskieren, müsste beim Spaß vorsichtig sein. Ich wünschte wirklich, sie würden mir raten, einen Fehler zu machen, der sich gut anfühlte. Und ich wunderte mich darüber.

Als wir zu Hause ankamen, nahm Matt seine Bec in den Arm und küsste sie noch in der Tür, dann bemerkte er erst, dass ich hinter ihr stand.

»Oh.« Er wurde rot. »Entschuldige.«

»Hey, dein Zuhause, deine Frau. Tu, was du willst.« Ich schob mich an ihnen vorbei und tat, als fühlte ich mich nicht fehl am Platz. Ich hatte den Drang, mich weiter dafür zu entschuldigen, dass ich in ihr Privatleben eingedrungen war. Doch ich konnte den Gedanken nicht ertragen, in eine möblierte Einzimmerwohnung zu ziehen, wo man überall auf dem Teppichboden mysteriöse Flecken entdeckte. Nein, mein Leben war zur Zeit nicht, wie es sein sollte. Aber ich wollte auch keinen Sprung in die falsche Richtung machen, nur weil ich unbedingt vorankommen wollte. Noch ein wenig Geduld, und ich hätte meine Beförderung, meine schöne Wohnung und den richtigen Mann, auf den ich beharrt hatte.

Sowie ich in meinem Zimmer war, legte ich mich auf dem Bauch aufs Bett und zog eine Schachtel darunter hervor. Sie enthielt meine misslungenen Tonskulpturen. Eigentlich wollte ich sie nicht, und trotzdem verwahrte ich die hässlichen, nutzlosen Trophäen, die mich wütend machten, wenn ich sie nur sah.

Ich hatte viel Zeit und Mühe reingesteckt. Rohmaterial verschwendet. Und daher lagen sie unter meinem Bett und verhöhnten mich jedes Mal, wenn ich der Sammlung eine weitere hinzufügte. Doch es gab das Versprechen, dass ich es allmählich besser können würde, dass es sich lohnte, nicht aufzugeben.

Mein Vater sagte immer, meine Sturheit sei kraftraubend. Ich war das Kind, das bis in den dunklen Abend hinein im Garten blieb, weil es darauf beharrte, das Fahrrad ohne Stützräder zu meistern, aber nie schnell genug losfuhr, um es zu stabilisieren. Doch ich hörte nicht auf. Erst als ich es geschafft und bewiesen hatte (wenn auch nur mir selbst), dass ich es konnte.

Ich hörte von nebenan das verräterische Quietschen der Matratzenfedern und setzte mir die Kopfhörer auf, die ich kurz nach dem Einzug bei zwei Frischvermählten angeschafft hatte. An manchen Tagen, wenn Bec supersüß war, fand ich meine Kopfhörer voll aufgeladen auf meinem Bett zusammen mit einer Flasche Wein und einer Schleife daran. Sie war eine gute Freundin. Sie wusste, das war so nicht geplant gewesen, oder genauer gesagt, ich hatte das so nicht geplant. Kurz bei ihr einziehen, mit ein paar Männern flirten, eine feste Beziehung eingehen und wieder ausziehen. Ehe, Kinder und alles ohne Zeitverlust. Bec hatte im Grunde gar nichts geplant. Sie liebte ihren Job und ihre Wohnung, ihre Aperols an den Samstagabenden und die Karaoke-Dienstage, und im Sommer machte sie eine Spritztour nach Torquay runter, um ihre Eltern zu besuchen, und das war alles. Alles andere war offen.

Und jetzt war es, als hätte ich die Freiheit, die sie immer geliebt hatte, und sie das geordnete, sichere Leben, nach dem ich mich sehnte.

Ich betrachtete die Vasen und fragte mich, was Lucas wohl daraus machen würde. Dass ich stur und rücksichtslos mein Bedürfnis nach Perfektion verfolgte? Dass ich so dumm war, hundert Mal dasselbe zu tun und auf ein anderes Ergebnis zu hoffen?

Ich tat es trotzdem, nicht wahr? Ich kämpfte um die Beförderung, ich suchte weiter nach dem richtigen Mann, ich versuchte, mich weiterzuentwickeln. Warum nicht auch dabei Spaß haben? Nur für ein paar Wochen? Warum sollte ich mir nicht etwas nehmen, etwas das nichts weiter bedeuten würde? Um mir etwas zu gönnen. Um mich anzuschmiegen, streicheln und zärtlich umsorgen zu lassen neben den hitzigen Debatten und Sticheleien und Retourkutschen.

Ich öffnete die Dealbreakers-App. Natürlich gab es wie erwartet schon eine neue Bewertung. *Er gab mir das Gefühl, etwas ganz Besonderes zu sein, sodass ich glaubte, das wäre etwas Reelles.*

Oh, du Charmebolzen, wann lernst du dazu?

Ich scrollte weiter zurück und wollte mir nicht eingestehen, wonach ich suchte.

Er wusste, was er tat.

Er wickelt einen um den Finger.

Wer könnte dem Lächeln widerstehen?

Ich werde den Sex vermissen.

Hatte es etwas Gruseliges, dass diese Frauen in ihren Kommentaren so offen sein konnten? Dass ich mich einloggen und Kommentare über Männer lesen konnte, die ich persönlich kannte? Hatte ich deshalb das komische Gefühl im Bauch, das sich wie Trauer oder Bedauern anfühlte?

Und wieso dachte ich jetzt darüber nach? Vielleicht wegen der Art, wie Bec mir gesagt hatte, ich träfe immer vernünftige Entscheidungen, und wie Meera mich gewarnt hatte, nicht wieder meine Zeit zu vergeuden. Oder vielleicht lag es an dem einen Grübchen, das in seiner Wange erschienen war, als ich die Sonnenblume auf meinem Schreibtisch fand und er mich dabei beobachtete?

Ich schloss die Augen und ballte die Fäuste. Es war dumm, das auch nur in Erwägung zu ziehen. Wie konnte ich all die Kommentare von Frauen lesen, die mich in meinem Urteil über ihn bestätigten, und trotzdem denken, sie könnten ihn falsch eingeschätzt haben?

Du bist vernünftig, du gehst keine Risiken ein.

Selbst wenn du auf der Suche nach Liebe wärst, würdest du die langweiligen Dinge in der Beziehung wollen und Pyjamas im Partnerlook tragen.

Offenbar glaubten meine Freundinnen, ich sei nicht fähig, Risiken auszuhalten. Etwas Unerwartetes zu tun. Etwas anderes zu wählen als eine ruhige, zweckmäßige Beziehung, mit der ich meine Ziele erreichte.

Und es war sinnlos, dass ich vor meinem Kleiderschrank stand und sorgfältig ein Outfit für morgen aussuchte, so viel Überlegung hineinsteckte wie seit Monaten nicht mehr. Dass ich in meinen Koffern und Kartons nach dem teuren Parfüm kramte und überlegte, ob ich mir die Haare aufdrehen sollte.

Im vergangenen Jahr hatte ich keinerlei Zeit vergeudet und trotzdem nichts erreicht. Warum also nicht zur Abwechslung mal Zeit vergeuden, wenigstens ein bisschen?

Ich betrachtete mich im Spiegel und hielt mir mein Lieblingskleid an. Ich würde weiter zu Dates gehen und meine Dealbreakers-Bewertungen schreiben und befördert werden.

Also was konnte ein kleiner Flirt schon schaden?

8

Er fluchte ständig, es war äußerst peinlich. Ich brauche einen Mann, der auf meinem Niveau kommunizieren kann. Aber er war nett! Also Schwamm drüber.

Ich hatte das dunkelblaue Sommerkleid mit den Sternchen angezogen und dazu die Jeansjacke, die ich vor ein paar Jahren in einem Secondhandladen in dem schicken West Londoner Viertel entdeckt hatte. Mein liebstes Sommeroutfit. Das hatte ich noch nie bei einem Date getragen, damit es keinen bleibenden Fleck bekam wie mein schwarzes Samtkleid. Das erinnerte mich nun immer an Benji, der mich mit Suppe bekleckert hatte, und an Daniel, der mich, noch bevor ich saß, nach meiner bevorzugten Stellung beim Sex gefragt hatte. Nein, das Sternchenkleid würde ich mir nicht ruinieren lassen.

Ich hatte mir die Haare an den Spitzen rund geföhnt und hinter die Ohren gesteckt. So stand ich hinter meinem Schreibtisch und fuhr den PC herunter, als jemand anklopfte.

Ich blickte auf und sah Lucas, der ein wenig die Augen aufriss und mich von oben bis unten betrachtete. Für den Blick hatten sich die zwanzig Minuten gelohnt, die ich meine Koffer nach dem Kleid durchstöbert hatte. Ich tippte an meine Kette, dann ungehalten an mein Schlüsselbein.

»Also ... du siehst verdammt hinreißend aus«, sagte er in einem beiläufigen Ton, als redete er über das Wetter. »Heißes Date?«

Ich zog eine Braue hoch. »Sehr witzig. Hast du den Umschlag?«

Er wedelte damit. »Ich habe Marie überzeugt, dass wir nicht jeder einen brauchen. Von wegen Rettung des Planeten und so weiter. Willst du oder soll ich?«

Ich schüttelte den Kopf. »Nur zu.« Er riss ihn auf, dann strahlte er plötzlich.

»Oh Gott, was ist es? Bestimmt etwas, das für deine Sichtweise spricht.« Ich stürmte zu ihm. »Partnermassage? Candle-Light-Dinner?« Ich spähte über seine Schulter und zog die Brauen zusammen.

»Cocktails mixen?« Ich lachte. »Das ist super für Gruppen! Es heißt, beim ersten Junggesellinnenabschied in der Antike wurde ein Cocktailmix-Wettbewerb ausgetragen.«

Lucas schnaubte amüsiert. »Das ist nicht wahr.«

»Natürlich nicht.« Ich schüttelte den Kopf und verließ den Raum. »Trotzdem werde ich dich schlagen.«

»Bist du deshalb so angezogen? Um mich abzulenken?«

Eine Hand am Türrahmen wartete ich darauf, dass er mitkam. »Keine Ahnung, wovon du redest.«

»Marina Spicer, Vernichterin aller Männer, Diebin aller Herzen ...«

»Mixerin aller Cocktails«, spann ich weiter und kam in Schwung, »Siegerin aller Wettstreits ...«

Er lachte, und der schöne, melodische Klang fing an, mich süchtig zu machen.

»Wir werden sehen, Spicer. Wir werden sehen.«

Auf dem verwitterten Schild über der Tür stand Mixology Wars. Auf meinen skeptischen Blick zuckte Lucas die Schultern. Er zog die Tür auf und bedeutete mir, voranzugehen.

»Na, es kann nur besser sein als der wundersame Wein.« Er lachte freundlich.

Drinnen empfing uns ein höhlenartiger Gang. Künstlerische Graffiti bedeckten die Wände, leuchtende Farbspritzer den Boden, und unter der Decke hingen Karussellpferde, angemalt in krassen Farben. Es sah aus, als wäre man unter der Erde zu einem geheimen Jahrmarkt unterwegs. Der Boden war uneben, und es herrschte ein düsteres Zwielicht. Ich stieß mit einem Fuß gegen eine Kante, taumelte und wurde von zwei starken Händen an der Taille abgefangen. Im nächsten Moment lehnte ich an seiner Brust. Sein Atem kitzelte mich am Ohr. Ich hätte von ihm wegtreten sollen, aber ich hielt inne, nur einen Moment lang. Mein Herz raste. Entweder weil ich fast gefallen wäre oder weil er wahnsinnig gut roch oder weil ich kurz seine Bartstoppeln an meiner Wange spürte.

»Alles okay?«, flüsterte er, ohne mich loszulassen. Seine Hände lagen an meiner Taille, als könnte ich jeden Moment umkippen.

Ich räusperte mich und trat von ihm weg. Weg von seiner Körperwärme. »Ja, danke.«

»Ich glaube, es ist gleich da hinten.« Er klang wie immer, und ich tat ein paar tiefe, aber leise Atemzüge, während er seine Handy-Taschenlampe einschaltete und auf den Boden richtete. Die andere Hand ließ er an meinem Kreuz, für den Fall, dass ich noch mal stolperte. So gingen wir langsam auf einen Stand zu, der wie das Kassenhäuschen eines Jahrmarkts aussah. »Hallo?«

»Ah, Joe sagte, dass Sie jeden Moment hier sein werden. Wir haben gerade alles vorbereitet«, bemerkte jemand aus dem Dunkeln, dann trat eine Frau hinter dem Stand hervor. Ihr schwarzer Bob schwang bei jeder Kopfbewegung hin und her. Sie trug eine Latzhose und ein Regenbogen-T-Shirt, und ich wunderte mich, wie sie es hinbekam, darin schick auszusehen.

»Willkommen bei Mixology Wars!« Sie bedeutete uns mitzukommen.

»Vielen Dank!« Lucas schaltete seinen Charme ein und setzte das perfekte Lächeln auf. »Wie geht es Ihnen heute? Ich bin Lucas, das ist Marina. Wir freuen uns wahnsinnig, hier zu sein.«

Sie schmunzelte amüsiert. »Das sehe ich. Ich bin Katrina und Ihre Gastgeberin bei dem Cocktailmix-Wettbewerb. Joe hat durchblicken lassen, dass Sie beide sehr konkurrenzbewusst sind. Ich hoffe also, das ist etwas für Sie?«

Wir sahen einander an und grinsten.

»Ich zeige Ihnen bei jedem Cocktail, wie er gemacht wird. Drei Runden, drei Cocktails, der bessere gewinnt.«

Lucas lächelte sie an, und sie lächelte uns beide an.

»Wer entscheidet über Sieg und Niederlage?«, wollte ich wissen.

Katrina zeigte auf sich. »Gelernte Barkeeperin.«

»Angst, dass ich dich vergiften will, Spicer?«, fragte er gedehnt und fing Katrinas Blick ein, als wollte er sie auf seine Seite ziehen.

Eher, dass du die Richterin mit deinem Charme bestichst.

»Ich habe während des Studiums in einem Pub gejobbt, daher kenne ich mich ein bisschen aus«, sagte ich und sah ihn spöttisch grinsen. »Was?«

»Nichts.«

Wir folgten Katrina in einen Raum, in dem zwei kleine Bars nebeneinander aufgebaut und mit allem bestückt waren, was wir brauchen würden. Daneben stand ein Serviertisch mit Zitronen, Limetten, frischen Kräutern und verschiedenen Alkoholika. Gegenüber befand sich eine größere Bar, hinter die sich Katrina begab. Sie stellte sich die Zutaten bereit. Hinter ihr hing eine Anzeigetafel mit auswechselbaren Ziffern, und die fachte meinen Ehrgeiz an.

»Beginnen wir mit etwas Leichtem. Ihr erster Cocktail ist ein Espresso Martini.«

Sie ging mit uns die Zutaten durch, und anfangs machte ich mir genau Notizen, aus Angst, etwas zu vergessen. Ja, ich hatte während der Unijahre in einem Pub gearbeitet, aber hauptsächlich Bier gezapft und Schälchen mit Knabberzeug aufgefüllt. Im Gammon's Rest bekam man nicht mal eine große Flasche Prosecco, sondern nur Piccolos, die ab und zu von einer Ehefrau auf Wochenendbesuch bestellt und mit Strohhalm serviert wurden. Doch das wusste er nicht. Und es spielte auch keine Rolle – weil Lucas sich keine Notizen machte. Er hörte lediglich zu, beobachtete und lächelte, lehnte in der gewohnt lässigen Haltung an seiner Bar. Das ärgerte mich. Sein Ellbogen stieß an meinen, als er sich aufrichtete, und ich hielt den Atem an. Er bemerkte das nicht.

»Okay«, sagte Katrina, und ich wurde sofort aufmerksam. »Die Zeit läuft!«

Er hatte gescherzt, ich würde ihn ablenken wollen, und er hatte mich bereits ins Hintertreffen gebracht. Hastig suchte ich meine Zutaten heraus, befolgte die Anweisungen und schaute alle dreißig Sekunden in meine Notizen.

»Du wirkst ein bisschen fahrig, Spicer, jedenfalls für eine ehemalige Barkeeperin.« Ich sah zu, wie Lucas den Shaker schüttelte und dann hinter seinem Rücken hochwarf und auffing wie ein Profi. Mir sackte das Kinn herab. Mistkerl.

»Oh, habe ich nicht erwähnt, dass ich nach dem Studium als Flair-Barkeeper bei Partys gearbeitet habe?« Er lachte über meinen Gesichtsausdruck, und ich knirschte mit den Zähnen.

»Lass mich raten. Du hattest nur eine kurze Servierschürze an?«, schoss ich zurück, während ich panisch in meine Notizen schaute. Ich hörte etwas auf dem Boden aufschlagen.

»Wer hat dir das erzählt?« Mit finsterem Blick bückte er sich nach seinem Shaker. »Hat Harriet mich gegoogelt? Sie guckt mich immer an, als ob sie meine Geheimnisse kennt.«

Oh, Schätzchen, wenn du wüsstest.

»Es ist wahr?!«, gurrte ich entzückt und klatschte in die Hände. Er ging in die Hocke, um den Boden aufzuwischen. »Ich habe nur etwas vermutet, bei dem du der Mittelpunkt der Aufmerksamkeit wärst.«

»Und da dachte ich, du wärst abgelenkt von dem, was unter meinem T-Shirt ist«, feuerte er zurück, und ich warf ein Glas um, fing es aber noch auf. »Gut gefangen.«

Das war eine neue Art der Kriegsführung, ein Ablenkungsspiel, das meinen Puls in die Höhe und die Röte in meine Wangen trieb. Ich erwiderte nichts, sondern konzentrierte mich auf meinen Cocktail. Als der Summer ertönte, trug ich das Glas zur Bar gegenüber, stellte es neben Lucas' und verfolgte dann mit Argusaugen jede Regung in Katrinas Gesicht. Als sie an Lucas' Cocktail nippte, lächelte sie, und ein rascher Blickwechsel verriet mir, dass sie beeindruckt war. Sie tat so, als überlegte sie noch hin und her und machte sich Notizen auf einem Block. Als sie meinen probierte, sah ich nichts von ihrer Milde, sondern ein deutliches Nicken und eine hochgezogene Braue, als wäre sie angenehm überrascht. Sicher hatte sie mit Lucas nicht geflirtet, doch er schien auf Frauen diese Wirkung zu haben: Sie wurden bei ihm weich, gaben ihm automatisch einen Vertrauensvorschuss. Im Gegensatz zu mir.

»Eine sehr gute erste Runde, Leute«, sagte sie anerkennend und schob Ziffern in die Anzeigetafel. Ich bekam eine Acht, Lucas eine Neun.

»Ich möchte vergleichen.« Spontan griff ich sein Glas und trank einen Schluck. Verdammt, sein Cocktail war besser. Ihre Wertung war nachsichtig. Er schmeckte viel besser. Als bekäme er mit Selbstvertrauen gemixt mehr Geschmack.

»Dann will ich auch.« Er nahm mein Glas und kostete. »Der ist gut, Spicer.«

»Du brauchst nicht zu lügen, das ist herablassend.«

Er schürzte die Lippen. »Das nennt man höflich. Ich weiß, du kannst das auch – wie ich gesehen habe, bist du zu jedem Menschen höflich außer zu mir. Außerdem war das nicht gelogen. Er ist respektabel. Weniger Eis hätte ihm gutgetan.«

Katrina nickte weise. »Genau. Okay, zweite Runde.«

Diesmal lief es andersherum: Sie gab uns einen Cocktail, den sie gemixt hatte, und wir mussten ihn kosten, die Zutaten bestimmen und nachmixen. Ich trank viele kleine Schlucke und machte mir Notizen.

»Brauchst du einen Tipp?« Er griff bereits nach dem Whisky und schüttelte die Flasche.

»Ich schummle nicht.«

»Ach, du und dein Moralkompass. Dabei macht das Leben viel mehr Spaß, wenn man ein bisschen gegen die Regeln verstößt.«

»Die Welt funktioniert nur durch Regeln.« Ich seufzte und nippte wieder. »Jetzt halt die Klappe, ich muss mich konzentrieren.«

Er lachte laut und überrascht, doch er tat mir den Gefallen.

Das war ein klassischer Cocktail, so viel war klar. Ich sah die Kirsche, schmeckte den Whisky, aber alles andere war verschwommen. Er schmeckte ... kräftig. Ich nippte immer wieder, bis plötzlich nichts mehr übrig war, und noch immer wusste ich nicht genau, was ich hineinmixen sollte. Panisch griff ich ein paar Zutaten und warf sie in den Shaker.

Lucas stellte seinen Test-Cocktail auf meine Bar. »Bitte, nimm meinen.«

Ich sah ihn an. »Du bist so gut, du brauchst nicht zu kosten?«

Er wirkte ein wenig gedämpft. »Nicht alles ist Taktik. Jeder rümpft bei irgendeinem Schnaps die Nase, weil er nach der Nacht schmeckt, in der man fast gestorben wäre. Bei mir ist das Whisky.«

Ich lachte. »Wow. So dramatisch?«

Er legte den Kopf schräg und sah mich an. »Erzähl. Welcher ist es bei dir?«

Ich schloss seufzend die Augen. »Tequila. Eine Hausparty mit sechzehn. Zwölf Gläser mit Salz und Zitrone und dann sechs Stunden Erbrechen.«

Er nickte überschwänglich. »Ja! Genau.«

»Erfahre ich noch etwas über deine Nacht, die nach Tod und Whisky schmeckt?« Ich starrte auf die Stelle, wo das Grübchen erschien, wenn er grinste.

»Achtzehn, ein dummer Liebeskummer, und ein Onkel, der dachte, er würde mir helfen.«

»Deine Familie hat eine interessante Art der Hilfsbereitschaft«, sagte ich und freute mich ein bisschen, als er darüber lachte.

»Jep.« Er konzentrierte sich wieder auf seine Aufgabe. Schließlich präsentierte er seinen Cocktail mit schwungvoller Geste. »Aber das macht nichts.«

Ich wusste, die Runde hatte ich verloren, als ich an meinem Klassiker nippte, den ich mehrmals neu gemixt hatte. Ich bekam eine Vier, er eine Zehn. Äußerst ärgerlich.

»Was sagtest du noch gleich, von wegen Date mit einem erbärmlichen Loser?« Lachend wischte er mit einem Handtuch über seine Arbeitsfläche und warf es sich über die Schulter. Ich kniff böse die Lippen zusammen. Er lachte nur darüber und fasste sich ans Herz, als wäre meine Reaktion unsagbar liebenswert.

»Okay, Leute, letzte Runde. Sie werden einen eigenen Cocktail kreieren! Bedenken Sie, was Sie über Aromen, Ausgewogenheit und Präsentation gelernt haben!«

Ich fühlte den Alkohol in meinen Adern schwirren, während ich eine Limette zerschnitt, aggressiv Eiswürfel zerkleinerte und verschiedene Spirituosen auswählte. Ich arbeitete wie besessen, erpicht zu gewinnen. Ob ich ihm damit das Lächeln austreiben oder ein Lächeln hervorlocken wollte, hätte ich nicht sagen können.

Ich kostete, änderte, gab mehr hinzu. Bis mir bewusst wurde, wie betrunken ich war, war es zu spät.

»Die Zeit ist um. Präsentieren Sie Ihre Kreationen, meine Lieben!« Katrina winkte uns an die Bar.

»Ich nenne ihn Erzfeind.« Lucas setzte sein honigsüßes Lächeln auf, für das er immer ein Lächeln zurückbekam. Katrinas Mundwinkel zuckten, aber sie blieb neutral. »Rum, Honig und ein Hauch Ingwer. Der haut einen sofort um, und trotzdem will man noch einen.«

Sie tauchte einen Strohhalm ein und saugte einen Schluck in den Mund. »Sehr ausgewogen, kraftvoll, ein bisschen scharf. Er ist gut. Aber ich könnte nicht mehr als einen davon trinken.«

»Ich schon.« Lucas grinste sie an, und ich biss erneut die Zähne zusammen. Er schob sein Glas zu mir hin. »Nur zu. Ich muss anscheinend mal zurechtgestutzt werden.«

Ich ignorierte Katrinas Strohhalmpraxis und trank direkt aus dem Glas. Der Cocktail war stark und scharf und am Schluss dezent süß. Verdammt. Er war gut.

Ich zuckte die Schultern. »Er ist trinkbar.«

»Oh stopp! Mir schwirrt der Kopf von all den Schmeicheleien und Komplimenten, das halte ich nicht aus.« Er grinste mich an, und ich lächelte zurück, ehe ich mich davon abhalten konnte. Verdammt, ich war dem Grübchen erlegen.

Ich war nicht besser als die armen Frauen, die in den Dating-Apps Kommentare hinterließen und sich wunderten, wieso sie auf Lucas Kennedys schöne Lüge hereingefallen waren.

»Los, Spicer, du bist dran. Vernichte mich.«

Mit schwungvoller Geste stellte ich mein Glas vor Katrina hin. »Das ist eiskalter Wodka mit superscharfem Limettensaft, Prosecco und einer flambierten gezuckerten Limette oben drauf. Er ist stark wie ein Tritt ins Gesicht, erbarmungslos, unnötig quirlig und bringt Sie in Schwierigkeiten, wenn Sie nicht aufpassen. Ich nenne ihn ... den Lucas.«

Ich hatte bei ihm mit einem bösen Blick gerechnet oder wütendem Schnauben oder einer gereizten Bemerkung, doch er wieherte los, als hätte ich ihn verblüfft. Als fühlte er sich nicht beleidigt, sondern ... geschmeichelt?

Katrina kostete und zog die Brauen hoch. »Der ist tatsächlich überraschend schmackhaft.«

Ich schob das Glas zu Lucas hin und fühlte mich plötzlich verlegen und verletzlich. Er nippte bedächtig, nickte. »Der bringt einen definitiv in Schwierigkeiten.«

Ich sah ihn mit schmalen Augen an, doch er zwinkerte, als wäre das ein echtes Date.

»Okay, ich würde sagen, Marina hat die Runde gewonnen. Aber alles zusammengerechnet ist Lucas der Sieger.« Katrina lächelte. »Möchten Sie ein Foto mit Ihren Cocktails?«

»Nein«, sagte ich, während Lucas Ja sagte. »Dein Kleid verdient Beachtung.« Auf meinen Blick hin schwenkte er gelassen um. »Oder ... guter Inhalt für die Webseite?« Er hob sein Glas und posierte für das Foto.

Katrina forderte uns auf, näher zusammenzurücken und

die Köpfe zueinander zu neigen, und ich fragte mich, in welchem Paralleluniversum ich mich gerade aufhielt. Ich spürte seine Hand an meinem Kreuz, warm und verlässlich. Nach einem zittrigen Atemzug zwang ich mich zu lächeln. Als das Foto gemacht und er zur Seite getreten war, spürte ich seine warme Hand am Rücken, als hätte sie einen Abdruck hinterlassen.

»Zu dem Buchungspaket gehört unser Rezeptbüchlein, in dem hinten genügend Platz ist, um sich eigene Kreationen zu notieren.« Sie schob uns jedem ein Exemplar zu. »Und Sie bekommen jeder zwei Drinks in unserer Bar im ersten Stock.«

Katrina deutete auf eine Wendeltreppe im rückwärtigen Teil des Raumes. Ich ging wortlos hinter Lucas her. Mir war, als hätte ich Kohlensäure im Blut, so überdreht fühlte ich mich. Als wäre ich bereit, von einem Steilfelsen ins Meer zu springen.

Die Bar im ersten Stock war völlig anders gestaltet. Man trat praktisch aus einer Höhle ins Tageslicht. Hier war es behaglich und freundlich, mit bequemen Velourssofas und einer langen Holztheke ausgestattet. Ein paar Leute arbeiteten an ihren Laptops, andere saßen bei einem großen Sandwich und einem Glas Wein oder tranken Cocktails. Hinter einer Glaswand am anderen Ende gelangte man auf eine Terrasse. Eine ganz andere Welt war das. Draußen war es noch hell. Mir kam es allerdings vor, als hätte ich den ganzen Tag da unten bei dem Wettkampf gegen Lucas zugebracht und versucht, mir das Lächeln zu verkneifen.

Wir setzten uns. Ich griff nach der Karte und geriet schon in Panik, weil ich mich gleich mit ihm unterhalten musste.

Warum so nervös? Das war kein Date. Und Lucas Kennedy konnte selbst mit einer Schaufensterpuppe Konversation machen.

»Ist es unhöflich, wenn ich mir einen alkoholfreien Cocktail bestelle?«, überlegte ich laut, und sein Lächeln hellte sein Gesicht auf.

»Unhöflich gegenüber … dem Barkeeper?« Er neigte den Kopf zur Seite. »Du bist entzückend.«

»Bin ich nicht.« Ich guckte ihn böse an, aber das war nicht ganz ernst gemeint. »Ich bin kratzbürstig und furchterregend.«

Er zuckte die Schultern. »Das eine schließt das andere nicht aus. Und um deine Frage zu beantworten: Nein, es ist nicht unhöflich. Um ganz ehrlich zu sein, ich überlege, einen großen Orangensaft und einen Toast zu bestellen.«

Ich lächelte gegen meinen Willen und legte die Fingerspitzen an die Lippen, um es zu überspielen.

»Ich sehe es immer«, sagte er, und ich schaute stur auf meine Karte. »Es ist eine Schande, ein Lächeln wie deins zu verstecken.«

Ich öffnete den Mund, um etwas Dummes zu erwidern, doch der Barkeeper kam zu uns, und ich seufzte erleichtert. Ich bestellte einen ausgefallenen Gin Tonic, weil ich dachte, ein Drink, der zum größten Teil aus etwas Nichtalkoholischem bestand, würde mir helfen, ruhig zu bleiben.

»Du hast ein schlechtes Gewissen, wenn du Alkohol trinkst, obwohl du arbeiten solltest?«, fragte Lucas, sobald der Barkeeper sich entfernt hatte.

»Macht mich das zu einem Nerd?« Ich goss uns beiden ein Glas Wasser ein und stürzte meins hinunter.

Er schaute in sein Handy. »Nein, zu einem Profi.« Ein paar Augenblicke lang sagte er nichts und las stirnrunzelnd eine Nachricht, während ich mich in dem einfachsten aller Komplimente sonnte. Gott, ich hungerte wirklich nach männlicher Aufmerksamkeit, wenn mich schon ein Kompliment zu meiner Arbeitshaltung glücklich machte.

Ich wartete still und dachte an die vielen Beschwerden, dass er sich während des Dates mit seinem Handy beschäftigte, Anrufe annahm und anderen Frauen Nachrichten schrieb.

»Hast du eigentlich etwas anderes vor?« Ich deutete auf das Gerät, und er blickte fragend auf.

»Verzeihung.« Er steckte es weg und hielt inne, als überlegte er, ob er mir Munition liefern sollte. »Das war meine Nichte. Sie schreibt mir oft … Ich denke darüber nach, hierherzuziehen, um näher bei meiner Schwester und ihrem Kind zu sein. Sie lässt sich gerade scheiden.«

»Oh«, sagte ich sanft.

»Für meine Nichte ist das schwer. Es hat ihr den Boden unter den Füßen weggezogen. Ich versuche immer, sie nicht warten zu lassen. Sie ist zwölf. In dem Alter erlebt man alles extrem, oder? Wenn man nicht innerhalb von dreißig Sekunden eine Antwort bekommt, bricht die Welt zusammen.«

»In die Pubertät zu kommen, bringt einen schon genug durcheinander, da braucht man nicht auch noch eine Scheidung. Wie heißt sie?«

»Millie.« Er strahlte. »Sie ist brillant. Klug und witzig und scharfsinnig. Aber sie leidet. Meine Schwester gibt sich größte Mühe, aber … es ist hart.«

»Es ist nett von dir, dass du dich um sie kümmerst«, sagte ich höflich. Ich war unschlüssig, was ich mit der neuen Information anfangen sollte.

Seine Mundwinkel zuckten. »Fällst du gleich vor Schock in Ohnmacht, weil ich nett sein kann?«

»Vielleicht.« Ich dachte an die Beschwerden seiner verflossenen Dates. War es möglich …?

»Meine Schwester hat ihr ein Handy gekauft. Sie würde ihr alles kaufen, um sie bei Laune zu halten. Doch ich bin der, den sie anruft. Ich bin der Erwachsene, bei dem sie sich sicher fühlt. Eigentlich ein Witz.« Er dankte dem Barkeeper, der uns die Getränke brachte. Ich lachte über seine Wahl, einen rosa Pornstar Martini, der mit einem Schnapsglas Prosecco serviert wurde.

»Hey, nicht spotten. Der besteht hauptsächlich aus Saft und schmeckt ausgezeichnet. Ich bin selbstbewusst genug, um mir einen Frauencocktail zu bestellen.« Wie zum Beweis nippte er nur und schmatzte mit den Lippen. »Perfekt. Und, na ja, deshalb brauche ich die Beförderung. Damit ich hier für Millie da sein kann.«

Ich habe auch einen guten Grund, dich auszustechen. Sonst würde ich das alles nicht tun.

Als ich nickte, lächelte er erleichtert.

»Außerdem wird es Zeit, das Alte hinter sich zu lassen. Man kann auch ein zu enges Verhältnis zu seinen Eltern haben.«

»Wirklich?« Die Frage war ehrlich gemeint, und er sah mich an.

»Ihr steht euch sehr nah?«

»Wahrscheinlich, weil ich ihr einziges Kind bin …« Ich

zögerte, weiterzusprechen, doch er hatte mir Einblick in sein Privatleben gewährt, und daher fühlte ich mich verpflichtet, das Gleiche zu tun. Das war nicht mehr als anständig. »Wir haben ein merkwürdiges Verhältnis. Sie sind das perfekte Paar schon seit ihrer Teenagerzeit. Kam wie ein Blitz aus heiterem Himmel. Sie wollten eigentlich keine Kinder, aber ich bin der glückliche Unfall.«

»Sich als Unfall zu bezeichnen, finde ich brutal, ob glücklich oder nicht.« Seine Hand griff zum Telefon in seiner Hosentasche, doch er widerstand dem Impuls. »Wohnst du bei ihnen?«

»Bei meinen Eltern? Nein!«

Er lachte über mein entsetztes Gesicht. »Was denn? Das ist eine berechtigte Frage! London ist teuer. Sicher leben viele noch mit Anfang dreißig bei ihren Eltern. Deshalb muss man sich nicht schämen.«

»Tja, vielleicht ist das bald meine einzige Option.« Ich rang mir ein Lachen ab. »Zur Zeit wohne ich bei meiner frisch verheirateten Freundin und ihrem Mann im Gästezimmer, solange ich nach einer Wohnung suche, die ... meine Kriterien erfüllt. Ich kann wählerisch sein.«

»Du? Nein!« Er tat verblüfft. »War nur Scherz. Du stellst hohe Ansprüche. Darauf sollte man stolz sein.«

Ich sah einen Tropfen Saft über seine Unterlippe rinnen und leckte mir unwillkürlich über meine. »Wirklich?«

»Na klar. Viele Leute geben sich mit weniger zufrieden, weil sie denken, etwas sei besser als nichts. Du scheinst mir jemand zu sein, der in dieser Hinsicht keine Kompromisse eingeht.« Er hielt meinen Blick fest, und das kam wie eine Herausforderung vor.

»Das klingt, als wäre ich ein Albtraum.« *Wer will schon mit jemandem zusammen sein, für den er perfekt sein muss?*

»Niemals.« Er lächelte. »Wer Hunde mit Socken, Sonnenblumen und Erdbeerenpflücken im Sommer liebt, kann kein Albtraum sein. Unmöglich.«

Ich schloss die Augen und beugte seufzend den Kopf zurück. »Du kannst dir mal eine Auszeit gönnen, weißt du? Von deinen Charmeoffensiven. Das muss doch anstrengend sein für dich.«

»Komischerweise strengt es mich nie an, einer schönen Frau zu sagen, dass sie schön ist.«

Ich spürte, dass ich rot wurde, und schüttelte den Kopf. In dem Moment summte mein Handy. Adam. Ich steckte es weg, aber anscheinend war mir etwas anzusehen.

»Also stimmt es, was ich beim Axtwerfen gesagt habe. Ein Arschloch hat dir das Herz gebrochen?« Er sagte das sanft, ohne die geringste Schadenfreude. »Daher das Gästezimmer?«

Ich überlegte zu lügen. Doch er klang freundlich, und die Atmosphäre war angenehm, und der viele Alkohol hatte meine Zunge gelockert. Das Thema hatte ich mit meinen Freundinnen ausgiebig erörtert. Und irgendwie wusste ich, dass Lucas genau das Richtige dazu sagen würde, obwohl ich ihm damit eine Blöße bot.

»Na ja, mein Ex-Freund hat über zehn Jahre gewartet, um mir zu sagen, dass er keine Kinder will, und dann an meinem Geburtstag mit mir Schluss gemacht. Wie findest du das?«

»Er ist ein Wichser.«

Ich keuchte überrascht. »Ich dachte, du würdest auf mich einreden, damit es mir damit nicht mehr mies geht.«

Er sah mir in die Augen, mit einem Mal ernst, stellte sein Glas hin und neigte sich nach vorn. »Ich würde liebend gern viele Stunden damit zubringen, dich vergessen zu lassen, dass der Mann überhaupt existiert.«

Meine Lippen bildeten ein O, doch kein Ton kam heraus.

Er wartete, solange ich nach einer passenden Antwort suchte. »Das war nicht charmant.«

»Nö.« Er lehnte sich schulterzuckend zurück, wieder ganz der Lässige. »Manchmal kann ich schonungslos ehrlich sein. Wenn es das ist, was du willst. Dann rede ich keinen Bullshit, versprühe keinen Charme. Dann komme ich dir nicht mit spöttischen Retourkutschen, bis mir der Kopf raucht, während ich dich eigentlich gegen die Wand drücken und deinen schlauen Mund küssen will.«

Wütend warf ich die Hände hoch. »Du kannst so was nicht einfach sagen!«

»Du wolltest, dass ich ehrlich bin!« Er lachte. »Die Kinderfrage ist also das K.-o.-Kriterium?«

Ich stutzte bei dem Ausdruck, mein Herz raste, als hätte er mich ertappt. »Wie bitte?«

»Du möchtest Kinder?«

»Ja.« Ich nickte und tippte mit einer Fingerspitze an mein Glas. »Ich weiß, damit schlägt man die meisten Männer in die Flucht, aber ich bin über dreißig, ich habe einen Plan, wie mein Leben aussehen soll, und Kinder gehören dazu. Das heißt, ich vergeude keine Zeit mehr mit Männern, die nicht dasselbe wollen wie ich.«

Lucas dachte darüber nach. »Nicht mal, wenn dir das richtig viel Spaß bringt?«

Ich lachte. »Besonders, wenn es richtig viel Spaß bringt.«

»Ja, du scheinst dir schon eine ganze Weile jeden Spaß zu versagen.«

Ich deutete zur Bar. »Es ist Mittwochnachmittag, und ich bin betrunken.«

Er schnaubte. »Ja, weil dein Boss dich dazu gezwungen hat.« Ich starrte auf die Wölbung seiner Lippen, als er sich zur mir neigte. »Dir ist doch klar, dass du die Gelegenheit ordentlich ausnutzen kannst, während du auf dein perfektes Leben hinarbeitest? Das ist keine Frage von Fortschritt oder Rückschritt. Die Freude ergibt sich in der Zwischenzeit. Du vergeudest die Zwischenzeit.«

»Wenn ich mich recht entsinne, fandest du es gut, gewisse Ansprüche zu haben.« Ich zog eine Braue hoch, und er nickte. Dabei beugte er sich nach vorn, als wäre es ihm wirklich wichtig, dass ich das begriff.

»Ja, bleib bei deinen Ansprüchen, deinen Zielen, deinem Traum. Aber genieße auch. Sag mal Ja, lass dich überraschen, hab Spaß.« Er lächelte mich liebevoll an. »Du verdienst es.«

»Du willst mich wieder umgarnen.«

»Jep, und schnall dich an, denn gleich sage ich etwas Verrücktes.« Er kippte den Rest seines rosa Cocktails hinunter und drehte sich auf seinem Hocker zu mir, stellte die Füße so, dass ich zwischen seinen langen Beinen gefangen war. Das versetzte mich in Aufregung, doch ich überspielte das, indem ich mein Glas an den Mund hob.

»Ich finde, wir sollten Sex haben.«

Ich verschluckte mich und hustete.

»Weil ...?«, krächzte ich und langte nach einer Serviette.

»Weil wir uns sonst gegenseitig fertigmachen.« Er zuckte die Schultern, als hätte er einen Ölwechsel oder ein Systemupdate vorgeschlagen. Einen Frühjahrsputz. Eine Problemlösung.

Ich schüttelte den Kopf.

»Weil das Spaß machen würde?«

Ich schüttelte seufzend den Kopf, musste dabei aber lächeln.

Lucas schwieg einen Moment lang und schien zu überlegen. »Mir gefällt es nämlich nicht, wie traurig deine Augen werden und wie du an deine Kette fasst, wenn das Arschloch dir geschrieben hat.« Er neigte sich hoffnungsvoll nach vorn. »Denn ich finde, du bist wunderbar und solltest auf Händen getragen werden. Und ich kann mir nicht mehr in diesem Tempo witzige Erwiderungen einfallen lassen. Davon kriege ich Kopfschmerzen. Hab Mitleid mit einem armen Mann, Marina.«

Ich zog es in Erwägung. Nur für einen Moment zog ich es wirklich in Erwägung, weil sich Alkohol in meinem Blutkreislauf befand und mein Puls in meinen Ohren pochte. Weil seine grünen Augen in dem schummrigen Licht olivgrün erschienen und weil jene K.-o.-Kriterien mich jetzt reizten, anstatt mich abzuschrecken. Ja, er war noch bei keiner Frau geblieben, aber sie hatten gewollt, dass er blieb. Weil er gut war in den Dingen, die Frauen mochten.

»Ich ...« Ich wusste nicht mal, was ich sagen wollte, als mein Handy klingelte. Ich griff in meine Handtasche und schaute aufs Display. Adam.

Lucas sah mich traurig an und schüttelte den Kopf.

Ich überlegte kurz, dann stand ich auf. »Entschuldige, da muss ich rangehen.«

Ich griff nach meiner Tasche und flüchtete, ohne einen

Blick zurückzuwerfen. Ich hastete durch die Glastür auf die Terrasse und nahm den Anruf unterwegs an. Ein paar Raucher saßen hier und da an einem Tisch. Ich hockte mich auf eine Bank unter einer berankten Pergola mit kleinen orangerosa Blütendolden.

»Ist alles okay?«, fragte ich außer Atem.

»Hast du meine Nachricht gesehen?«, wollte Adam wissen, und ich schluckte eine Entschuldigung hinunter, die mir schon auf der Zunge lag.

»Nein, was stand drin?«

»Ich habe an früher gedacht«, sagte er leise und mürrisch. Manchmal trauerte er um unsere Beziehung genau wie ich. Wir hatten jeder den Menschen verloren, der uns am vertrautesten gewesen war. Doch er wollte nicht, was ich wollte … Außerdem, fünfzehn Jahre, und er war abgehauen.

»Vermisst du es auch manchmal?«, fragte er, und ich überlegte, ob ich darüber wütend sein sollte. Meera würde Ja sagen. Bec würde Ja sagen. Lucas würde definitiv Ja sagen. »Als es nur dich und mich und Meera gab und wir nur ein paar Häuser voneinander entfernt wohnten und alles noch einfach war, weißt du? Als wüssten wir genau, wohin sich unser Leben entwickeln würde.«

Nur durch dich hat sich all das geändert, wollte ich schreien. Du bist es, der den Plan über den Haufen geworfen hat.

»Stimmt was nicht, Ads?«

»Ich denke nur nach, über das Leben und Entscheidungen und alles Mögliche, weißt du? Ob wir irgendwann da landen, wo wir hingehören. Selbst wenn wir Fehler machen.«

»Hast du wieder zu viel Kaffee getrunken? Du weißt, dass du dann grüblerisch wirst«, sagte ich unbeschwert.

»Du kennst mich besser als jeder andere, Rina. Kein anderer weiß, wie meine Haustiere hießen oder meine Lieblingstante oder wie schwer es war, als mein Großvater starb. Niemand außer dir scheint daran Anteil zu nehmen, weißt du? Als hätte das keine Bedeutung mehr.«

»Hat es aber«, sagte ich weich. »Es ist trotzdem noch wichtig.« Plötzlich kapierte ich. »Heute ist sein Todestag, stimmt's? Entschuldige, normalerweise denke ich daran.«

Ein bisschen war ich verärgert. *Du hast das im Kopf behalten, als du noch seine Freundin warst. Was du nicht mehr bist. Weil er dich abserviert hat. Das ist nicht mehr deine Aufgabe.* Ich konnte Meera vor mir sehen, die Hand an einem großen roten Knopf, den sie zu drücken drohte, wenn ich nicht sofort auflegte. Grenzen, sagte sie zu mir. Grenzen sind hier entscheidend. Dieser Mann wird immer weiter von dir nehmen, bis du nichts mehr zu geben hast.

»Das ist okay«, schniefte er. »Und wie geht es dir?«

»Ich …« *Überlege gerade, mit einem Mann zu schlafen, bei dem ich weiche Knie bekomme, mit dem es aber keine Zukunft geben kann, also danke der Nachfrage.* »… komme klar.«

»Bist du mit jemandem zusammen?«

Ich holte scharf Luft und hustete. »Äh … ich …«

»Ich hätte nicht fragen sollen.« Er lachte. Plötzlich klang er gar nicht mehr mürrisch. »Übles Ex-Freund-Verhalten. Aber du bist ein guter Fang, weißt du? Ich wüsste nur gern, ob du jemanden hast, der dich gut behandelt.«

Die Meera auf meiner Schulter schrie: Ich werde den Scheißkerl erwürgen! Wie kann er es wagen?

Irgendwie fand ich die Sprache wieder.

»Adam, es tut mir wirklich leid, aber ich bin beruflich

unterwegs und muss jetzt auflegen.« Ich riss mich sehr zusammen, um die Stille auszuhalten, doch dann konnte ich nicht anders. »Aber ruf mich später an, wenn du noch jemanden zum Reden brauchst.«

Nein. Ich verzog das Gesicht. *Tu das nicht.*

»Immer bist du für mich da«, sagte er liebevoll, »sogar jetzt noch. Wir waren immer in erster Linie beste Freunde, nicht wahr, Rina? Nichts wird das ändern. Nichts.«

Ich biss die Zähne zusammen und legte auf.

Der unverschämte Mistkerl. Ich dachte an unsere letzte Begegnung, als er mir traurig die Tränen wegwischte, eine Strähne hinter mein Ohr schob und fragte, ob ich den Elektrogrill noch benutzte oder ob er ihn haben könne. Als er sich dafür entschuldigte, dass ich geglaubt hatte, er plane für sein Leben dasselbe wie ich. Als er sagte, es tue ihm furchtbar leid, dass er mir nicht geben könne, was ich wollte. Als hätte ich all das nur im Stillen geplant. Als hätten wir nicht im Lauf der Jahre darüber gesprochen.

Ich dachte an die Dates, bei denen ich gewesen war, weil ich verzweifelt versuchte, mein Leben wieder in Gang zu bringen, weil ich auf der Stelle trat, seit er sich daraus verabschiedet hatte. Wie oft hatte mich ein Mann beleidigt, herabgesetzt, »vielversprechend« genannt, versetzt, herablassend behandelt oder mir das Gefühl gegeben, hässlich zu sein? Alles weil ich mich weigerte, bei einem Punkt Abstriche zu machen.

Seelenverwandtschaft.

Er war tatsächlich ein Wichser.

Ich schloss die Augen und atmete tief ein und aus, zählte, bis Zorn und Schmerz meinen Körper verließen und meine Hände aufhörten zu zittern.

Als ich die Augen wieder öffnete, saß mir Lucas gegenüber und drehte sich eine Zigarette. Ich rümpfte die Nase.

»Ich dachte, die Leute dampfen nur noch.« Ich hatte das Bedürfnis, mich irgendwo abzureagieren und stürzte mich auf diese dumme Angewohnheit. Rauchen war für viele Leute ein K.-o.-Kriterium, für mich nicht. Ich sah zu, wie er mit der Zungenspitze an dem Papierchen entlangfuhr, es dann um den Tabak verdrehte wie schon tausend Mal zuvor.

»Ich rauche nur, wenn ich zu viel getrunken habe.« Er zündete sie an, inhalierte tief und hielt sie von uns beiden weg. »Nur eine Angewohnheit, mehr nicht. Eine schlechte, ich weiß.«

»Warum hörst du dann nicht auf?«

»Hast du keine schlechten Angewohnheiten, Marina?«, fragte er freundlich, und dann wurde sein Ton noch weicher. »War da gerade der Wichser am Telefon?«

Ich blickte auf meine Hände.

»Meine schlechte Angewohnheit ist wahrscheinlich, dass ich immer wieder dasselbe tue und trotzdem jedes Mal ein anderes Ergebnis erwarte. Oder erwarte, dass es weniger wehtut.« Ich redete leise und sah dabei in die Ferne.

»Das ist eine gute. Zeigt Beharrlichkeit. Meine ist wahrscheinlich, dass ich nicht lange genug bei der Stange bleibe, um immer denselben Fehler zu machen.« Er holte Luft und fing von etwas anderem an. »Es ist schön hier«, sagte er. Das goldene Licht schien in alles einzusickern, selbst die Betonbauten sahen aus wie von der Sonne geküsst und auserwählt. Besonders.

Ich nickte, schwieg aber, hörte nur zu, wie er atmete. Der Geruch der Zigarette störte mich nicht so sehr, wie er glaubte. Was ich nicht aushalten konnte, war sein trauriger Gesichtsausdruck.

»Vielleicht ist es idiotisch, dass ich hierherziehen möchte. Mich hier niederlassen will. Vermutlich wäre ich besser dran, wenn ich von Ort zu Ort ziehen würde, neu anfangen, wann immer ich es brauche. Manchmal habe ich das Gefühl, diese Stadt verschlingt mich«, sagte er leise.

»Ich denke manchmal, mich hat sie schon verschlungen. Jeder Tag, jedes Meeting, jedes Date ist, als würde ich auf etwas warten, das nie kommt. Und ich spiele immer dieselbe Szene, bis ich sie richtig hinkriege. Aber das gelingt mir nie.« Ich spürte, dass er lächelte, und als ich den Kopf drehte, grinste er. »Was?«

»Schon daran gedacht, Schriftstellerin zu werden?« Er lächelte aufrichtig. »Nein, ehrlich, ich denke, du wärst gut.«

»Danke, aber ich liebe meinen Code, die endlosen Pfade, um eine Lösung zu finden, ein Problem auf die sauberste, simpelste Art zu lösen.« Ich dachte an meinen Vater und seine Uhren, all die beweglichen Teile, bei denen sich die kleinste Veränderung auf alle auswirkte.

Er nickte. »Ich nehme das zurück. Schriftsteller müssen mit Grautönen klarkommen. Bei dir ist alles schwarz und weiß.«

»Wie es sich anhört, könntest du ein bisschen mehr Schwarz und Weiß gebrauchen.«

Er schüttelte den Kopf und lächelte. »Nein, es sind die Grauzonen, wo die Wunder passieren.«

Er drückte die Zigarette aus und stand auf, um zu gehen.

Ich nickte, und wir bedankten uns bei dem Barkeeper, bevor wir die Bar verließen. Wir stiegen die Wendeltreppe hinunter und gingen nach draußen. Die Straße war jetzt viel belebter als vorher. Lucas streckte mir die Hand hin. »Also, ich habe unsere Feuerpause genossen. Aber ich nehme an, wir müssen wieder zu Feinden werden. Wegen einer Londoner Wohnung mit Garten.«

»Und weil ich mein Messingbesteck und ein senfgelbes Sofa von Loaf will.« Ich schüttelte ihm die Hand. »War schön mit dir, aber du wirst untergehen et cetera, et cetera.«

»Oh ja, du wirst den Tag bereuen, zutiefst bereuen und so weiter.« Er hielt meine Hand fest, strich mit dem Daumen darüber und grinste mich an. Als mein Bus kam und ich meine Hand wegzog, rief er mir nach.

»Marina, lass dir meinen Vorschlag durch den Kopf gehen, ja? Ich finde wirklich, das würde all unsere Probleme lösen.« Grinsend wippte er auf den Fersen, die Hände in den Hosentaschen. »Oder denk dir ein paar wunderbare neue aus.«

9

Ich konnte nicht aufhören, daran zu denken. Sex mit Lucas war ehrlich gesagt das Einzige, woran ich dachte.

Zur Hölle mit ihm.

Das war nicht der Plan. Geplant war, einen netten ehetauglichen Mann zu finden, der gern *The Walking Dead* guckte und sofort Babys zeugen wollte. Einen ohne Tattoos, der nicht fluchte, nicht in der Gegend herumvögelte, also keinen ... keinen Lucas Kennedy.

»Du scheinst ...«, begann Meera, und ich schreckte hoch.

»Was?«

Wir saßen im La Cantina beim Mittagessen, einem winzigen spanischen Restaurant, das wir schon als Teenager frequentiert hatten, weil das Essen billig und lecker war und sie nie prüften, ob wir schon achtzehn waren, wenn wir Sangria bestellten.

Inzwischen gingen wir einmal im Monat dort essen, ausnahmslos. La Cantina lag nicht weit von Meeras Haus entfernt in derselben Straße, sodass sie ihre Tante Arti nur für eine Stunde allein lassen musste, und ich schneite bei der Gelegenheit oft bei meinen Eltern rein. Doch im Augenblick wollte ich das nicht. Vielleicht weil ich spürte, wie frustriert mein Vater war, oder weil meine Mutter sich wünschte, ich würde meine Eier einfrieren lassen, jedenfalls wollte ich sie nicht sehen.

Ich klang schuldbewusst, und Meera kannte mich von allen am besten.

»Glücklich.« Stirnrunzelnd stopfte sie sich einen Bissen Tortilla in den Mund und kaute. »Ja, glücklich. Du glühst geradezu.«

»Oh.« Ich trank einen großen Schluck Wasser. »Meine neue Hautpflegeserie wirkt also.«

»Ich glaube nicht, dass es das ist.« Sie sah mich prüfend an und tippte sich an den Nasenring. »Was verbirgst du, Marina?«

»Wir sollten besser nicht darüber reden«, sagte ich gelassen und griff nach der Schale mit den Fleischbällchen.

Sie verzog das Gesicht. »Du hast dich in den Werbetexter verknallt.«

Ich blinzelte. »Herrgott, Meera, nein. Das ist nur verbales Geplänkel. Alles total unschuldig. Ich bin nur ... Es macht Spaß. Ich brauche an nichts zu denken.«

»Du denkst sowieso zu viel«, pflichtete sie bei. Dann griff sie über den Tisch nach meiner Hand. »Es tut mir leid, dass ich im Töpferkurs gemein war. Wenn du dich verlieben willst, tu es. Ich will ... Ich will nur nicht, dass dir wieder einer wehtut.«

»Bec meint, ich sei zu klug, um mich noch mal verletzen zu lassen.«

»Deine Klugheit ist da selten im Spiel.« Meera lachte und lehnte sich zurück. »Wenn sie es wäre, hättest du dann mit fünfzehn einen zweitklassigen Bassgitarristen genommen, der keine Vision, keine Ziele, nichts hat? Einen, der dir nie widerspricht. Sieh dich doch an: Du liebst es, mit jemandem aneinanderzugeraten. Für deine Standpunkte zu kämpfen. Zu diskutieren! Adam war ...«

Ich hob die Hand. »Adam war ein Fünfzehnjähriger, der sich in eine Fünfzehnjährige verliebte, und jetzt sind wir hier.«

»Nein«, widersprach Meera. »Adam war ein egoistischer Narzisst, dem es einzig und allein darum ging, dass du ihn zum Mittelpunkt deines Lebens machst. Und seine Witze waren scheiße.«

»Warum warst du dann mit ihm befreundet?«

»Weil er in Ordnung war, solange du nicht mit ihm gingst! Ich habe jede Menge Schwachköpfe unter meinen Freunden, anwesende ausgeschlossen. Ich nehme die Menschen, wie sie sind. Aber nicht, wenn sie meiner besten Freundin das Herz brechen. Du verdienst es, eine Mum zu sein, Rina. Du wirst unglaublich sein. Ich will, dass du einen bekommst, der das auch will. Und der dir ehrlich sagt, was er will. Der dir kein schlechtes Gewissen macht, wenn du etwas für dich selbst willst.« Sie hielt nachdenklich inne. »Einen, der nicht durch und durch egoistisch, selbstbezogen, scheinheilig, verlogen ...«

Und ich hatte ihr noch nicht mal von seinem Anruf am vorigen Abend erzählt. Ich klopfte auf den Tisch und versuchte, eine andere Unterhaltung anzustoßen. »Hat mein Glühen nachgelassen?«

»Ein bisschen.« Sie tätschelte wieder meine Hand. »Tut mir leid. Geh und wirf dem Kerl eine Axt an den Kopf. Das scheint dich aufzumuntern.«

Ich schnaubte leise. »Du hast recht. Ich gehe meinen Weg, ich habe meine Ziele. Ich brauche jemanden, der weiß, was er will und wohin er will. Einen erwachsenen Mann. Keinen Peter Pan ...«

»Aber?«

»Im Moment könnte ich mir gut vorstellen, einfach Spaß zu haben und nicht an die Zukunft zu denken. Nur für eine Weile.«

Meera war eine Minute lang still. Sie guckte mich an, als zweifelte sie, wen sie vor sich hatte. Ich lachte und warf meine Serviette nach ihr.

»Halt die Klappe! Das war nur ein kurzer Aussetzer.«

»Vielleicht liege ich völlig falsch. Hab Spaß! Gönn ihn dir!« Sie schrie es beinahe, schüttelte dann den Kopf. »Wow. Da glaubt man, jemanden zu kennen.«

Ich lachte wieder. »Kannst du mich eigentlich leiden?«

»Ich mag niemanden so sehr wie dich. Ich mag dich so sehr, wie mir das überhaupt möglich ist.«

Einen Moment lang schwiegen wir und aßen.

»Also, was hat Tanya diesmal mitgehen lassen?«

»Kleingeld und komischerweise ein paar Strandtücher.« Sie zuckte mit einer Schulter und aß weiter. »Stell dir vor.«

»Ja, wenn das Spaß haben ist, dann passe ich.«

Sie schnaubte. »Wenn du nicht aufpasst, wirst du wie deine Mutter.«

Ich schnappte laut nach Luft und zeigte auf sie wie in einer Seifenoper. »Das nimmst du zurück!«

Wir kicherten los und prusteten in unser Wasserglas.

»Aber jetzt mal im Ernst: Fluchen und Tattoos als K.-o.-Kriterium? Das Rauchverbot? Wie aus dem Penelope-Spicer-Handbuch. Vielleicht solltest du den Werbetexter vögeln und zum Sonntagslunch bei Penny auf einem Motorrad vorfahren. Ich finde, sie war immer ein bisschen traurig, dass du ihr die volle Teenagerrebellion versagt hast. Vielleicht ist es noch nicht zu spät?«

Ich lachte. »Ich setze es auf meine Liste.«

Am Nachmittag bekam ich die Meldung, dass die nächste Fortsetzungsfolge im Blog stand. Arbeit am Wochenende? Sah Lucas nicht ähnlich.

Meine ruhmreiche Erzfeindin wird mir vielleicht nicht zustimmen, dass ein Cocktailmix-Wettbewerb toll für ein Date ist, trotzdem hat sie ihren Cocktail nach mir benannt. Ziemlich romantisch, stimmt's? Ein beschwipstes Kopf-an-Kopf-Rennen ist eine brillante Gelegenheit, eine Frau zu umwerben. Außerdem, wer verliebt sich nicht gern in einen fähigen Barkeeper?
Nachdem wir uns drei Runden lang genussvoll auf die Schippe genommen und ausgesuchte Beleidigungen an den Kopf geworfen hatten, erklärte unsere Mixologin mich zum Sieger. Wir bekamen ein Cocktailrezeptbuch und zwei kostenlose, sehr unvernünftige Getränke in der schönen Bar im ersten Stock.
Mixology Wars ist eine genussvolle Art, den Nachmittag zu verbringen, in ausgezeichneter Gesellschaft etwas dazuzulernen, zu lachen und viel zu viel zu trinken. Ich räume zwar ein, dass das für Partys und Firmenabende brillant sein kann, aber ein hitziger Zweikampf hat etwas seltsam Belebendes an sich. Wenn ihr also jemanden datet, den ihr liebt und hasst (hey, das kennen wir doch alle), dann ist das genau das Richtige für euch.

Ich musste immer wieder daran denken, wie seine Augen funkelten, als er mir vorschlug, mit ihm ins Bett zu gehen. Wie er sich auf die Lippe biss und den Atem anhielt, als er mich in dem Kleid sah. Hatte jemals ein Mann zu mir gesagt, ich sei verdammt hinreißend? Vielleicht fand ich das Fluchen nicht mehr ganz so schlimm. Für meine Mutter mochte das ein No-Go sein, aber er hatte es drauf, seinen Worten Bedeutung zu verleihen, selbst den vulgären.

Ich schüttelte den Kopf. Sogar Meera hielt das für eine schlechte Idee. Meera, die mich als Kind zum Klauen ermunterte und im Kino immer eine Handvoll Geleebonbons aus dem Ständer mitgehen ließ. Die glücklich mit jemandem schlief, der sie beklaute, und erklärte, sie werde nie in einer festen Beziehung leben. Sie mochte ihr chaotisches Leben und suchte ihr Glück im Augenblick. Und nun traute sie mir nicht zu, einfach Spaß zu haben, und hielt das für eine schlechte Idee.

Und sie hatte recht. Das Letzte, was ich jetzt brauchte, war Lucas Kennedy.

Ich öffnete Dealbreakers und ging bewusst nicht auf seine Seite. Allerdings hatte ich sowieso ständig nachgesehen, ob neue Bewertungen erschienen und ob er sich mit Frauen traf, solange er in London war. Aus reiner Neugier natürlich.

Doch nein, jetzt ging es nicht um Lucas. Es ging darum, jemanden zu finden, der für mich geeignet war. Meinem Plan treu zu bleiben. Den nächsten Schritt in die Zukunft zu tun. Und klar, es kam mir allmählich so vor, als hätte ich mit jedem bindungswilligen Mann Londons ein fünfzehnminütiges Vorstellungsgespräch geführt. Aber ...

Okay, da war jemand Neues! Henry, siebenunddreißig,

Anwalt. Stand auf gemütliche Abende zu Hause mit Lieferessen, Schwarz-Weiß-Filme und Familientreffen. Er wollte den weißen Gartenzaun. Ich fiel fast in Ohnmacht vor Verblüffung.

Ich hatte mein Einhorn gefunden.

Allerdings gab es keine Kommentare über ihn. Also hatte er eine ganze Weile keine Dates gehabt. Frisch geschieden und wieder auf dem Markt? Ich zögerte keine Sekunde. Ich schickte ihm sofort eine Nachricht, schrieb, wir hätten viel gemeinsam und ich würde mich gern mit ihm treffen. Auf den üblichen Chat mit lauter Small Talk wollte ich mich gar nicht erst einlassen. Das war Zeitverschwendung. Lieber gleich persönlich treffen und herausfinden, ob er war, wer er zu sein behauptete.

Dreißig Sekunden später pingte mein Handy. Henry hatte schon geantwortet. Er schrieb fehlerfrei und ohne Abkürzungen, keine LOLs oder FYIs. Er war einverstanden, keine Zeit zu verlieren und sich persönlich kennenzulernen, und schlug für den Abend ein Restaurant vor. Vielleicht war das jetzt genau das, was ich brauchte: mich wieder darauf besinnen, was für mich gut war. Verlockungen widerstehen und bei meinen Überzeugungen bleiben.

Ich schrieb sofort zurück, und sagte zu, zumal ich das Restaurant sehr mochte. Das war es. Er musste der Richtige sein.

Schicksal oder nur der Zufall in Aktion?

Als ich aus dem Bett sprang und in meinen Koffern wühlte, summte das Handy. Diesmal war es nicht Henry der Perfekte. Es war Mr Höchstwahrscheinlich-Nicht-Perfekt.

Hast du den Beitrag gelesen?

Ich schnaubte.

Ja, er ist sehr gut. Ein Kopftätscheln für dich.

Heute Abend essen gehen?

Ich runzelte die Stirn. *Hatten die Joes etwas für uns arrangiert? An einem Wochenende?*

Haben wir einen Umschlag bekommen? Ich habe keine E-Mail erhalten.

Lange Pause.

Brauchen wir einen Wettbewerb, um miteinander abzuhängen? Ich habe hier keine Freunde und kenne die guten Restaurants nicht. Erbarm dich!

Ich lachte und schüttelte den Kopf.

Kann nicht, hab heute ein Date. Geh in eine Bar im Zentrum und flirte. Da bekommst du sofort eine Freundin.

Ich stutzte, kam mir ein bisschen gemein vor.

Für Burger geht man am bestens ins Pat Pats, und Italienisch isst man gut im Pacino's. Das ist nicht weit vom Büro entfernt.

Wieder passierte einen Moment lang nichts, dann kam die Antwort. Ich hielt den Atem an.

Danke. Viel Spaß bei deinem Date. Hoffe, er hat alles, was auf deiner Liste steht.

Ich verdrehte die Augen und warf das Handy beiseite, um mich meinem aktuellen Problem zuzuwenden. Was zieht man beim ersten Date an, wenn es das letzte im Leben sein soll?

»Du siehst wirklich schön aus«, sagte Henry. Ich hätte nichts dagegen gehabt, aber er hatte das schon zwei Mal gesagt, und mir fiel keine neue Variante mehr ein, um mich zu bedanken. Vor allem weil er damit jedes Mal unterbrach, worüber wir gerade gesprochen hatten.
»Du bist sehr freundlich.«
Das war er wirklich. Er hatte mich zur Begrüßung auf beide Wangen geküsst, hatte mir am Tisch den Stuhl zurechtgerückt, und er hatte ein schönes Restaurant ausgesucht. Ich hatte nicht das Gefühl, dass er mich hetzte, weil er jeden Abend mit einer anderen Frau ausging. Er sei auf der Suche nach der Frau fürs Leben, sagte er. Und sicher, er trug einen Pullover über dem Hemd, obwohl es Sommer war, und seine Zähne waren ein bisschen zu groß für seinen Mund, und er unterbrach mich ständig und entschuldigte sich dann zu oft. Doch jeder Mensch verdiente einen Vertrauensvorschuss. Er wirkte nervös.
Es gefiel mir, wie seine dunklen Haare in die Stirn fielen und dass er ständig an den Manschetten zog. Er war wie der

junge Hugh Grant, ein bisschen geckenhaft und vornehm, aber süß.

Gut gelaunt breitete ich die Serviette auf meinem Schoß aus. »Du bist also Anwalt«, sagte ich. »Gefällt dir der Beruf?«

Er überlegte und trommelte dabei mit dem Zeigefinger einen Rhythmus an der Tischkante. Das schien eine nervöse Angewohnheit zu sein. »Ich nehme es an. Jedenfalls zu Anfang. Man hat gute Aufstiegschancen, und ich mag … Recherchieren, Probleme lösen …« Er verstummte allmählich, und ich fragte mich, wie er seine Mandanten behielt. Vielleicht wurde er lebendig, wenn er über etwas sprach, das ihm wirklich am Herzen lag. Ich sah an ihm vorbei zu ein paar jungen Frauen, die miteinander anstießen, laut über ihren Alltag lamentierten und dankbare Ahs und Ohs von sich gaben, als ihr Essen kam. Am Nachbartisch saß ein älteres Pärchen. Sie machten den Eindruck, als wären sie schon hundert Mal in dem Restaurant gewesen, und fragten mittlerweile die Kellnerin, wie es ihrer Familie ging. London am Samstagabend, lebensprühend und voller Möglichkeiten. Ich fragte mich, ob Lucas meinem Rat gefolgt war und gerade eine Frau umgarnte.

»Also hast du in absehbarer Zeit nicht vor, den Job zu wechseln?« Ich konzentrierte mich wieder auf Henry, der sich vergeblich bemühte, an seinem Glas einen Schmierfleck zu entfernen, und dann tat, als wäre er ihm egal.

»Oh nein, ich bin kein Freund von Veränderungen.« Er verzog das Gesicht. »Aber ich werde definitiv einen Schritt kürzer treten, wenn ich eine Familie habe. Ich möchte an allem beteiligt sein, stehe voll zur Verfügung. Ich will die besonderen Augenblicke nicht verpassen, weißt du?«

Ich lächelte. Er wurde mir immer sympathischer.

Wow. Er sprach als Erstes über Kinder. Ich hatte noch keinen getroffen, der sich so genaue Vorstellungen gemacht hatte. Abgesehen von mir. Und jeder schien zu denken, ich sei supermerkwürdig.

»Klingt, als wärest du ein planvoller Mensch.«

»Nun, ich bin fast Ende dreißig. Ich weiß, was mir gefällt und was ich will. Das ist der Vorteil, wenn man sich persönlich trifft, nicht wahr? Man hält sich nicht mit jemandem auf, der nicht zu einem passt oder der in Wirklichkeit etwas anderes will, als er behauptet.«

»Darauf trinke ich.« Ich hob mein Glas und stieß mit ihm an.

Henry redete langsam, fand ich. Das wäre mein erstes K.-o.-Kriterium, wenn ich welche aufzählen wollte. Doch das hatte ich nicht vor. Denn die positiven Kriterien erfüllte er alle. Er war mein Einhorn. Wenn er ein Einhorn war, das sich langsamer bewegte als eine Schildkröte bei einem Wettrennen mit einem Faultier, meinetwegen.

»Du hast geschrieben, du möchtest das Leben mit dem weißen Gartenzaun«, sagte ich und sah ihn an. »Was meinst du damit?«

»Nun«, zwei Falten erschienen auf seiner Stirn, »du weißt schon, Ehefrau, Kinder, schönes Haus. Was Erwachsene eben so haben.« Er lächelte hoffnungsvoll, und ich lächelte zurück.

»Warum willst du das?«

»Das wollte ich schon immer. So macht man es eben, nicht wahr? Man gründet eine Familie, gestaltet sein Leben, macht seine Eltern mit Enkeln glücklich und unterhält sich über die Kinder. Man hat nie Langeweile, oder? Man hat immer etwas, worüber man sich unterhalten kann.«

Okay. Nicht ganz das, was ich erwartete. Ich nickte. *Halt die Klappe, Marina. Er will, was du willst. Soll er es dir schriftlich geben?*

»Also, erzähl mir von dir.« Henry schien ewig zu brauchen, bis er einen Satz zu Ende gebracht hatte. »Du arbeitest in der Softwareentwicklung?«

»Ich entwickle gerade eine Buchungsplattform«, sagte ich und zog im nächsten Moment die Brauen zusammen. »Das klang jetzt vielleicht langweilig, ist es aber nicht.«

»Nein, es klang nicht ...«

»Ich meine, es ist ... oh, entschuldige ...«

»Nein, du ... ich meine ... tut mir leid. Es ist nicht langweilig.«

Ich sprach langsamer, gab ihm Zeit, einzuhaken, und versuchte einladend zu klingen. Optimistisch und schwungvoll. *Hallo, ich wäre großartig als Mutter deiner Kinder.*

Aber mir kam ständig der wütende Schlagabtausch mit Lucas in den Sinn, bei dem ich mich ungeheuer intelligent und lebendig fühlte. Im Vergleich dazu fühlte ich mich jetzt, als versänke ich langsam in Treibsand. Es war leichter, wenn ich Henry weiter anregte, über seine Pläne und Interessen zu reden. Wir sprachen viel über die Zukunft, und das gefiel mir. Er hatte seine Ziele genau im Blick. Er habe keine großen Ambitionen, sagte er, freue sich aber auf die Zukunft.

Am Ende bot er an, die Rechnung zu bezahlen, und ich bot einmal an, sie zu teilen, beharrte aber nicht darauf. Er schien darüber erleichtert zu sein. Vielleicht hieß das für ihn, dass ich ihn nicht zurückwies. Er küsste mich auf die Wange und brachte mich zur U-Bahn, wo er auf eine süße Art meine Schulter drückte. Er war nett. Sehr nett.

Sicher, mein Vater würde ihn als Spaßbremse bezeichnen, und meine Mutter würde bei gemeinsamen Unternehmungen in Panik geraten, weil er ihr nicht allzu glücklich vorkäme. Doch er wollte im Leben das Gleiche wie ich und zur gleichen Zeit wie ich. Und er war genauso froh, jemanden gefunden zu haben, der sich darauf freute, Kinder zu haben und ein geregeltes Leben zu führen, der eine feste Vorstellung vom Erwachsensein hatte.

Und dennoch war es Lucas, an den ich den Rest des Abends dachte. Lucas, den ich nicht anrief und dem ich nicht schrieb, den ich mir aber im Bett vorstellte, sodass ich schließlich frustriert und erhitzt dalag.

Mein Handy summte, gerade als ich einschlief. Die Nachricht war nicht von Lucas, sondern von Henry, der mir für einen wundervollen Abend dankte und fragte, ob wir uns wiedersähen. Ich zögerte nicht. Nicht jeder bekam das Feuerwerk oder Schmetterlinge im Bauch. Manche bekamen praktische Entscheidungen.

Meine Mutter fände das schrecklich, aber ich sah auch nicht, wie der perfekte romantische Beziehungsanfang vor dreißig Jahren ihr in ihrer Ehe jetzt viel brachte. Zu viel Tamtam war nicht gut. Kompromisse und ein bisschen Langeweile, da erlebte man die magischen Momente. Auf Henrys Frage nach einem zweiten Date sagte ich nur zu gerne Ja.

Doch ich legte mein Handy nicht beiseite, nachdem ich auf Senden getippt hatte. Ich konnte nicht anders, es war wie eine juckende Stelle.

> Was hast du gegessen?

Lucas antwortete sofort.

> Der Burgerladen könnte der beste der Menschheitsgeschichte sein. Durch dich habe ich die Liebe meines Lebens kennengelernt. Danke.

Ich schnaubte, und dann kam eine neue Nachricht rein.

> Schönes Date gehabt?

> Hat Potenzial.

> Oh je, Potenzial. Du brauchst Feuerwerk, Frau.

Ich schüttelte den Kopf und beschloss, brav zu bleiben, nur ein bisschen. Meine Finger schwebten über dem Senden-Button, aber hey, das zählte nicht als Spaß. Eigentlich nicht.

> Hör auf, mich zu verführen, Lucas.

> Genauso gut könntest du verlangen, dass ich aufhöre zu atmen. Wir sehen uns Montag beim nächsten Abenteuer.

Und danach blieb er offline, sodass ich ihn vermisste, nur ein bisschen. Ich drehte mich auf die andere Seite, drückte das Gesicht ins Kopfkissen, um das Lächeln zu verbergen, von dem mir schon die Wangen wehtaten. Zur Hölle mit diesem unmöglichen, charmanten, gefährlichen Mann. Ich tat, als wäre ich nicht der Typ für Feuerwerk, doch ich brauchte eine halbe Stunde, um einzuschlafen, weil mir ständig ein freudiges Kribbeln aus dem Bauch in die Brust stieg.

Ich würde es keinem erzählen, aber ich konnte den Montag kaum erwarten.

Wir haben uns dreimal getroffen, und ich dachte schon, ich hätte endlich den Richtigen gefunden. Doch dann sagte er, er wolle nichts Ernstes. Schade, dass er mir das nicht gesagt hat, bevor wir miteinander im Bett waren.

Ich schlenderte in meinem Secondhandkleid die Carnaby Street hinunter und fand mich hübsch. Und nicht nur hübsch, sondern ich fühlte mich souverän und gepflegt. Ich hatte angefangen, mich um meiner selbst willen gut zu kleiden, und fühlte mich gut. Ich entdeckte jene Stücke meiner Garderobe wieder, die ich in den Umzugskartons gelassen hatte, weil ich keinen Anlass sah, mich schick zu machen. Für Dates hatte ich mein Standard-Outfit, und da ich nie zweimal mit demselben ausgegangen war, hatte ich kein anderes gebraucht. Meine schönen Kleider und Glitzertops und bestickten Taschen … Ich hatte es vermisst, mich meinem persönlichen Stil entsprechend anzuziehen, anstatt wie eine Softwareentwicklerin auf der Jagd nach einem Ehemann.

Außerdem ging nichts über ein todschickes Kleid und einen kühnen Lippenstift, um einen Mann zu beeindrucken, der mit Komplimenten um sich warf wie mit Konfetti. Ich wollte noch einmal jene Reaktion bei ihm sehen, und vielleicht war es jämmerlich, auf Komplimente aus zu sein, doch es war lange her, seit ich ein aufrichtiges bekommen hatte.

Was mich mehr beunruhigte, war die neue Aufgabe, denn wir sollten miteinander tanzen. Mein Puls war schon in die Höhe geklettert, als Lucas nur die Hand an mein Kreuz legte. Wie sollte ich bei mehr körperlicher Nähe cool bleiben? Das Einzige, was meine Nervosität ein wenig dämpfte, war die Tatsache, dass man beim Swing nicht eng tanzte.

Ich fand die Tür in der Seitenstraße, klingelte und wurde hereingelassen. Als ich den Übungsraum betrat, war Lucas bereits da und ging auf und ab. Es war ungewohnt, ihn nicht in seinen kindischen Videogame-T-Shirts und Jeans zu sehen, sondern in beigefarbenen Hosen und Hosenträgern über einem weißen Oberhemd, bei dem der oberste Knopf offen und die Ärmel aufgekrempelt waren. Ich sah die schwarzweißen Tattoos an seinen Unterarmen, die wahllos platziert erschienen wie die Posten auf einem über Tage entstandenen Einkaufszettel. Doch bei ihrem Anblick wusste ich gar nicht mehr so recht, warum ich Tattoos zum No-Go erklärt hatte. Weil Adam das alberne CatDog-Bildchen auf dem Hintern hatte und ein Wimmelbild-Walter hinter einer Brustwarze hervorlugte? Weil ich anfangs zu viele Dates mit Männern durchgestanden hatte, die mir lang und breit die Bedeutung ihrer sämtlichen Tattoos erklärten? An Lucas gefielen sie mir irgendwie – sie waren wie Hinweise auf eine Geschichte, der ich auf der Spur war.

Er blieb stehen, als er mich hereinkommen hörte, und blickte erleichtert auf. »Bin verdammt froh, dass du kommst, ich ... Wow, du siehst atemberaubend aus.«

Ich bewegte den Kopf hin und her. »Atemraubend ist ein großes Wort, Kennedy.«

Er hob beide Hände, als ich einen Blick riskierte. »Ich sage nur, was wahr ist.«

»Sicher, Charmebolzen«, sagte ich neckend. Nach einem tiefen Atemzug fühlte ich mich wieder mehr wie ich selbst. Ich deutete auf seine Aufmachung. »Du siehst aus, als würdest du ordentlich in Swing kommen.«

»Argh.« Er fasste sich an die Brust. »Sie hat eine Blume im Haar und reißt Dadwitze. Hilfe, das hält mein Herz nicht aus.«

Er hatte sich die dunklen Haare zurückgelegt wie in den Fünfzigern, ein junger Marlon Brando mit kantigem Kinn und markanten Gesichtszügen. Mein Blick glitt kurz zu den tätowierten Unterarmen und wieder zu seinem Gesicht. Mein Mund war plötzlich trocken, und in meinem Bauch flatterte es unangenehm. Ich holte tief Luft. *Locker bleiben, Marina. Komm schon, du bist erwachsen, nutze deinen Wortschatz.*

Ich verdrehte die Augen, ein verzweifelter Versuch, ungerührt zu erscheinen. »Gewöhnlich wärst du schon dabei, die Tanzlehrerin um den kleinen Finger zu wickeln. Was ist los?«

»Tja, ich weiß, du wirst furchtbar enttäuscht sein, das zu hören, weil du darauf erpicht warst, dass ich dir eine Stunde lang auf die Zehen trete, aber unsere Lehrerin hat sich krank gemeldet.« Er sah auf die Uhr. »Der Besitzer versucht gerade, jemand anderen aufzutreiben, der die Stunde übernimmt.«

»Oh.« Ich war mir nicht sicher, was ich dabei empfand. »Wie steht es dann mit unserem Wettstreit?«

Er schob die Hände in die Hosentaschen und zuckte die Schultern. »Schätze, wir gehen was essen und kommen ein andermal wieder?«

Ich lachte. »Mensch, bist du geschmeidig.«

»Da hast du verdammt recht.« Er wackelte mit den Brauen. »Du hättest auch Ja gesagt.«

Ich zog eine Braue hoch und sah ihn nur schweigend an.

»Freunde! Freunde!« Ein Mann in unglaublich engen schwarzen Hosen und schwarzem Tanktop kam hereingeeilt. Seine sonnengebräunten Muskeln wölbten sich. »Es tut mir sehr, sehr leid wegen des Durcheinanders! Wir wollten Ihnen hier ein sagenhaftes Erlebnis bieten, damit Sie eine wunderbare Rezension auf Ihre Seite stellen können! Wir sind ein neues Tanzstudio, und die Carnaby Street ist teuer, und deshalb …«

»Hey«, Lucas hob die Hände und lächelte ihn aufrichtig an, »machen Sie sich keine Gedanken, wir freuen uns hier zu sein, kein Problem. Ein Mitarbeiter wird auch mal krank.«

»Außerdem machen wir das nur für eine firmeninterne … Erhebung.« Ich sah Lucas an, der sich ein Lächeln verkniff. »Wir testen Ihr Tanzstudio nicht für die Öffentlichkeit. Und jeder meldet sich mal krank! Also seien Sie beruhigt«, sagte ich freundlich, worauf der Mann ein wenig aufatmete.

»Ich bin Fernando.« Seinem Akzent nach kam er aus Essex. »Und das Ginger Dance Studio ist mein Ein und Alles. Ich bin wirklich darauf angewiesen, in Ihrer Buchungsapp gut wegzukommen, wissen Sie?«

»Das wissen wir.« Ich berührte ihn freundlich am Handgelenk. »Und das werden Sie. Wir können ein andermal wiederkommen, wenn es jetzt nicht klappt.«

Er schüttelte energisch den Kopf. Er trug schwarzen Eyeliner, und das stand ihm ausgezeichnet. »Nein, ich lasse Sie nicht ohne eine Tanzstunde wieder gehen, kommt nicht infrage.«

Lucas und ich wechselten einen Blick. »Okay, gut.«

»Es ist nur so, dass gerade kein Swing-Lehrer zur Verfügung steht. Dürfte ich Sie stattdessen unterrichten?«

Ich sah Lucas erschrocken schlucken. »Und was unterrichten Sie, Fernando?«

»Den schönsten Tanz von allen.« Er grinste uns an. »Ich hoffe, Sie beide haben nichts dagegen, einander nahezukommen.«

Forró war ein brasilianischer Partnertanz ähnlich dem Salsa. Jedenfalls verstand ich ihn so, als er uns vor dem Spiegel die Grundschritte zeigte und uns einüben ließ. Dann erst stellte er uns voreinander. Nach all meinen mutigen Gedanken von eben konnte ich Lucas kaum in die Augen sehen, und anscheinend ging es ihm genauso.

Er lächelte mich unsicher an. »Ich werde versuchen, dich nicht zu verstümmeln.«

Mir entfuhr ein Lachen, das gar nicht nach mir klang.

»Näher«, sagte Fernando und korrigierte unsere Armhaltung. »Das ist kein Tanz für den Ballsaal, sondern ein heißer Tanz für dunkle Seitengassen. Halten Sie sich nicht steif aufrecht, schmiegen Sie sich aneinander.«

Lucas war wie ein Schmelzofen und verströmte seinen Seifen- und Rasierwassergeruch, und während wir uns durch den Raum bewegten, streifte er mit den Lippen meinen Hals. Ich zuckte zusammen und er ebenfalls.

»Tut mir leid!«, ächzte ich. Fast machte ich ein schuldbewusstes Gesicht, als er meine Hand wieder nahm, und war nervös wie ein scheues Pferd.

Während wir die Hüften schwenkten, war schon ein leichtes Streifen der Fingerspitzen zu viel.

»Ich wusste, dass du versuchst zu führen«, murmelte er an meinem Hals, und sein warmes Lachen vibrierte meinen Rücken hinunter.

»Enger«, verlangte Fernando und schob uns zusammen. »Sie müssen spüren können, wenn er Sie in eine Drehung lenkt, die Signale seines Körpers lesen, okay?«

Er schien eine Antwort zu erwarten, und ich hauchte ein Okay.

»Also, wenn Sie die Hüften aneinanderschieben, spüren Sie, in welche Richtung er Sie drehen will und können sich entsprechend mitbewegen.«

»Hüften?«, wiederholte Lucas halb lachend. Er blickte an mir vorbei unseren Lehrer an, und ich spürte seinen Atem an meiner Schulter. »Wir sind Kollegen, Mann. Außerdem sind wir keine Profitänzer.«

»Das müssen Sie auch nicht sein. Sie müssen einander nur vertrauen.«

Lucas vollführte mit mir einen Schwenk. Ich fühlte mich selbstsicher genug, um zu Fernando zu blicken und zu grinsen. »Wissen Sie, das Problem ist, wir trauen einander nicht. Wir sind Todfeinde.«

»Ah, also schon keine Erzfeinde mehr.« Lucas zog den Kopf zurück, um mich anzusehen. »Ich bin gerührt.«

»Todfeinde, das ist … neu.« Fernando versuchte, seine Belustigung zu verbergen und versagte.

»Wir fechten einen beruflichen Wettstreit aus. Ich denke,

bestimmte Freizeitaktivitäten sind besser für Gruppen geeignet. Er findet, sie sind besser für Dates.«

»Oh, das hier ist zu hundert Prozent Date-Territorium«, sagte Fernando sofort. »Die körperliche Nähe, das Zusammenwirken, das Vertrauen. Der Schweiß. Jetzt wegschieben und drehen …«

Lucas nahm meine Hand und schob. Plötzlich drehte ich mich unter seinem Arm durch, und genauso plötzlich hielt er mich wieder in den Armen und nahm den Rhythmus ohne Stocken wieder auf.

»Hey!«, rief ich entzückt und zog den Kopf zurück, um ihn anzusehen. »Wir können es!«

Natürlich hieß das, dass wir Wange an Wange tanzten, und ich musste ständig an seine Augen denken, die wirklich grün waren wie eine ewige Sommerwiese, nur am Rand der Pupille einen Hauch Jadegrün und Hellbraun hatten.

»Zurück in die Ausgangsstellung«, sagte Fernando. »Nun versuchen Sie, auf die Musik zu reagieren, auf einander, ohne Erwartungen, und Sie lassen sich führen, Marina.«

Ich schnaubte unwillig.

»Es ist keine Schande, sich führen zu lassen, wissen Sie. Das ist kein Zeichen für Schwäche, das ist Stärke. Es bedeutet, Signale wahrzunehmen und darauf einzugehen. Einander vertrauen zu können.«

»Und wann darf ich mal die Signale geben?«, fragte ich sinnloserweise. »Wann muss er mal sich führen lassen?«

»Ha, als ob ich das nicht vom ersten Tag an getan hätte.« Lucas lachte und drehte mich, ließ mich nach hinten fallen, um mich wieder an sich zu ziehen und an seine Brust zu drücken, sodass er den Kopf an meinen legen konnte.

»Du … machst das gut.«

»Du klingst überrascht«, brummte er, und ich spürte wieder seine Lippen, und seine Stimme vibrierte unter meiner Haut. Allmählich atmete ich schwerer.

»Weil du ungeschickt bist. Das hast du selbst gesagt.«

»Ich weiß. Ich habe ehrlich keine Ahnung, wieso das so gut klappt. Vielleicht bist eine gute Tanzpartnerin.«

Ehe ich darauf eingehen konnte, warf Fernando eine Bemerkung ein. »Auf die Balance kommt es an, man muss perfekt aufeinander eingehen. Und dafür, dass Sie Todfeinde sind, sehe ich viel Vertrauen bei Ihnen.«

Als die Musik aufhörte, blieben wir stehen, traten aber nicht auseinander. Wenn ich mich von ihm löste, müsste ich mir eingestehen, dass es mir in seinen Armen gefiel. Und das wollte ich noch nicht. Seine Hand lag locker an meinem Kreuz, und ich begegnete seinem Blick und forderte ihn auf, nicht loszulassen.

Stattdessen nahm er schmunzelnd meine Hand und drehte mich ein letztes Mal unter seinem Arm durch. Mein Rocksaum schwang mir noch um die Knie, als er meine Hand an den Mund zog und küsste, als wäre das nur ein Auftritt. Ich blinzelte verwirrt, und er ließ mich los und trat zwei Schritte zurück, als könnte man mir nicht trauen. Vielleicht hatte er recht.

»Das war zwar kein Swing, aber ich hoffe, Sie hatten trotzdem Spaß«, sagte Fernando.

Ich war verschwitzt, außer Atem und hatte weiche Knie, weil Lucas mir so nahgekommen war, weil seine Finger kurz meinen Nacken gestreichelt und unsere Oberschenkel sich berührt hatten, wenn er mich in eine Drehung führte.

»Das war eine großartige Tanzstunde, danke.« Ich lächelte höflich.

»Ja, ehrlich gesagt, erhellend. Und zum ersten Mal kam ich mir nicht vor, als hätte ich zwei linke Füße!«

Wie konnte Lucas so normal klingen? So unbeeinträchtigt? Er musste doch auch außer Atem sein von den schnellen, schwungvollen Tanzschritten, doch seine Stimme flatterte nicht. Er sah mich nicht mal an, sondern nur unseren Lehrer.

Ich nahm meine Handtasche, und Lucas hielt mir die Tür auf. »Lass mich raten: Drinks in der Bar?«

Er lachte und folgte mir den Flur entlang. »Ich enttäusche dich nur ungern, aber hier gibt es keine Bar.«

In der nächsten Tür blieb ich stehen, sodass er gegen mich stieß, und seine Wärme ließ mich erneut schaudern, mein Körper erinnerte sich, was er beim Tanzen gespürt hatte.

Ich riskierte einen Blick über die Schulter und sah sein verwirrtes Stirnrunzeln.

»Hast du etwas vergessen?«

»Ähm, ich denke, wir sollten reden.«

»Hier?«

Ich schaute den hell erleuchteten Flur hinunter, wo es gerade lebhaft wurde, weil ein ganzer Kurs kleiner Ballerinas entlanggelaufen kam. »Nein, äh ... hier.« Ich nahm ihn an der Hand und öffnete die nächste Tür. Dahinter lag ein dunkler Übungsraum mit einem kleinen Fenster in der Ecke, durch das ein wenig Licht hereinfiel, und einer verspiegelten Bar an der Wand.

Ich hielt seine Hand weiter fest, vielleicht zu fest, denn er machte ein besorgtes Gesicht.

»Hey, Marina. Alles okay?«

»Ja, schon. Ich meine ... du ... du hast gestern Abend etwas vorgeschlagen. Und ich habe mir überlegt, dass das vielleicht keine so schlechte Idee ist.«

Seine Augen wurden immer größer, bis sie etwas Eulenhaftes hatten und mich zum Lachen reizten.

»Ich dachte, du bist nicht für Grauzonen«, flüsterte er. »Du versuchst, den Mann fürs Leben zu finden.«

»Das tue ich, und ich habe noch nicht aufgegeben, aber ... vielleicht hast du recht damit, dass ich ein bisschen Spaß haben sollte.«

»Ich habe recht?« Er schüttelte den Kopf. »Bist du von einer Axt am Kopf getroffen worden, als ich nicht hingeguckt habe?«

Ich wollte meine Hand wegziehen, weil ich mich zurückgewiesen fühlte, doch er hielt sie fest und strich mit dem Daumen an meinem Zeigefinger entlang.

»Also habe ich dich überzeugt, dass es okay ist, Spaß zu haben?« Seine Stimme klang plötzlich tiefer, auf eine Art, die in meinem Bauch Kribbeln und Flattern auslöste.

Ich hob die Hand und hielt Daumen und Zeigefinger zwei Zentimeter übereinander. »Vielleicht ein kleines biss...«

Er küsste mich mitten im Satz und zog mich an sich. Seine Lippen waren sanft, zögerten, als wollte er mir Gelegenheit geben, zurückzuweichen, es mir anders zu überlegen oder auszurasten. Stattdessen hörte ich mich erleichtert seufzen. Als wären die Magneten, die uns zueinandergezogen hatten, endlich zufrieden. Ich sank tiefer in den Kuss, legte die Arme um seinen Hals und versuchte, das Atmen nicht zu vergessen. Ich schwelgte in seinem Geruch und Geschmack und dem Gefühl seines Körpers, genoss es, seine starken Arme an meinem Rücken und meiner Taille zu spüren, während er mich an die Wand drückte, bis sie das Einzige war, was mich aufrecht hielt.

»Ahem.«

Ich hörte das Räuspern, dann ging das Licht an. Blinzelnd schaute ich zur Tür. Da kam Fernando mit einer Truppe kleiner Stepptänzer herein, ihr Klack-Klack wurde langsamer, als sie uns bemerkten, ihre ernsten kleinen Gesichter wechselten betroffene Blicke.

Fernando zog eine Braue hoch und verschränkte die Arme. »Todfeinde, hm?«

»Es ist ... kompliziert«, erklärte Lucas atemlos.

»Das ist der Forró!«, rief ich. Ohne jemanden anzusehen, hastete ich an Fernando vorbei aus dem Raum. Erst am Ausgang zur Carnaby Street blieb ich stehen und lehnte mich an die Hauswand, um die kühle Sommerluft auf der Haut zu spüren.

Oh Gott, oh Gott, oh Gott.

»Ich weiß, was du denkst«, sagte Lucas neben mir. Er klang ruhig und selbstbewusst. Ich hörte ihm an, dass er lächelte, aber ich wollte es nicht sehen. Das fühlte sich zu sehr danach an, als hätte er gewonnen, als hätte ich klein beigegeben.

»Das bezweifle ich.«

»Du denkst, wir müssen Regeln festlegen.«

Ich blickte überrascht auf. Okay, daran hatte ich nicht gedacht, aber Regeln könnten verhindern, dass das zwischen uns unangenehm wurde. »Ich höre.«

»Das läuft nur so lange wie unser beruflicher Wettstreit.

Danach spielt es sowieso keine Rolle mehr, denn wenn ich verliere, gehe ich wahrscheinlich zurück nach Belfast, und du brauchst mich nie wiederzusehen.« Er hob die Hände. »Keine Unbehaglichkeit.«

»Und wenn du gewinnst, werde ich mich nach einem anderen Job umsehen, also werden wir nicht mehr miteinander arbeiten.«

Er war sichtlich geschockt, doch kaum ausgesprochen, wusste ich, dass es so sein würde. Ich brauchte mehr. Wenn man mich bei LetsGO nicht beförderte, würde ich es verdammt noch mal woanders schaffen.

»Du kannst weiter nach deiner Checkliste zu Dates gehen und versuchen, den konfektionierten Ehemann zu finden«, sagte er unbeschwert.

»Und du kannst weiter mit Frauen ausgehen, die denken, du wirst ihnen einen Antrag machen, um sie nach einer Nacht fallen zu lassen.«

Er zog eine Braue hoch. »War das wirklich nötig?«

»Ich will damit nur sagen, es ist nicht persönlich.«

»Das ist sehr wohl persönlich«, widersprach er. »Es sollte aber nicht unschön werden.«

»Hast du beim Spaß immer so viele Vorbehalte?«, fragte ich in leidgeprüftem Ton, und er lachte so laut, dass es in der Gasse hallte.

Er hielt mir eine Hand hin. »Komm mit, und ich zeige es dir.«

Zögernd ergriff ich sie. »Eine Regel noch: Bei mir hältst du deinen Charme zurück. Das soll für keinen von uns beiden verwirrend werden.«

»Spicer, ich würde es nicht wagen, dich um den Finger zu

wickeln. Ich weiß, du bist immun gegen meine Listen.« Grinsend strich er mit dem Daumen über mein Handgelenk. »Trotzdem macht es mir Spaß, es zu versuchen.«

Mitten in der Woche am späten Nachmittag unverbindlichen Sex mit einem Mann haben zu wollen, bei dem ich mir gerade erst eingestanden hatte, dass ich auf ihn scharf war, war irgendwie zu peinlich, um auch nur darüber nachzudenken. Doch meine Gedanken rasten so laut, dass Lucas vorschlug, die Minibar zu plündern und den Fernseher einzuschalten. Und so futterten wir schmerzhaft teure Schokoriegel, tranken Gin Tonic und guckten Wiederholungen von *A Place in the Sun,* und jammerten über die Immobilienpreise an der Costa del Sol vor zehn Jahren.

»Das ist eine absolute Bruchbude!«, rief ich und warf eine zusammengeknüllte Papierhülle auf den Bildschirm. »Dass sie es wagen, fünfundsechzig Riesen aufzurufen!«

Wir saßen auf dem Boden an das Fußende des Bettes gelehnt und hatten die Leckereien vor uns ausgebreitet.

»Unglaublich, dass sie dir das Hotelzimmer bezahlen.« Ich sah mich lachend um. »Auch wenn du überlegst, ob du umziehen sollst, um für sie zu arbeiten. Das ist verrückt.«

»Oh, glaub mir, ich bin ganz deiner Meinung, Liebes.« Er rutschte ein Stück tiefer, sodass er den Matratzenrand als Nackenstütze nutzen konnte und starrte an die Decke. »Keine Ahnung warum, aber sie haben es mir angeboten, und ich dachte, hey, im schlimmsten Fall kann ich meine Schwester und Nichte besuchen und die hinreißende Frau aus dem Entwicklungsteam ärgern.«

Ich schnaubte.

»Das war jetzt nicht charmant, sondern wahr.« Er stieß mich sanft mit dem Ellbogen an und lächelte an die Decke.

»Du bist einfach ... zu freizügig mit allem. Komplimenten und Lächeln und ... allem.« Ich setzte mich auf und drehte den Kopf zu ihm. »Das ist, als wäre ich für dich austauschbar.«

Er legte den Kopf schräg, strich mir mit einem Finger über die Wange, schob mir die Haare hinters Ohr. »Das bist du ganz sicher nicht, Marina. Du bist einzigartig.«

»Das sagst du zu allen ...« Ich zögerte. »Da bin ich mir sicher.«

Lucas sah mich fragend an. »Wieso glaubst du, ich bin ein Don Juan? Weil ich alle Leute anlächle und ständig charmanten Schwachsinn rede? Ich bin ein freundlicher Trottel, ich weiß. Aber das und meine Wortgewandtheit sind so ziemlich alles, was ich habe.«

»Du willst mir weismachen, dass du kein unverbindlicher Dater bist, kein One-Night-Stand-Typ? Du hast mich gefragt, ob ich mit dir ins Bett gehe, weißt du noch?«

»Wenn du dich erinnerst: Ich habe dich auch gefragt, ob du mit mir essen gehst, aber du hattest schon was vor mit Mr Potenzial.« Er zog eine Braue hoch. »Schau, ich behaupte ja nicht, ich sei völlig unerfahren. Ich bin mit vielen Frauen ausgegangen. Ich war auf der Suche nach einer, die ... die nicht existiert.« Da hätte ich gern mehr erfahren, fragte aber nicht. »Aber deswegen bist du nicht hier. Du bist hier, obwohl du Mr Potenzial am Start hast ...«

Für einen Moment schloss ich die Augen. »Genau das macht mir zu schaffen. Normalerweise tue ich so etwas nicht.«

»Ja, ich weiß, du suchst nach einem, der bei deinen Eltern um deine Hand anhält und in deinem Lieblingsrestaurant auf ein Knie fällt, um dir den Antrag zu machen. Aber damit überrascht er dich nicht mal, denn du hast den Ring ausgesucht und hattest mit ihm ein vernünftiges Gespräch.« Er rümpfte die Nase. »Du willst schnellstmöglich heiraten und Kinder kriegen. Du hast eine Checkliste, lässt dich auf keine Ablenkung ein. Ich bin voll informiert.«

Ich riss die Augen auf und sah ihn erschrocken an. »Informiert? Durch wen?«

»Eine diktatorische, Furcht einflößende Rothaarige, die mir klargemacht hat, dass ich unter keinen Umständen deine Zeit verschwenden darf, denn du suchst nach dem Märchenprinzen und hast keine Zeit für Frösche.« Er griff nach meiner Hand und inspizierte sie, strich über die Fingerkuppen, als dächte er über etwas nach. »Und trotzdem bist du hier bei mir. Wenn auch nur für eine Weile.«

Ich schüttelte den Kopf. »Für diese Art Liebesgeschichte habe ich schon genug Zeit geopfert. Ich bin ein vernünftiger Mensch. Ich kann auf gewisse Dinge verzichten, wenn ich dafür bekomme, was wirklich zählt: Ich will eine Familie, ich will Stabilität und einen Mann, der mit mir in die nächste Phase einsteigt.«

»Warum?«

»Warum was?«

»Warum jetzt Kinder kriegen?«

Ich sah ihn böse an, und er lachte. »Die Frage ist ernst gemeint. Ich will das nicht abwerten, ich will wissen, warum dir das so wichtig ist.«

»Es gibt so etwas wie eine biologische Uhr, schon mal

gehört?«, sagte ich bissig. »Männer und Frauen haben eine unterschiedliche Deadline. Frauen müssen gewisse Dinge frühzeitig tun, und jede Entscheidung wirkt sich auf die weiteren aus.«

Er neigte den Kopf und sah mich an. »Das ist nicht die eigentliche Antwort.«

»Ich ... möchte eine Familie haben, in der sich jeder gut aufgehoben fühlt. In der niemand einsam ist, sich jeder geliebt und akzeptiert fühlt. Und ja, da wird auch gestritten, man schreit sich mal an und tut etwas Verrücktes, aber man hat immer jemanden an seiner Seite. Mit dem man spielen oder reden kann, der einem sagt, dass man sich irrt, der mit einem die Siege feiert. Ich will ... Ich will meine eigene Pinguinschar, in der es jeder warm hat.«

Er sah mich an, damit ich weiterredete.

Ich zuckte die Schultern. »In der großen schönen Liebesgeschichte meiner Eltern war ich das fünfte Rad am Wagen. Und außer ihnen hatte ich niemanden, keine Geschwister, keine Onkel und Tanten, keine Cousins und Cousinen. Ich war von Anfang an wie eine kleine Erwachsene. Also will ich Kinder, damit sie Kinder sein können. Um sie sein zu lassen, was sie wirklich sind.« Plötzlich unsicher sah ich ihn an. »War das irgendwie verständlich?«

Lucas hatte einen sonderbaren Gesichtsausdruck, den ich nicht sicher deuten konnte. Halb ungläubig, halb entzückt. Seine Augen glänzten ein bisschen, als er die Hand hob und mit dem Daumen über meine Wange strich.

»Das ist ein sehr guter Grund, um wählerisch zu sein«, flüsterte er. »Ich werde dir nicht im Weg stehen, Marina.«

Er rückte näher heran, sodass ich seine Wärme spürte und

sein Rasierwasser roch. »Aber solange du noch auf der Suche bist, könnte ich etwas anderes für dich sein? Nur vorübergehend?«

Er küsste mich am Hals, und ich legte den Kopf in den Nacken, nur ein wenig.

Ich nickte.

»Ist das ein Ja?«

»Hmhm.« Ich seufzte und nickte noch mal.

Er hörte auf, zog den Kopf gerade so weit zurück, dass er mir in die Augen sehen konnte, und diese grünen Augen verlangten mehr. »Ich brauche eine enthusiastischere Antwort.«

Ich packte seinen Kragen. »Ich will das. Geh mit mir ins Bett.«

»Magische Worte«, sagte er und küsste mich.

Ein Hotelzimmer bei Nacht mit bodentiefen Fenstern, durch die man das hell erleuchtete London sehen konnte, das hatte etwas. Erst recht, wenn Lucas bei dem kleinen Wasserkocher stand und uns Tee aufgoss. Ich betrachtete ihn gern im Dunkeln, wenn nur das matte Licht der Wolkenkratzer hereinfiel.

Inzwischen dachte ich anders über Tattoos. Jedes erzählte eine Geschichte von einem Moment in seinem Leben, erinnerte ihn an etwas, das er nicht vergessen wollte. Er war gereist, hatte allerhand gesehen. Wie ich es mir vor Jahren auch vorgenommen hatte, bevor die Zeit verstrich und ich plötzlich auf die Ziellinie loshetzte. Mit der Angst, nicht zu kriegen, was ich wollte.

Er reichte mir eine Tasse Tee, kroch wieder unter die

Decke und stützte den Kopf auf die Hand, um mich zu betrachten.

»Flippst du jetzt aus?«

Ich stellte den Tee auf den Nachttisch, damit ich ihn gefahrlos anstupsen konnte, wusste allerdings im Voraus, dass er mich an sich ziehen würde. Ich malte das Anker-Tattoo an seinem Bizeps nach, das nur aus einer schwarzen Linie bestand, wie man ihn als Kind in das Pult im Klassenraum geritzt hätte. »Überraschenderweise nein. Wofür steht der Anker?«

»Hab einen Sommer lang auf einer Jacht in Australien gearbeitet. Das ist eine schöne Art, um etwas von der Welt zu sehen. Aber ich habe zu viel mit den Gästen geplaudert.«

Ich schnaubte. »Sieht dir ähnlich.« Ich zeigte auf einen Stern. »Und dieses?«

»Da war ich unterwegs, um das nördliche Polarlicht zu sehen. Hätte mir dafür etwas Besseres ausdenken sollen.« Er tippte darauf und verzog ein wenig das Gesicht. »Manchmal trifft man eine blöde Entscheidung.«

»Du bist viel herumgekommen.« In dem Moment spürte ich schmerzlich, wie viel ich verpasst hatte.

Er nickte und strich mir über den Arm. »Mit Anfang zwanzig habe ich ein sehr peinliches und unschönes Beziehungsende durchgemacht, und danach beschloss ich, maximal egoistisch zu werden. Zu erleben, was ich erleben wollte, meinem eigenen Zeitplan zu folgen. Als Werbetexter muss ich nicht am Schreibtisch einer Firma arbeiten. Ich bin zehn Jahre lang mal hier, mal da gewesen und hab mir alles Mögliche angesehen.«

»Und jetzt?«

Einen Moment lang dachte er darüber nach. »Jetzt versuche ich, beständiger zu sein, für Millie und meine Schwester und meine Eltern, aber ehrlich gesagt ... Ich bin immer schon an der nächsten Sache dran. So bin ich nun mal. Ich bin ein großer dummer Golden Retriever, sagt meine Schwester.« Er lachte. »Sie meint, ich bin nur eine Zeit lang hier, nicht für immer.«

Ich nickte. »Verstehe. Du brauchst mit mir nichts Ernstes anzufangen.«

Er zog eine Braue hoch. »Du wolltest keinen Charme, sondern Ehrlichkeit. Also, hier bin ich, schütte dir mein Herz aus und erzähle, woher ich komme. Das ist kein Spiel, Marina. Du bist hinreißend und faszinierend, und wie du mit mir um die Beförderung kämpfst, ist fantastisch. Selbst beim Streiten mit dir werde ich geistreicher und lustiger.«

»Du lieber Himmel, wie warst du vorher?« Ich stieß ihn freundlich mit dem Ellbogen an, und er legte den Kopf in meine Halsbeuge.

»Du bist ... unvergleichlich. Aber ... ich bin nicht, was du suchst. Du willst den verlässlichen Kerl mit Bürojob und einen geregelten Alltag. Damit kann ich nicht dienen. Und ich will dir nichts nehmen. Das hat mal jemand mit mir gemacht, und das ist unfair.«

Ich neigte den Kopf zur Seite. »Du willst keine Kinder?«

»Ich ... wäre sicher nicht gut in der Vaterrolle. Ich bin ein guter Onkel, weißt du? Der unangekündigt zu Besuch kommt und teure Geschenke mitbringt, der Probleme löst. An den sich die Kinder wenden, wenn sie am liebsten von zu Hause weglaufen würden. Ich glaube, es wäre nicht fair, wenn ich ein Kind hätte.«

Ehe ich fragen konnte, wie er das meinte, redete er weiter. »Außerdem habe ich schon so eine riesige Familie, von der du sprichst. Die wärmende Pinguinherde. Drei Schwestern, zwei Brüder, unzählige Cousins und Onkel, und zu Weihnachten schreien alle in dem kleinen Haus durcheinander und schenken dir ihre abgelegten Sachen. Man kann sich einsam fühlen auch als Pinguin.«

Ich strich mit den Fingern durch seine Haare und genoss das Gefühl der Ungezwungenheit, das sich einstellte, wenn man einen anderen Menschen anfassen darf, wenn man ihm nahe ist und sich zugleich verletzlich und mutig fühlt. »Vielleicht bist du kein Pinguin. Vielleicht bist du ein Flamingo.«

Sein Lachen brach hervor wie ein Sonnenstrahl zwischen Wolken, und ich lachte mit.

»Ich hätte gewettet, du sagst Pfau.« Er grinste und rutschte tiefer unter die Decke. »Und jetzt erzähl mir von Mr Potenzial.«

Ich holte tief Luft. »Wir hatten gerade Sex, und jetzt soll ich dir von einem anderen Typen erzählen?«

Er reckte sich. »Wir sind jetzt Freunde, oder nicht? Wir können keine Erzfeindschaft Plus haben, das geht nicht. Also erzähl. Ich bin nicht der eifersüchtige Typ, versprochen.«

Das kleine Flattern in meinem Magen fühlte sich wie Enttäuschung an.

»Tja, wir stimmen darin überein, wie wir unser künftiges Leben gestalten wollen.« Ich zog die Decke um mich und setzte mich auf, um mich mit dem Rücken an das Betthaupt zu lehnen. »Und wir haben den gleichen Zeitplan.«

»Er will also sofort heiraten und Kinder zeugen?« Lucas

runzelte die Stirn und rieb sich das Stoppelkinn, das Spuren an meinem Hals hinterlassen hatte. »Und das sagt er gleich beim ersten Date?«

Ich zuckte mit einer Schulter.

»Und magst du ihn? Ist er nett zu dir?«

Ich überlegte. »Er war superhöflich und nett. Redet ein bisschen langsam. Er ist Anwalt. Er guckt gern Filme und entspannt zu Hause auf dem Sofa.«

Lucas schloss die Augen, dann setzte er sich auf. »Marina. Ich dachte, du hättest hohe Ansprüche. Erschöpfen die sich in Filme gucken und Entspannen? Das sind keine Hobbys! Das ist überhaupt nichts. Weint er bei Casablanca? Geht er fünfzehn Minuten länger, um in dem guten Thai-Restaurant zu essen? Was würde er mit einem großen Lottogewinn anfangen?« Er schnaubte. »Mag Filme. Wahrscheinlich mag er auch Abendessen und eine ausgiebige Verschnaufpause.«

»Okay, du bist also nicht eifersüchtig, aber ablehnend?« Ich verdrehte die Augen. »Er ist eine absoluten Seltenheit, praktisch ein Einhorn. Er ist ein Mann in den Dreißigern, der eine Familie gründen will, der sogar darüber redet und nicht davonläuft, wenn der Begriff feste Beziehung fällt.«

»Und du willst ihn vögeln?«, fragte er gelassen, und ich verschluckte mich.

»Lucas!«

»Was denn?! Du überlegst, den Kerl zu heiraten und weißt nicht, ob du auf ihn scharf bist?« Er warf die Hände hoch, als wäre ich unmöglich.

Ich zuckte die Schultern. Henry war attraktiv, auf eine dandyhafte Art, und hatte ein freundliches Lächeln und, na ja, nein, wenn ich an seine Hände dachte, konnte ich mir nicht vorstellen, mich anfassen zu lassen. Wenn ich mir vorstellte, ihn zu küssen, verzog ich das Gesicht. »Anziehung kann sich entwickeln, wenn man jemanden näher kennenlernt.«

»Quatsch, die ist sofort da. Anziehung ist Feuerwerk und Schmetterlinge im Bauch und garantierte gegenseitige Vernichtung.« Er deutete auf uns beide.

»Und wenn das Feuerwerk vorhanden ist, darf man auch über Ehe und Kinder sprechen?«

Er sah aus dem Fenster. »Weißt du, irgendwo da draußen treffen sich ein paar Zwanzigjährige und essen betrunken Kebab, nachdem sie durch die Clubs gezogen sind. Sie sehen sich die Angebote im Schaufenster eines Immobilienbüros an, tauschen sich darüber aus, welches Haus sie kaufen würden. Und vielleicht sehen sie sich nie wieder oder sie sind zehn Jahre später verheiratet und haben Kinder und wohnen genau in solch einem Haus. Aber da geht es nicht um das Haus oder die Hochzeit oder die Kinder. Es geht um sie selbst. Es geht um das Feuerwerk. Um die Bedeutung.«

»Ha, du würdest dich mit meiner Mum gut verstehen. Sie steht auf die große Liebesgeschichte. Wenn die Beziehung auf eine langweilige Art zustande gekommen ist, denkt sie, daraus kann nichts werden.« Ich dachte daran, wie sie immer von dem Moment erzählte, als sie mit achtzehn Jahren meinen Vater bei einer Party am anderen Ende des Zimmers entdeckte. Ich kannte die Geschichte auswendig. Doch sie erzählte nie Geschichten, in denen er in seinem Schuppen herumbastelte und sie vom Küchenfenster aus zusah. Die Vergangenheit war schöner. »Das Feuerwerk ist für sie das Wichtigste. Ich glaube einfach nicht, dass ich auch so bin.«

Lucas schaute lächelnd auf die Bettdecke. »Ich will dir ja nicht zu nahe treten, aber aufgrund unserer gemeinsamen Unternehmungen kann ich dir versichern, du bist definitiv der Feuerwerktyp.«

»Ja, mit dir kann ich vorübergehend Spaß haben, doch ich suche nach etwas Dauerhaftem. Ich bin bereit, beim Feuerwerk einzulenken, um ...« Ich stockte, weil mir keine passende Metapher einfiel, und verzichtete darauf. »Na, jedenfalls gebe ich ihm eine Chance. Ich treffe mich sogar morgen schon mit ihm.«

Lucas rückte näher und nahm meine Hand, um sie zu küssen. »Marina, ich respektiere deine Entscheidung. Aber könntest du mir einen Gefallen tun? Wenn du dich morgen mit dem schlaffen Typen triffst, was bestimmt ein super aufregendes Date wird, dann frag ihn doch mal, wie lange seine letzte Beziehung her ist.«

»Wieso das?«

»Weil ein Mann, der mit einer Frau übers Heiraten spricht, obwohl er sie erst seit ein paar Minuten kennt, entweder total in sie vernarrt ist oder erst kürzlich eine langjährige Beziehung verloren hat. Er vereinnahmt dich für seine bestehenden Pläne.« Das klang auf unangenehme Weise in mir nach. »Glaub mir, ich habe das schon erlebt.« Er hielt meine Hand weiter fest und streichelte sie mit dem Daumen. »Ich wäre fast mal nach Gretna Green durchgebrannt mit einer Manikeurin, die an Astrologie glaubte.«

Ich wüsste gern mehr über den großen Bruch, der dein Leben verändert hat. Ich fragte nicht.

Stattdessen lehnte ich mich lachend an ihn. »Gretna Green! Wie romantisch. Die Einzelheiten bitte.«

»Sie hieß Mary, war nur gut eins fünfzig groß, hasste Sport, Alkohol und Partys, las gewissenhaft ihr Horoskop und verdiente ihr Geld mit Fingernagelgestaltung. Wir passten überhaupt nicht zusammen.«

»So sehr lehnst du Horoskope ab?«

»Glaubst du, die Stellung der Planeten bedeutet, dass Hunderttausende von Menschen, die im selben Monat geboren wurden, in der kommenden Woche alle einen gut aussehenden Fremden kennenlernen? Wenn ja, dann kann man dir alles andrehen.« Er grinste mich an. »Also, nein, keine mystischen Spinner, keine Adrenalinjunkies, keine erwachsenen Frauen, die Puppen, Teddybären oder Beanie Babys sammeln.«

»Es sei denn, bei der letzten Option geht es um einen genialen Plan zum Reichwerden?«

»Oh, das geht es nie, Spicer. Nie.« Er rückte sich zurecht, stupste meine Schulter mit der Nase an, strich an meiner Wirbelsäule entlang. »Weiter. Du bist dran. Was sind deine absoluten No-Gos?«

Ich zuckte zusammen. »Meine K.-o.-Kriterien? Äh … keine Tattoos …«

Er lachte. »Weiter.«

»Kein Raucher.«

»Nicht mal einer, der nur in Gesellschaft raucht, wenn er betrunken ist?« Er rieb zärtlich das Gesicht an meiner Schulter.

»Wohnt in der Nähe …« Ich verzog das Gesicht. »Mag Hunde …«

»Oh, okay, ich habe einen!« Er lachte, und ich sah ihn verblüfft an.

»Ich dachte, du kannst Hunde nicht ausstehen.«

»Wie kommst du darauf?«

»Ich ... weiß nicht.« *Weil ein paar Frauen sich online darüber beklagt haben.*

Er schaute verwirrt. »Na ja ... ich bin gegen die meisten allergisch. Aber einige sind hypoallergen. Komisch, nicht?«

»Ja, komisch.«

»Also sind meine Träume nicht komplett geplatzt!« Er lachte, und ich lachte halbherzig mit. »Weiter, zähl noch mehr Gründe auf, warum ich nicht der Richtige für dich sein kann.«

»Davon war gar nicht die Rede ...«

Er küsste mich auf die Wange. »Ich nehme es nicht persönlich. Du willst einen sittenstrengen, aufrechten Kerl, der unangenehm ehrlich ist, wenn du ihn fragst, wie du in einem hässlichen Kleid aussiehst.«

Ich blinzelte und tat erschrocken. »Du würdest es mir nicht sagen, wenn ich in einem hässlichen Kleid furchtbar aussehe?«

»Nein.« Er küsste meine Schulter ausgiebig. »Ich würde dich verführen, damit du es ausziehst, und dir sagen, dass du die schönste Frau auf der Welt bist«, er küsste mich weiter, »und falls du es hinterher wieder anziehen wolltest, würde ich dich überzeugen, ein anderes zu nehmen.«

Ich schürzte die Lippen. Klang eigentlich gar nicht so übel ...

»Ah, plötzlich ist sie nicht mehr so sehr gegen Charme.«

»Ich könnte meine Meinung ändern ...« Ich lächelte. »Nur zu, überzeuge mich weiter.«

Ich legte die Arme um seinen Hals und streckte mich an

ihm aus, um ihm zu verstehen zu geben, dass der Gesprächsteil des Abends vorbei war. Schließlich wussten wir, was wir waren: inkompatibel. Nur vorübergehend zusammen, nicht für immer.

Selbst wenn er tatsächlich Hunde mochte und nur rauchte, wenn er betrunken war, und die Tattoos eine Geschichte erzählten. Selbst wenn er mich zum Lachen brachte beim Küssen, bis sich das wahnsinnige Verlangen nicht länger hinhalten ließ. Lucas Kennedy war bestimmt kein Mann, der auf ein Knie niederging oder nervös auf die Antwort wartete oder über die Kinderwunschfrage redete. Er war die Sternschnuppe, die ganz kurz im Orbit vorbeizog, bevor die wirkliche Zukunft begann. Und das wusste er selbst.

Doch in dem Moment, als seine Finger über meine Haut strichen und seine Zähne an meinem Kinn entlangglitten, in dem halb dunklen Hotelzimmer über der Stadt, die gerade zum Leben erwachte, da war mir das wirklich egal.

11

Mit dem kann man Spaß haben. Absolut. Aber das ist auch schon alles.

»Ich bin sehr froh, dass du dich wieder mit mir triffst!« Henry zog den Stuhl für mich vom Tisch weg.

Wir waren in einem anderen schönen Restaurant, einem italienischen diesmal, aber ich war nicht so ganz bei der Sache, denn in meinem Hinterkopf verlangte etwas Beachtung. Lucas' Frage kam mir immer wieder in den Sinn: Ob ich mir vorstellen könne, mit dem Kerl zu schlafen. *Raus aus meinem Kopf, Lucas!*

Ich schaute den gut aussehenden, freundlichen Mann, der mir in einem schönen Restaurant an einem Freitagabend gegenübersaß, in einem fort an und fragte mich, wie diese Zukunft, die ich mir ausgemalt hatte, mit ihm *tatsächlich* aussähe. Wie sie sich mit ihm *anfühlte*.

Nein, ich brauchte höchstwahrscheinlich kein Feuerwerk. Aber konnte ich mir vorstellen, dass Henry mir in dem dunklen Hotelzimmer über die Wange strich und mich nach meinem bisherigen Leben fragte oder dass er mich verdammt hinreißend nannte, wenn ich mein Lieblingskleid anhatte? Nein. Wahrscheinlich nicht.

Aber ... darauf kam es nicht an. Das gehörte nicht zu den Dingen auf meiner Liste.

Henry würde mir Blumen mitbringen und an unseren Hochzeitstag denken und mich an Weihnachten vor den Kindern auf die Wange küssen. Darauf versuchte ich mich zu konzentrieren.

Mein Handy summte, und ich erwartete halb, dass die Nachricht von Adam war. Aber sie war von Lucas.

Viel Glück mit Mr Einhorn. Hoffe, dein Date läuft gut. Aber falls nicht, du kannst jederzeit herkommen ... X

»Entschuldige, dass ich ins Handy sehe. Du weißt, wie das mit dem Job manchmal ist.« Ich setzte mich anders hin und versuchte, mein Lächeln vom Display zu lösen und zu Henry hinüberzuretten. Vergiss das Feuerwerk. Ich war bereit, mich anzustrengen. Ich steckte das Handy weg. »Ich stelle es auf lautlos.«

Er schüttelte den Kopf, liebenswürdig wie immer. »Ist schon gut, wenn deine Kollegen mit der Technik so unbeholfen wären wie ich, würden sie sicher alle fünf Minuten anrufen, damit du ihnen weiterhilfst. Einfach mal ausschalten und wieder einschalten, stimmt's?« Er wieherte, und dabei beschlich mich ein sonderbares Gefühl, das sich nicht zerstreuen ließ und das mir sagte, ich wollte von ihm nicht angefasst werden. Ich wollte mir den Sex mit ihm vorstellen, sah dabei aber nur eins: dass er definitiv die Socken anbehielt.

Ich machte mir nicht die Mühe zu erklären, dass ich nicht in der IT-Abteilung arbeitete, sondern lächelte gezwungen und fasste mit beiden Händen um die Stuhlkante. Ich unterdrückte die schreckliche Erkenntnis: Ich empfand Ekel. Oh Gott.

Die Kellnerin kam, und Henry straffte den Rücken.

»Soll ich Wein bestellen?«, bot er an und wählte sofort eine Flasche aus, ohne eine Sekunde zu überlegen. Die Kellnerin nickte und verschwand.

»Bist du schon oft hier gewesen?«, fragte ich und sah einen seltsamen Ausdruck über sein Gesicht huschen. »Ich kenne mich mit Wein nicht aus und bin immer fasziniert, wenn Leute sofort sehen, welcher gut ist.« *Vor allem bevor sie sich überlegt haben, was sie essen werden.*

»Oh, den nehmen wir immer, wenn wir hier sind«, sagte er gedankenlos, blätterte dabei in der Speisekarte und stutzte dann. »Waren, genau genommen. Ich habe hier mal regelmäßig gegessen und immer den Pinot Grigio bestellt. Der ist wirklich gut.«

Oh Gott, Lucas hatte recht.

»Oh, deine Familie mag das Restaurant?«, hakte ich nach, und er hielt inne.

»Meine Ex.« Er stellte sich meinem Blick und schien darunter zu zerbröckeln. »Es tut mir leid, ich hätte vielleicht nicht mit dir hierherkommen sollen, aber ich weiß eben, dass man hier gut isst. Ich hätte mir denken können, dass das an Erinnerungen rührt. Nun ja, hier haben wir unseren fünften Jahrestag gefeiert, und …« Plötzlich schaute er panisch. »Ich bin mit dir nicht hierhergegangen, um sie eifersüchtig zu machen oder etwas in der Art. Es war nur so, dass du italienisches Essen erwähnt hast, und wenn ich an Dates denke, dann fällt mir dieses Restaurant ein.«

Einen Moment lang schloss ich die Augen. Jetzt war mir alles klar.

»Wann habt ihr euch getrennt, Henry?«

Er seufzte. »Vor zwei Wochen.«

»Zwei Wochen?!« Das kam viel zu laut heraus, und ich redete im Flüsterton weiter. »Und ihr wart fünf Jahre zusammen?! Dir muss doch klar, dass das viel zu früh ist!«

Er schüttelte den Kopf, doch seine Unterlippe zitterte wie bei einem Kind. »Sie wollte nicht heiraten, war sich nicht sicher, ob sie drei Kinder und ein Haus auf dem Land möchte. Ihr gefiel unser Leben so, wie es war, sagte sie. Aber wozu, wenn man keine gemeinsamen Zukunftspläne hat?«

Ich zog die Brauen zusammen und fing den Blick der Kellnerin auf, die uns gerade den Wein bringen wollte. Ich schüttelte den Kopf, und sie nickte und zog sich zurück. Verdammt, Lucas hatte absolut recht. Er hatte immer recht.

»Aber du liebst sie?« Die Frage brachte das Fass zum Überlaufen. Er überspielte seine Tränen mit einem Hustenanfall und trompete in sein Taschentuch, das er hektisch aus der Hosentasche zog. Es war mit lächelnden Cupcakes gemustert. Ach du lieber Himmel.

»Und sie liebt dich?« Ich versuchte, ihm die Worte aus der Nase zu ziehen.

Er hustete nur lauter, sodass die Leute an den Nebentischen neugierig herüberguckten, einige sahen mich böse an, als hätte ich Patient Null zu ihrem Restauranterlebnis eingeschleppt.

»Henry, bekomme ich eine Antwort, bitte?« *Ich sollte enttäuscht sein, fühle mich aber erleichtert.*

»Wir wollten nicht dieselben Dinge«, sagte er leise und

starrte vor sich auf den Tisch wie ein gescholtener Schuljunge.

»Aber ... da wird es doch sicher einen Kompromiss geben?«, erwiderte ich sanft. Henry atmete tief durch und sah mich mit großen Augen an. *Als dein Liebesberater empfehle ich dir dringend, deine Lebensentscheidungen zu überdenken.*

»Aber ... ich wusste genau, wie mein Leben aussehen soll ...«

»Aber ist dir nicht wichtiger, dass sie ein Teil deines Lebens bleibt?«

Er nickte, als dämmerte es ihm gerade. Dann stand er auf. »Ich denke, ich gehe besser ...«

Ich nickte erleichtert. »Das denke ich auch. Viel Glück, Henry.«

»Danke. Es tut mir leid ...« Er zuckte hilflos die Schultern. »Danke.«

Als ich ihm nachblickte, wie er zur Tür hastete, das Handy schon am Ohr, fühlte ich mich ... mit mir im Reinen. Ich hatte geholfen, hatte ihm den Weg dahin geöffnet, wo er sein sollte. Hätte ich nicht niedergeschlagen oder verärgert sein müssen ... weil ich wieder zurück auf Los musste? Vermutlich. Ich hatte mich schon genug geärgert über den jungen Studenten und den Mann, der das Rollenbild der Fünfzigerjahre lebte, und die vielen anderen, die in ihrer Profilbeschreibung gelogen hatten oder die nicht meinen Vorstellungen entsprachen.

Aber ein erfolgloses Date hieß, ich konnte zurück in das Hotelzimmer mit der schönen Aussicht über die Stadt und mich neben jemandem einrollen, der über trashige Fernsehshows lachte und fluchte und mich fragte, was in mir vorging und was ich von den Dingen hielt. Der mich spektakulär und bewundernswert und einzigartig fand.

Das nahm der Enttäuschung den Stachel.

Die Kellnerin näherte sich zaghaft, in der Hand ein Tablett mit einem kleinen Glas.

»Mieses Date?«

Ich lächelte sie an. »Nicht für mich, sondern für ihn. Ich habe ihm nur den Anstoß gegeben, zu seiner Ex-Freundin zurückzukehren.«

»Das dachte ich mir schon.« Sie stellte das Glas auf den Tisch. »Der geht aufs Haus.«

Ich lehnte lächelnd ab. »Oh, sehr nett, aber mir geht's gut.« Sie sah mir aufmerksam ins Gesicht, und der professionell freundliche Ton verschwand aus ihrer Stimme.

»Wow, das stimmt wirklich, hm? Ich war bei drei beschissenen Dates letzten Monat. Mich hätte das jetzt fertiggemacht.« Sie schaute hoffnungsvoll. »Was ist der Trick?«

Umwerfender Sex mit einem Mann, der nicht der Richtige ist?

Ich zuckte resigniert die Schultern und dann nahm ich einen Kuli aus der Handtasche, griff nach einer Serviette und schrieb eine Webadresse darauf. »Den beherrsche ich auch noch nicht so ganz. Aber wenn Sie sich die nutzlosen Dates ersparen wollen, einige zumindest, dann laden Sie sich dieses Add-on in Ihre Dating-App. Es ist allerdings nicht narrensicher.«

Ich schob ihr die Serviette hin. Sie schaute darauf, sah mich an und lächelte überrascht. »Spannend. Tja, wenn das Date Mist war, kann es wenigstens für eine gute Story herhalten, was?«

»Da stimme ich tendenziell zu.« Jedenfalls in dem Moment.

Als ich das Restaurant verlassen hatte, antwortete ich auf Lucas' Nachricht.

Du hattest recht.

Er schrieb sofort zurück.

Komm her, damit ich dir persönlich sagen kann, ich hab's dir gesagt. Langsam. Mehrmals.

Schmunzelnd ging ich zur U-Bahn-Station und zog meine Jacke zu. Im Frühsommer waren die Abende in London oft schwül, aber manchmal wehte ein kühler Wind, und mir fiel ein, dass es jederzeit regnen konnte. Ich lief schneller und sah zum Himmel hoch. *Untersteh dich!* Gerade als ich zum Bahnsteig hinunterlief, klingelte mein Handy. Adam. Ich blieb stehen. Ich hatte die Wahl, fiel mir ein. Ich könnte jetzt einem Mann zuhören, den ich mein halbes Leben geliebt hatte, und mit ihm der Vergangenheit nachtrauern, obwohl er damit gebrochen hatte, und ihm noch immer einen kleinen Teil von mir überlassen.

Oder ich könnte jetzt ... Na ja, das führte nicht vorwärts, aber es brachte Spaß. Nur für eine Weile. Eine Verschnaufpause bei meiner Jagd nach dem Zukünftigen. Eine Verschnaufpause, in der ich mal nicht planen, raffiniert vorgehen und Bewertungen lesen musste. In der ich jemanden anhimmeln und mich anhimmeln lassen konnte, vorübergehend.

Bis es endete. Und dann würde ich wieder auf meine Beförderung hinarbeiten und meine Suche nach einem verlässlichen Mann fortsetzen, und er würde nach Belfast zurückkehren und wahrscheinlich neue spannende Reisen an magische Orte unternehmen.

Und ich würde so tun, als fehlte er mir nicht.

Ich drückte den Anruf weg.

Ein winziger Schritt, kaum der Rede wert ... doch er kam mir riesig vor.

»Meinst du, der Concierge hält mich für ein Callgirl?« Ich lag nackt bei Lucas im Bett unter der Decke und aß salziges Knabberzeug. »Er hat mir kritische Blicke zugeworfen, als du in die Lobby kamst, um mich abzuholen.«

»Ja, weil dein Ausgeh-Outfit sehr nach Liebesdame aussah.« Er zog eine Braue hoch. »Aber jetzt mal im Ernst, du hast mich wegen meines Glücksbärchi-T-Shirts zusammengestaucht – wieso ziehst du dich heute Abend wie eine alte Dame an?«

»Das war gemein.«

»Wie eine schöne, sexy alte Dame ... aber trotzdem, was ist los? Ich habe dich schon in großartigen Kleidern gesehen. Das da ist ... nicht du.«

Okay, na ja, mein braunes Wickelkleid war ein ausrangiertes von meiner Mutter, aber trotzdem ...

»Ich möchte vermitteln, dass ich ein seriöser Mensch bin.«

»Glaub mir, das merkt man dir sowieso an. Du schreist es praktisch durchs Megafon.« Er beugte sich zu mir und küsste mich, dann kniff er die Lippen zusammen. »Wow, salzig.«

»Soll das heißen, du hasst Chips?« Ich riss die Augen auf und tat entsetzt.

»Steht das auch auf deiner Liste? Kein Chipshasser?« Er schüttelte den Kopf traurig. »Ich hatte nie eine Chance. Hast du Lust, von dem Date zu erzählen?«

Ich zuckte zusammen. »Muss ich?« Ich kuschelte mich an ihn, schob die Nase an seinen Nacken und roch das Rasierwasser, das mir immer besser gefiel. Herb und verheißungsvoll. »Erzähl du mir doch lieber von der Frau, wegen der du fast mit einer Astrologieverrückten nach Schottland abgehauen wärst.«

Er schüttelte den Kopf.

»Ach komm, du kennst alle meine Geheimnisse – das ist unfair. Außerdem müssen wir am Montag wieder ins Büro und so tun, als wären wir nur Kollegen.«

»Und?«

»Das wird unser letzter Testeinsatz und unsere gemeinsame Zeit ist fast vorbei.«

»Tja, du bist selber schuld, wenn du so viel Zeit damit vergeudet hast, mich zu hassen.« Er zog die Fingerspitzen an meinen Armen entlang und machte mir eine Gänsehaut. »Das hätten wir von Anfang an haben können.«

Ich verdrehte die Augen. »Du hast mich auch gehasst. Niemand schickt so viele nervige E-Mails, wenn man denjenigen nicht hasst. Ständig hast du diese langen fordernden E-Mails geschickt, und ich habe eingehend darauf geantwortet, um dann von dir bloß ein k zurückzukriegen.« Ich warf die Hände hoch. »Bloß ein k. Als wäre die Sache völlig unwichtig gewesen und ich würde mich bloß aufspielen.«

Lucas zog die Brauen zusammen und besaß den Anstand,

ein betretenes Gesicht zu machen. »Nenn mich unreif, aber manchmal tun Jungs dumme Dinge, um ein Mädchen auf sich aufmerksam zu machen. Wie auf dem Spielplatz an ihren Haaren zu ziehen. Ich habe deine Antworten immer gelesen, auch wenn ich nicht groß reagiert habe. Mir gefiel einfach deine passiv-aggressive Höflichkeit.« Er wackelte mit den Brauen und drückte mich gegen die Matratze. »Und wie du siehst, hat sich das für mich gelohnt. Unterschätze nie ein k – das ist eine Botschaft.«

Ich sah lachend in seine grünen Augen, und in meiner Brust weitete sich etwas und zog sich wieder zusammen. Oh Gott. Gefährlich.

Ich drehte mich auf den Rücken. »Ach komm, erzähl mir deine Geschichte. Ich will wissen, wer Lucas Kennedy war, bevor er der charmante Don Juan wurde, den ich leidenschaftlich hasse.«

»Ich bin kein Don Juan!«, rief er aus, lehnte sich aber an das Betthaupt und hob einen Arm, damit ich mich an seine Schulter schmiegte. »Na schön, damit ich menschlicher rüberkomme, sollst du meine Leidensgeschichte hören.«

Er streichelte meine Schulter und zog Kreise mit dem Zeigefinger. »Es war ein mal ein naiver junger Kerl, der von ganzem Herzen an die große Liebe glaubte. Und er verliebte sich in die beste Freundin seiner Schwester.«

»Ooh«, warf ich ein, und er begann mit der Fingerspitze gegen meine Haut zu klopfen.

»Hey, Ruhe auf den billigen Plätzen«, sagte er leichthin, seufzte dann aber. »Sie war super beeindruckend. Eine angehende Ärztin. Ich habe sie angehimmelt. Sie dagegen dachte praktisch. Mit mir bekam sie den romantischen Heiratsantrag, den teuren Ring, die Gelegenheit, mit Anfang zwanzig ihre Hochzeit zu planen und somit ihren Freundinnen zuvorzukommen ... und mit meiner Familie bekam sie eine, die sie sich immer gewünscht hatte. Sie kam bloß nie auf die Idee, dass sie mich ebenfalls anhimmeln sollte.«

Meine Lippen kräuselten sich mitleidvoll, und er schüttelte den Kopf. »Lass das. Ich wusste, worauf ich mich einließ. Ich war ein Trottel. Liebte die große romantische Geste und tat alles, um perfekt zu sein.«

Ich schnaubte, und er zwinkerte mir kurz zu. »Ja, ich weiß, passt gar nicht zu dem, der ich jetzt bin. Aber jeder schurkische Frauenheld hat seine Ursprungsgeschichte, stimmt's?«

Ich stieß ihn mit dem Ellbogen an. »Ein öffentlicher Heiratsantrag?«

»Oh ja, große Party in ihrem Lieblingsrestaurant, die gesamte Familie und alle Freunde waren da.«

»Mutig, wenn du dachtest, sie könnte vielleicht Nein sagen.« Ich zog Linien auf seinem Bauch.

»Ich wusste genau, dass sie Ja sagt. Sie stand auf Hochzeitsplanung und die sogenannten heimlichen Videos. Ich erfüllte ihre Wünsche. Und meine Familie war in sie vernarrt. Sie hätten kaum aufgeregter sein können. Sicher, ich schmiss die Uni und verschleuderte mein Darlehen in Clubs, für Restaurantessen und Pokerrunden und schrieb meine albernen Storys, aber Sarah heiraten? Das war, als käme ich endlich auf Erfolgskurs.«

Er verstummte.

»Und dann?«

»Ich glaubte, ich liebte sie genug für uns beide. Ich war

vollauf bereit, mich mein Leben lang mit den Brosamen zu begnügen, die sie mir hinwarf.« Er drehte sich von mir weg, schüttelte die Kissen auf, zupfte an Fäden. »Sie ging fremd. Mit einem Kollegen. Und ich verzieh ihr. Erbärmlich. Ich tat das als Ausrutscher ab, weil sie vielleicht kalte Füße gekriegt hatte. Aber sie erkannte, dass es nicht sein sollte. Wenn man sich auf die Ehe freut, schläft man nicht mit irgendeinem Kerl. Ihr wurde klar, dass sie nur die Hochzeit, nicht die Ehe wollte. Und sie hatte recht.«

Er drehte den Kopf zu mir, sah meinen Gesichtsausdruck und lachte. »Was? Warum guckst du so? Ist das Mitleid? Du hättest dir nicht vorstellen können, dass bei dem charmanten Mann, der die Frauen im Umkreis von fünf Meilen um den kleinen Finger wickelt, ein Herz in der Brust schlägt?«

Ich schnaubte. »Na ja, es sind definitiv zehn Meilen, aber nein … Dein Gesicht sieht komisch aus, wenn du ernst bist.«

»Oh gut, treten wir nach, wenn jemand schon am Boden liegt.«

Ich sah ihn an. »Es fällt mir schwer zu glauben, dass du mal so warst.«

»Wirklich?« Er legte eine Hand an meine Wange und neigte den Kopf zur Seite. »Mir scheint, der alte Lucas kommt neuerdings wieder häufiger aus der Deckung. Der arme, hoffnungslose Blödmann.«

Er hielt meinen Blick fest, als versuchte er mir etwas zu sagen. Sein Daumen strich über mein Jochbein. Ich hielt den Atem an, ohne zu wissen, warum.

Der Moment wurde gestört, weil mein Handy klingelte. Ich griff danach und schaute aufs Display. Adam. Schon wieder.

»Der Wichser? Oder hast du schon ein Date mit dem nächsten standfesten Gartenzaunfan in Aussicht, der dir mit Immobilienraten in den Ohren liegt?«

Stirnrunzelnd starrte ich auf das Handy, lehnte den Anruf ab und wandte mich Lucas wieder zu. »Hey, unfair.«

Lucas sah mich nur an.

»Ich bin nicht rangegangen. Kriege ich dafür keine Punkte?«

Er zuckte die Schultern. »Ich weiß nicht. Was meinst du?«

»Ja! Ich war viel zu lange für ihn verfügbar! Und jetzt bin ich es nicht mehr. Also … ja. Super, Marina. Wuu-huu et cetera, et cetera«, sagte ich ganz ernst mit unbewegter Miene.

Lucas lächelte und schüttelte den Kopf. »Und wie läuft die Suche nach Mr Gartenzaun?«

Ich seufzte und fing an, mich anzuziehen und mein Zeug zusammenzusuchen. »Die geht weiter, wenn unser Konkurrenzkampf vorbei ist. Wenn ich gewonnen habe und du zum nächsten Abenteuer unterwegs bist.«

»Du glaubst noch immer, dass du gewinnst?« Sein Blick folgte jeder meiner Bewegungen.

»Und du denkst, du wirst gewinnen, nur weil wir einiges zusammen unternehmen und jetzt auch miteinander Sex haben?«

Er betrachtete mich ernst. »Vielleicht hoffe ich es … ja. Vielleicht würde ich gern eine Weile in London leben. Musst du wirklich kündigen, wenn ich gewinne?«

»Wenn ich befördert werde, bleibe ich. Wenn nicht … Das kann ich nicht. Ich will nicht mehr auf der Stelle treten. Ich muss …«

»Den Plan umsetzen«, sagte er leise. Sein Lächeln wirkte fast gequält. »Ich weiß.«

Als ich ihn ansah, diesen hinreißenden Mann mit der tätowierten Lebensgeschichte und den grünen Augen, die mich aufforderten zu bleiben, wurde mir etwas klar. Jener andere Lucas, der einer Frau wie ein Hündchen folgte und sich mit dem Wenigen zufriedengab, das sie ihm hinhielt, den sah ich in dem Moment, als mich sein altes Ich anlächelte, in seiner ganzen Verletzlichkeit.

Ich zog mir das offenbar hässliche Kleid über und setzte mich auf die Bettkante auf die zerdrückte Tagesdecke. Er verfolgte gespannt meine Bewegungen, als ob ich damit etwas sagen wollte.

»Wie bist du darüber hinweggekommen?«, fragte ich leise und blickte ihn aufmerksam an. »Wie hast du dich von dem geplanten Leben verabschiedet?«

Den Kopf zurücklehnt, starrte er an die Decke und dachte darüber nach. Ich fragte mich, welcher Lucas antworten würden, der schlagfertige, sarkastische, der nichts ernst nahm, oder der stille, verletzte, der mit mir im dunklen Hotelzimmer saß.

Am Ende waren es beide.

»Anfangs versuchte ich wohl, sie so schnell wie möglich zu ersetzen. Ich ging mit Frauen aus, die ihr ähnelten, die gleichen Interessen hatten. Die dasselbe wollten wie vormals Sarah und ich. Und weißt du, warum das Quatsch war?«

»Warum?«

»Weil ich mich verändert hatte.« Er schnaubte leise und bewegte Zeige- und Mittelfinger gegeneinander. Ich fragte mich, ob er eine Zigarette wollte. »Ich wählte dieselben Dinge wie sie, obwohl ich ganz anders war. Ich war betrogen und verlassen worden, ich hatte mich an sie geklammert wie ein jämmerlicher Trottel, ich hatte sie angefleht zu bleiben ...« Er ließ beschämt den Kopf hängen. Ich langte hinüber, um seinen Nacken zu streicheln, fühlte die kurzen weichen Härchen zwischen den Fingern. »Ich war ein völlig anderer geworden, obwohl ich es nicht darauf angelegt hatte. Ich konnte nicht mehr dasselbe wollen. Ich musste mich umstellen.«

»Der charmante Don Juan werden, der gebrochene Herzen hinter sich zurücklässt?«, fragte ich nur halb im Scherz.

Er grinste. »Der leichtlebige Typ, mit dem man Spaß haben kann, aber nur vorübergehend. Da bin ich immer ehrlich. Um Gefühle und Erwartungen zu vermeiden.« Er zögerte. »Das Problem ist, dass ich das schon so lange tue. Ich weiß gar nicht, was ich machen würde, wenn doch mal Gefühle ins Spiel kommen.«

»Abhauen, denke ich.« Lächelnd tätschelte ich seine Hand. Er nahm meine und hielt sie an seine Wange.

»Ich fürchte eher das Gegenteil«, sagte er leise. Er drückte einen Kuss in meine Hand und ließ sie los. So saßen wir ein paar Augenblicke lang da, reglos wie zwei Statuen, erstarrt in einem Moment, bei dem nichts Gutes herauskommen kann, egal wie man reagiert.

»Ich denke, ich gehe jetzt besser«, sagte ich sanft, und er schüttelte den Kopf.

»Ah, ich habe die Dame verschreckt. So viel Verehrung kann überwältigend sein.« Der ironische Ton war wieder da, und eine Maske fiel über sein Gesicht. Kurz hatte ich den Jungen gesehen, der er war, bevor er seine Macht kennenlernte, und nun hatte ich ihn verscheucht.

»Ist wahrscheinlich besser, wenn ich nicht bei dir übernachte.« Ich zog mir die Schuhe an. »Halten wir es wie bisher, okay?«

Wenn ich jetzt nicht gehe, will ich gar nicht mehr weg.

Ich spürte seinen Blick. »Bist du jetzt Sex-Date-Expertin, Spicer?«

»Hab vom Besten gelernt.« Ich nahm meine Handtasche. »Wir sehen uns Montag.«

Er räusperte sich, und ich sah ihn an. Halb nackt auf dem riesigen Bett wirkte er plötzlich verwundbar.

»Möchtest du ... vielleicht am Sonntag etwas unternehmen? Ein Sonntag in London kann ziemlich einsam sein.«

Unsicher, was er da vorschlug, blickte ich auf. Am Samstag hatte er offenbar schon etwas vor, aber das ging mich nichts an. »Ich besuche meine Eltern. Wolltest du nicht etwas mit Millie unternehmen?«

Er nickte. »Ja, ich dachte nur ... Sie würde gern in der IT-Branche arbeiten, wenn sie groß ist. Dachte, es wäre schön für sie, eine erfolgreiche Frau kennenzulernen.«

Ich lächelte. Etwas Warmes flatterte in meiner Brust. Höchste Zeit zu gehen. »Nächstes Mal.« Ich nickte ihm zu. »Bin gern bereit, die nächste Generation junger Programmiererinnen zu ermutigen.«

»Nächstes Mal, sicher.« Er lächelte, als glaubte er nicht daran.

»Und ich schicke dir eine Liste der Pubs mit Sonntagslunch, wo ich am liebsten hingehe«, versprach ich. Es war mir unmöglich, ihn gänzlich abzuweisen.

Er stand auf, zog sich einen Hotelbademantel über und folgte mir zur Tür. Die Hand am Knauf hielt er inne.

»Nur eins noch, bevor du gehst ...«, sagte er, und ich sah nur ganz kurz, wie er lächelte, dann spürte ich seine Lippen auf meinen, seine Hand in meinen Haaren. Mit der anderen hielt er den Türknauf fest, sodass ich zwischen seinen Armen gefangen war. Ich kam gar nicht auf die Idee, mich dagegen zu wehren oder dass ich widersprüchliche Signale aussandte. Ich strich über seine Oberarme, drückte die Muskeln. Er ließ die Tür los und schlang die Arme um meine Taille, hob mich sogar vom Boden hoch.

Ich stieß an seinem Mund einen kleinen Schrei aus, und er lachte an meinem, ließ mich herunter und trat langsam von mir weg.

»Was war das?« Seufzend fasste ich an meine Lippen und starrte ihn an.

Er grinste lässig und lehnte sich gegen die Wand. »Das war ein Dankeschön für deine Pub-Liste. Und ... eine Ermutigung, in einem mit mir zu essen.«

»Lucas ...«, begann ich seufzend, doch er hob die Hände, er wirkte wie einer, der entschlossen war zu bekommen, was er wollte.

»Das ist nur ein Lunch, Spicer. Aber ich wette, bis morgen Abend vermisst du mich schon.« Er zwinkerte, dann öffnete er die Tür und gab mir einen Klaps auf den Hintern. »Okay, raus jetzt, bevor ich dich ins Bett zerre wie der hilflose Neandertaler, der ich bin.«

»Selbsterkenntnis – so wichtig«, neckte ich und tat so, als spürte ich seinen Blick auf mir, als ich den Flur entlang zum Aufzug ging, ohne mich noch mal umzudrehen. Als die Türen auseinanderglitten und ich einstieg, wagte ich einen raschen Blick zurück. Seine Tür war geschlossen, der Flur verlassen. Ich wusste nicht, ob ich erleichtert oder enttäuscht war.

Auf dem Weg ins Foyer lehnte ich mich an die Aufzugwand und betrachtete mich im Spiegel. Meine Lippen waren prall vom Küssen, meine roten Haare zerzaust von sanften, aber fordernden Händen. Meine Wangen waren gerötet, meine Augen strahlten. Ich sah völlig anders aus. Wie eine, die mit einem Mann schlief, mit dem es keine Zukunft gab, dem sie peinliche Fragen stellte und bei dem sie ihre Grenzen und Pläne verteidigen musste. Wie eine starke, kämpferische Frau.

Warum also wollte sie zurück nach oben laufen und in seine Arme fliegen?

Und wieso erinnerte mich das aufgeregte Kribbeln in meinem Bauch an Feuerwerk?

12

Er fehlte mir tatsächlich. Aber das würde ich ihm bestimmt nicht auf die Nase binden. Ich füllte den Samstag mit einem Brunch aus. Bec und ich tranken zu viel Prosecco und putzten dann aggressiv die Wohnung, sodass Matt uns ab und zu verwirrt beobachtete – und erledigte dann alles, was mir einfiel. Doch ich rief Lucas nicht an, und das kam mir vor wie ein Sieg.

Beim Sonntagslunch mit meinen Eltern war es meistenteils erfreulich. Wir aßen das Gleiche wie immer, wenn ich einmal im Monat zu ihnen kam: Lammbraten mit Dads spezieller Bratensoße und Mums knusprigen (verkohlten) Bratkartoffeln. Wir tranken den gleichen Wein und unterhielten uns über dieselben Themen, und sie rissen dieselben Witze, sprachen die Sätze des anderen zu Ende auf dieselbe Art wie immer.

Mitten beim Abwasch malte ich mir aus, im Ausland zu leben. Was würde ich tun, wenn ich in Spanien oder Italien lebte? Oder nur in einer anderen Stadt – wie sähe mein Leben dann aus? Wo alles neu und anders war? Wie war es in Edinburgh um diese Jahreszeit? Könnte ich mir vorstellen, einen Sommer auf einem Schiff zu verbringen?

»Marina, Liebes, ist alles okay?« Mein Vater reichte mir die Bratenplatte zum Abtrocknen.

»Mit geht's gut.« Ich lächelte ihn an. »War nur in Gedanken.«

»Immer machst du dir Gedanken und Pläne.« Er lachte. »Hast du schon überlegt, einfach nur zu leben? Das ist sehr schön. Oder sogar zu entspannen?«

»Komm mir nicht mit diesem zenmäßigen Im-Moment-leben-Zeug.«

»Die Momente, die du bewusst lebst, sind die, die im Gedächtnis bleiben. Mehr sage ich gar nicht.« Er zuckte die Schultern und ging zum nächsten über. »Habe ein Jahr lang unsere Hochzeit geplant und kann mich nur an mein Ehegelübde erinnern. Ich könnte dir nicht mehr sagen, welche Farbe die Kleider der Brautjungfern hatten oder die Blumen oder was wir gegessen haben. Aber wie ich am Strand von Málaga für ein Foto posierte und von einer Welle getroffen wurde, dass deine Mutter und ich Tränen lachten, das ist fünfzehn Jahre her, und ich kann dir noch genau beschreiben, was sie anhatte und wie ihr Lachen klang. An diese Freude werde ich mich bis an mein Lebensende erinnern. Und was war es? Nichts. Nur ein kurzer Moment.«

Ich dachte an Lucas' Hotelzimmer, die Aussicht über die Stadt, sein langsames Ausatmen, als er mich zum ersten Mal unbekleidet sah. Dachte daran, wie seine Augen dunkler wurden, als ich etwas Sarkastisches sagte. Wie er sich in der Dunkelheit an den Schreibtisch lehnte, um mich zu betrachten, und seufzte: *Verdammte Scheiße, Spicer, du machst mich fertig.* Wie mein Herz einen Satz machte, als er auf mich zukam, und ich das Leuchten in seinen Augen sah, obwohl es dunkel war. Bis dahin hatte ich nicht gewusst, dass man ein Lächeln schmecken kann.

Und dann schüttelte ich die Erinnerung ab wie einen absurden Wunsch.

»Ich werde morgen beim Lunch über den Geschmack meiner Schokokekse meditieren, versprochen«, sagte ich trocken, und Dad stieß mich mit der Hüfte an.

»Ich will nur …« Er zögerte. »Versteh das nicht falsch, aber ich wünsche mir mehr für dich.«

»Ich weiß, daran arbeite ich seit Langem. Guter Job, Verantwortlichkeit, hübsches Haus, gute Familie. Ich werde mehr bekommen.«

»Ich will, dass du *jetzt* mehr bekommst. Mehr Lachen, mehr Licht, mehr … Albernheit. Vergeude mehr Zeit, Kind, ich flehe dich an. Verschwende sie, denn du kannst sie nicht zur Bank bringen. Du hast vierundzwanzig Stunden am Tag zu verbringen, und wenn die vorbei sind, sind sie vorbei.«

Ich kniff die Augen zusammen. »Ich investiere sie.«

»Laaangweilig!«, dröhnte er. »Tu einfach mal was Verrücktes, bitte. Tu es für deinen alten Herrn. Etwas Überraschendes, Spontanes, damit du eines Tages, wenn du sechzig bist und der größte Teil deiner Geschichte erzählt ist, stolz zurückblicken kannst.«

Ich sah ihn groß an. »Bist du in einer Midlife Crisis? Damit kämst du zwanzig Jahre zu spät.«

»Freches Gör!«, rief er lachend und bespritzte mich mit Spülwasser.

Natürlich kam meine Mutter herunter und motzte, weil wir eine Sauerei machten (oder weil wir ohne sie Spaß hatten), doch das war einer der Momente, die er gemeint hatte. Ich würde mich immer daran erinnern, wie wir zusammen das Geschirr abwuschen und er mir riet, spontaner zu sein.

Kurz bevor ich ging, schaute ich aufs Handy und sah vier verpasste Anrufe von Adam. Dazu hatte er mir mehrere vorwurfsvolle SMS geschrieben, warum ich ihn ignorierte, und sie rangierten zwischen verärgert und flehend. Ich wollte mich trotzdem nicht bei ihm melden. Darauf war ich stolz, ich hatte endlich etwas Richtiges getan. Ich wollte Bec und Meera anrufen und ihnen davon erzählen. Und dann fasste ich an das Kettchen. Die letzte Hürde.

Zu Hause würde ich es ablegen. Ganz bestimmt. Das Versprechen, das er mir mit sechzehn gegeben hatte, die großen Abenteuer, zu denen es nie gekommen, der Heiratsantrag, der ausgeblieben war, die Kinder, die wir nicht haben würden: So viel war mit diesem Zwanzig-Pfund-Kettchen von Argos verbunden, das sicher tausend verliebte Mädchen im ganzen Land zum Valentinstag bekommen hatten. Ich würde es nicht mehr tragen. Und damit war es zu Ende, endgültig.

Stattdessen schrieb ich einem, von dem ich etwas hören wollte: Lucas.

Wie geht es Millie?

Er schickte mir ein Selfie von ihnen beiden und schrieb:

Wusste gar nicht, dass Zwölfjährige schon auf Make-up stehen.

Er trug eine beträchtliche Menge schwarzen Eyeliner, und das gefiel mir.

Sag Millie, sie hat großes Talent. So schöne Smokey Eyes kriege ich nicht hin.

»Wer bringt dich zum Lächeln?« Meine Mutter erschien neben mir und drückte mir die Schultern. »Gibt es jemanden, von dem wir wissen sollten?«

Ich schüttelte den Kopf. »Keinen, der von Dauer wäre.«

Ihr Gesicht wurde plötzlich lang, als hätte ich ihr gestanden, dass ich zum Vergnügen Kätzchen quälte.

»Liebes, warum gründest du nicht einfach eine Familie? Ich weiß, ihr Karrierefrauen von heute schätzt eure Unabhängigkeit, aber ich möchte dich einfach versorgt sehen.«

Versorgt?! Das nervte mich wirklich. Wie viele Kompromisse ich eingegangen war, wie viele Bewertungen ich über Männer gelesen, wie viel Mühe ich mir gegeben hatte an Abenden, die zu nichts führten. Ich hatte eine verdammte App erfunden, um effizienter zu sein, Herrgott noch mal, und der eine Mann, der meinen Kriterien entsprach, lag jetzt wahrscheinlich auf den Knien vor seiner Ex und flehte sie an, ihn zurückzunehmen. Und der eine Mann, der überhaupt nicht zu mir passte, war der, der mich zum Lächeln brachte.

»Ich glaube nicht, dass ich versorgt werden möchte, Mum«, erwiderte ich bedächtig. »Ich möchte angehimmelt werden.«

Sie seufzte schwer. »Große Erwartungen sind schön und gut, Marina, doch man bleibt besser realistisch.«

Ich nickte und gab ihr einen Kuss auf die Wange. »Ja, aber das klingt öde. Wir sehen uns nächsten Monat, okay?«

»Aber ...«

Sie schaute verwirrt, als ich unter dem Vordach meines

Elternhauses stand und langsam die Tür hinter mir zuzog. Dass ich gerade für meine Wünsche eingetreten war, fühlte sich an wie ... ein Entwicklungsschritt? Ein Neuanfang? Der Ausweg aus meiner Sackgasse? Ich lehnte mich gegen die Gartenmauer und tat, was mein Vater gesagt hatte: Ich nahm alles in mich auf. Wollte ich noch immer die Gartenzaunidylle mit zwei Kindern? Sicher. Und hatte ich Angst, sie zu verpassen? Und ob. Aber für den Moment tat es gut, einfach nur zu atmen und zu wissen, da war jemand, der an mich dachte. Der glaubte, ich könnte seine Nichte inspirieren, der mich zum Lachen brachte und bei dem ich mich unbeholfen und kribbelig, super-intelligent und witzig fühlte. Und diese Marina war es, die ich in meinem Zukunftsplan sah. Okay, er würde nicht mit mir zusammenbleiben, aber er existierte. Es war, als hätte ich mich erinnert, dass ich Gefühle haben durfte, mich zu jemandem hingezogen fühlen durfte, auch wenn derjenige nicht der Richtige für mich war.

Algorithmen und Bewertungen waren nicht alles. Manchmal genügten zwei schöne Augen und ein Grübchen.

Ich ging zum Bahnhof und beschloss in einem Anfall von Zuversicht, diesmal den kurzen Weg zu nehmen, der an Adams Elternhaus vorbeiführte. Seit er mich verlassen hatte, war ich einen Umweg gegangen, damit ich seinen Eltern nicht begegnete und mir nicht anhören musste, wie leid es ihnen tat und wie sehr sie mich vermissten. Doch mit dem Unsinn war jetzt Schluss. Ich wollte den Umweg nicht mehr gehen.

Ich brannte darauf, Meera und Bec zu erzählen, was für ein Gesicht meine Mutter gemacht hatte, als ich sagte, ich hätte mehr verdient, als versorgt zu werden. Auf uns Karrierefrauen und unsere großen Erwartungen, würde Bec sagen und zur Feier des Tages eine Flasche Sekt aufmachen.

Als ich mich Adams Elternhaus näherte, gestattete ich mir einen Moment der Nostalgie. Das Haus mit der kornblumenblauen Tür und dem Efeubewuchs an der Seite weckte viele Erinnerungen. Ich sah Adams Band in dem ausstaffierten Gartenschuppen proben. Sah uns Partys schmeißen, wenn seine Eltern weg waren. Den Weihnachtsumtrunk, den seine Mutter gab, bei dem meine Eltern zu viel tranken, sodass meine Mutter am nächsten Morgen, wenn sie den Truthahn aus dem Kühlschrank holte, immer über den Kater stöhnte. Ich sah uns nachmittags Filme gucken, Videospiele spielen oder herumlümmeln und nichts tun. In dem Haus hatte ich meine Jungfräulichkeit verloren. Und jetzt war es nur eins von vielen in der Straße, und ich würde dort nie wieder klingeln.

Als ich auf der gegenüberliegenden Straßenseite daran vorbeiging, wurde die Tür geöffnet. Wie in Zeitlupe sah ich zwei Leute herauskommen. Einen lauten Abschied mit Umarmungen und Wangenküsschen, wie es bei seinen Eltern üblich war. Ich fürchtete mich nicht mehr davon, dass sie mich sehen könnten.

Doch dann sah ich seine dunklen Haare und das dunkelblaue Hemd, das ich ihm vor ein paar Jahren zum Geburtstag geschenkt hatte.

Hinter ihm trat eine Frau aus dem Haus. Schön war sie, ihre langen dunklen Haare hingen über die Schultern, ihr Kleid war hellblau, der Saum bewegte sich im Wind. Sie drehte sich um und unter dem Kleid wölbte sich ein Schwangerschaftsbauch. Adam hielt sie an der Hand, half ihr die unebenen Stufen hinunter, und dann ließ sie ihn los und legte die Hände an ihren Bauch.

Ich vergaß zu atmen. Ich konnte nicht wegsehen, nahm jedes Detail in mich auf. Dad hatte mir geraten, jeden Moment bewusst zu leben, und da stand ich und nahm alles in mich auf, von ihren silbernen Ohrringen bis zu den glücklichen Gesichtern seiner Eltern. Sie musste mindestens im sechsten oder siebten Monat sein.

Aber ... aber Adam will keine Kinder. Das hat er mir selbst gesagt.

Ich wollte davonrennen und stand doch wie angewurzelt da, eine Statue im schwarzen Kleid, die von der anderen Straßenseite herüberstarrte. Eine stumme Komparsin, vor deren Augen sich genau das Leben abspielte, das ich mir gewünscht hatte, nur mit einer anderen in der Hauptrolle.

Als hätte er meinen Blick gespürt, schaute er auf. Sie unterhielt sich noch mit seinen Eltern, doch er und ich erlebten einen gemeinsamen Moment, bei dem er mich bestürzt und schuldbewusst ansah. Er machte einen Schritt auf den Bordstein zu, mit offenem Mund, als wollte er zu mir rüberkommen, und ich schüttelte einmal energisch den Kopf. Adam hielt inne und nickte, und als er sich wieder zu den Eltern und der Mutter seines Kindes umdrehte, ging ich mit erhobenem Kopf weiter, ohne mich noch einmal umzublicken.

Mit stoischer Ruhe stieg ich in den Zug und saß während der Rückfahrt still da. Zu Hause ging ich sofort in mein winziges Zimmer, wo ich mich umgeben von Koffern und Kartons und Plastiksäcken ins Bett legte ... und endlich weinte.

Denn als Adam mein Leben, meine Pläne und Hoffnungen über den Haufen warf, war ich am Boden zerstört und wütend gewesen, hatte seine Entscheidung aber akzeptiert. Man musste Leuten ihre Entscheidungen lassen. Doch er hatte mich nicht verlassen, weil er keine Familie wollte, sondern weil er die Familie nicht mit mir wollte.

Und jetzt lebte er mit einer anderen das Leben, das ich mir gewünscht hatte.

Und das wusste er! In all den Monaten hatte er mich immer wieder angerufen, mir geschrieben, an unsere gemeinsame Zeit zurückgedacht, als gäbe es keine andere, als könnten wir vielleicht doch wieder zusammenkommen ... als vermisste er mich so sehr wie ich ihn. Als fehlte ihm unsere Beziehung.

Oh Gott, das war es. Ich hatte geglaubt, es gebe noch eine Chance. Ich war bei so vielen Dates gewesen, hatte eine App entwickelt, um die Lügner und Blender herauszufiltern, und nun wurde mir klar, dass ich mich noch gar nicht von Adam gelöst hatte. Wie unendlich dumm von mir.

Ich fummelte an dem Verschluss meines Kettchens, um es abzulegen, und wurde dabei immer ungeduldiger. Ich warf es quer durchs Zimmer in eine Ecke und drückte das Gesicht ins Kopfkissen.

Okay, ich brauchte einen Plan. Offenbar hatte ich mich grundlegend getäuscht, und ich war abgelenkt gewesen. Durch ein hübsches Gesicht und Schmeicheleien. Den Kampf der Verflossenen verlor ich gerade, und ich musste mich neu besinnen. Henry war nicht der Richtige, doch es musste jemanden für mich geben. Die Panik, dass ich Zeit verloren, meine Chance vertan hatte, mein Traum von einem

Leben mit Kindern und Haus und Hund und einem gesichtslosen Mann, der mich liebte ... Vielleicht sollte ich mich auch davon verabschieden. Vielleicht hatte ich mein Bestes versucht und hatte es einfach nicht mehr in der Hand.

Ich schaute aufs Handy und sah vier verpasste Anrufe von Adam. Etliche Nachrichten, die ich nicht las. Stattdessen öffnete ich mal wieder Dealbreakers und Lucas' Profil.

Da gab es eine neue Bewertung.

Echt charmanter Typ. Sagte aber, er sei an etwas Ernstem nicht interessiert. Typisch.

Tja, zu mir hatte er gesagt, die Sonntage in London seien einsam. Ich hatte ihn abgewiesen. Er schuldete mir gar nichts. Und dennoch war ich empört. Mein Vater sagte immer, die Leute zeigen dir, wer sie sind, es ist deine Aufgabe, ihnen zu glauben. Ich war auf den Charme reingefallen.

Oh Gott, ich war genau wie die anderen Frauen. Ich hatte geglaubt, da wäre etwas hinter dem charmanten Äußeren, doch da war nichts. Peter Pan hatte eine Vorgeschichte und liebte seine Nichte. Das änderte gar nichts. Nur ich hatte mich geändert. Ich hatte Leidenschaft und Erregung empfunden ... heißes Verlangen. Es gab kein besseres Wort dafür. Lucas hatte in mir das Eine geweckt, von dem ich steif und fest behauptet hatte, ich bräuchte es in einer festen Beziehung nicht: Leidenschaft, Anziehung, knisternde Erregung.

Über zehn Jahre lang hatte ich Adam geliebt, aber nie verlangt, dass er mir die Klamotten vom Leib riss. Es hatte mir nie den Atem geraubt, wenn ich ihn nackt sah, ich hatte nie weiche Knie bekommen, wenn er meinen Nacken küsste.

Es hatte eine schöne Abwechslung sein sollen, doch ich hatte ein Spiel gespielt, das ich nicht beherrschte. Und nun interessierten mich andere Männer nicht mehr. Der Gedanke, einen anderen zu finden, der mein Herz schneller schlagen ließ und dazu meine Kriterien erfüllte? Ließ mich kalt. K.-o.-Kriterien waren nur sinnvoll, wenn ich auf knisternde Erregung verzichten wollte. Und schlimmer als die Erkenntnis, dass ich keine Beziehung ohne haben konnte, war der Gedanke, sie nicht mit ihm zu haben.

Ich wollte nur noch ihn. Und ich hatte diese Entwicklung zugelassen. Ich war schwach und einsam gewesen, und da stand ich nun fast ein Jahr nach dem Bruch mit Adam und war einer Ehe mit Kindern oder einer festen Beziehung keinen Schritt näher gekommen. Ich gab mich Gedankenspielen in einem Hotelzimmer hin, mit einem Mann, der nicht bei mir bleiben würde. Niemals.

Morgen würden wir zum letzten Mal eine Freizeitaktivität testen, und ich müsste nur eine Armlänge Abstand halten. Mein Herz verschließen. An der Sache mit Adam ließ sich nichts ändern, aber ich könnte zu Ende bringen, was ich angefangen hatte. Und das hieß, Lucas Kennedy im Kampf um die Beförderung ausstechen.

13

Am nächsten Morgen im Büro war ich still auf meine Arbeit konzentriert. Als Harriet hereinkam, genügte ein Blick zu mir – ich hatte die Kopfhörer aufgesetzt, schaute kaum auf, als ich grüßend nickte –, und ihr war klar, dass ich meine Ruhe haben wollte. Sie setzte sich einfach hin und fing an zu arbeiten, nahm verstohlen einen Schokoriegel aus ihrer Schreibtischschublade und schob ihn wortlos zu mir rüber.

Der Umschlag mit unserer letzten Aktivität lag auf meinem Schreibtisch und daneben stand ein To-go-Becher mit heißer Schokolade und Marshmallows. Er hatte da schon gestanden, als ich hereingekommen war. Ich spürte, dass er mich quer durch den Raum ansah, und schob den Becher weg, um auf den leuchtend blauen Umschlag zu starren. Nur noch eine Aufgabe.

Noch ein Tag, an dem ich mich zusammenreißen musste. Und dann würde ich meine Präsentation zeigen und die Beförderung bekommen, und Lucas Kennedy würde aus meinem Leben verschwinden und zum nächsten Abenteuer aufbrechen.

Mit federnden Schritten kam er herüber. Auf seinem T-Shirt stand: Wach auf und folge dem Kaffeeduft. Im Stillen dankte ich ihm. Ich hatte getan, was das T-Shirt verlangte. Gut gemacht, T-Shirt. Weckruf angekommen. Und jetzt Schluss mit dem Unsinn.

»Guten Morgen, ihr Schönen.« Seine Stimme klang unerträglich laut, dann blickte er mich an und zog die Brauen zusammen. »Hey, alles okay?«

Ich nickte. »Bereit für unsere letzte Aufgabe?« Ich warf ihm den Umschlag zu, mit mehr Kraft als nötig, und sah, wie er zwischen mir und dem unberührten Kakao hin- und herschaute und überlegte, ob er etwas dazu sagen sollte. Wahrscheinlich zum ersten Mal in seinem Leben entschied er, den Mund zu halten.

»Wir ...«, er hielt inne, bis die Enttäuschung voll angekommen war, »gehen wandern. Was kein London-Besucher verpassen darf. Warum sollte jemand dafür bezahlen wollen, wenn man überall frei herumspazieren darf?«

Normalerweise hätte ich einen Witz darüber gemacht, dass alle Leute in ihrem Profil Wandern als Hobby angeben, tatsächlich aber bloß in Markenklamotten spazieren gingen. Aber ich hatte keine Lust dazu.

Wortlos streckte ich die Hand nach dem Umschlag aus, dann fand ich den Anbieter auf unserer Webseite. »Eine Stunde mit dem Zug. Ein Rundweg durch einen Nationalpark mit Geschichte, Imbisspausen und am Schluss ein Essen. Also eigentlich keine Wanderung.«

»Wie man es nennt, ist im Prinzip egal.« Er zuckte die Schultern. »Bist du sicher, dass es dir gut geht?«

»Jep«, antwortete ich angespannt. »Ich will nur noch ein paar Dinge erledigen. Wir können uns in einer Stunde auf dem Bahnsteig treffen.«

»Du willst nicht mit mir zusammen gehen?« Er klang ein bisschen gekränkt.

»Ich muss hier etwas fertig machen.« Ich schaute wieder auf meinen Bildschirm und ignorierte ihn.

Oh Gott, ich war unfair, das war mir klar. Die Rationale in mir blickte auf, als er hinausging, und wechselte einen Blick mit Harriet, die ihre Schulterhaltung geringfügig änderte. Er hatte sich klar ausgedrückt, mir nicht das Geringste versprochen. Projizierte ich meine Wut über Adam auf Lucas? Ich sah mir die Bewertungen noch mal an und ging weit zurück.

Er war charmant.
Er gab mir das Gefühl, besonders zu sein.
Bei ihm habe ich mich schön gefühlt.
Er sagte, ich sei einzigartig.
Er sagte, er sieht nicht, dass das mit uns weitergeht.
Er sagte, er steht für etwas Ernstes nicht zur Verfügung.

Vielleicht war das nicht seine Absicht gewesen, aber er hatte mit mir gespielt. Ich war auf seinen Charme und Unsinn hereingefallen, und nun weiter denn je von meinen Zielen entfernt. Vergeudete Zeit mit jemandem, der nicht dasselbe anstrebte wie ich. Genau wie in jenen fünfzehn Jahren mit Adam.

Adam hatte nun eine Familie gegründet, und ich trat noch immer auf der Stelle, kam nicht vom Fleck. War noch genau dort, wo er mich verlassen hatte.

Aber ich würde mich zusammenreißen. Darin war ich schon immer gut gewesen.

Ich musste jetzt nur noch – so sagte ich mir – einen langen Spaziergang mit einem Kerl hinter mich bringen, der mir das

Gefühl gegeben hatte, etwas Besonderes zu sein, und so tun, als wäre nicht alles umsonst gewesen. Okay, es war nicht echt gewesen, aber vielleicht auch nicht komplett vorgetäuscht.

Ich erledigte, was ich mir vorgenommen hatte, schaute ab und zu böse auf den Becher Kakao und auf dem Weg zum Bahnhof machte ich tiefe, beruhigende Atemzüge. Ich ging und atmete bewusst, und bei jedem Ausatmen sagte ich mir, dass ich das hinbekommen würde. Dass ich vernünftig sein würde. Dass ich nicht gekränkt oder aufgebracht oder eine Übertragung im Spiel war.

Ich wich entgegenkommenden Leuten aus und wurde immer gereizter, je häufiger ich das tat. Warum wichen die anderen nicht mal zur Abwechslung mir aus? Sahen die nicht, wie finster ich guckte? Eine Frau, die gerade erkannt hatte, wie dumm sie gewesen war?

Als ich durch den offenen Eingang in die Bahnhofshalle trat, schaute ich suchend umher und nahm an, eine Weile warten zu müssen. Doch er war schon da, unter den Leuten leicht zu erkennen mit seinen Jeans, den abgenutzten roten Converse, dem blauen T-Shirt. Er trug seine altgediente Beanie, der mir jetzt mehr denn je zuwider war, weil es mir gefiel, wie wüst seine Locken aussahen, wenn er die Mütze abnahm. Wie sie unter meinen Fingern federten.

Mir wurde klar, dass ich ihn vermissen würde. Und das machte mich noch wütender. Innerhalb eines knappen Jahres hatte Adam einen neuen Lebensweg eingeschlagen. Ich dagegen hatte weiter Zeit vergeudet. All das Gerede über Feuerwerk und Schmetterlinge im Bauch, Dinge, die mich noch nie betroffen hatten, und jetzt erlebte ich sie mit dem falschen Mann.

»Hey, du!« Lucas freute sich, sowie er mich entdeckte, und winkte mir. Ich tat das ab. Er strahlte ständig irgendwen an. Während ich auf ihn zuging, huschten Hoffnung und Skepsis über sein Gesicht, als wüsste er nicht so recht, wie er mit mir umgehen sollte.

Wir gingen nebeneinander zum Bahnsteig, Lucas gab mir eine Fahrkarte.

»Danke«, sagte ich leise, ohne ihn anzusehen.

»Ich habe dir einen Cronut mitgebracht.« Er gab mir eine Papiertüte.

»Einen was?«

»Das ist halb Donut, halb Croissant.« Er zuckte die Schultern. »Ein Gentleman bringt einer Dame etwas mit.«

Ich hielt abrupt an und ballte die Fäuste. »Was soll das?«

Er blieb ebenfalls stehen und sah mich an, offen und unschuldig, als hätte er keine Ahnung, was los war. Leute gingen verärgert um uns herum, weil wir im Weg standen.

»Was?«

»Wir sind kein Paar, wir sind gar nichts. Wir vergeuden nur Zeit, oder? Das ist es, was du tust.« Das brach wie von selbst aus mir hervor. »Anscheinend hast du das alles nur getan, um unseren Konkurrenzkampf leichter zu gewinnen. Hast deine Stärken ausgespielt.«

Er machte ein Gesicht, als hätte ich ihn mit einem Hammer getroffen, doch er hielt dagegen.

»Du weißt, dass das totaler Schwachsinn ist.« Die grünen Augen starrten mich nieder. »Aber ich unterstütze das Gefühlezulassen, anstatt einen Zusammenbruch auf später zu verschieben, wenn es passender erscheint. Na komm, wenn du wütend sein musst, sei wütend. Ich kann das verkraften.«

»Du verschwendest meine Zeit.« Ich wollte an ihm vorbei, doch er hielt mich am Handgelenk fest.

»Na los, Marina, sei nicht feige. Du willst was loswerden, also sag es.«

Wütend fuhr ich herum. »Schön, du willst Ehrlichkeit? Du verschwendest meine Zeit. Du drängst dich in meinen Kopf und bringst mich durcheinander, obwohl wir beide wissen, dass du dich nicht binden willst, und selbst wenn, du bist kein Mann, mit dem ich zusammenleben will.«

»Weil ich zu viel fluche und rauche, wenn ich trinke, und Ausschlag bekomme, wenn ich einen Hund streichle?« Er verdrehte die Augen, weil er wusste, dass er mich damit noch mehr aufregen würde. »Ja, glaub mir, ich weiß, dass ich nicht dein Traumtyp bin, keiner, der die Punkte deiner sauberen kleinen Checkliste erfüllt.«

»Wir haben nichts gemeinsam! Wozu also das Ganze? Du fängst gleich mit der Nächstbesten etwas an, und ich sitze hier und warte auf einen, der Kinder haben möchte.«

»Ich habe nie gesagt, dass ich keine möchte! Ich habe nur gesagt, es wäre verrückt, mit dem erstbesten Trottel, den du kennenlernst, welche haben zu wollen!«

»Du hast gesagt, es sei egoistisch, Kinder zu bekommen!«

»Du drehst mir die Worte im Mund herum, und das weißt du genau!«, schrie er und zeigte auf mich. »Keiner hat dich gezwungen, mit mir zu schlafen, du hast dich dafür entschieden, du hast diesen Schritt gemacht. Ich war immer nur ehrlich zu dir. Du bist es, die mich ständig wegstößt.«

»Ehrlich?«, schnaubte ich. »Du und ehrlich?«

Ich tastete meine Taschen nach meinem Handy ab, und ehe ich mich davon abhalten konnte, rief ich Dealbreakers auf, ging in sein Profil und zeigte es ihm. »Einhundert Frauen in den sechs Monaten, seit ich die App entwickelt habe. Einhundert Bewertungen von Frauen, die finden, dass du dich mies verhalten hast. Ob dir das bewusst war oder nicht.«

»Zu ungeschickt, ist mir auf die Füße getreten ... sagte, er mag mich wirklich ... ständig am Handy mit anderen Frauen gesimst.« Er schaute stirnrunzelnd auf das Display. »Was für ein Scheiß ist das denn?«

»Das sind Bewertungen«, sagte ich triumphierend und verschränkte die Arme. »Deiner Dates.«

Einen Moment lang war er still und scrollte.

»Das hast du gemacht?«, fragte er leise. Dabei sah er mich an wie eine Fremde.

Oh nein, du wirst den Spieß jetzt nicht umdrehen. Nicht ich bin hier im Unrecht.

»Leute sind selten so, wie sie sich darstellen oder wie sie zu sein glauben.« Ich zuckte die Schultern und schaute die Umstehenden böse an, die das Drama auf dem Bahnsteig anscheinend genossen. »Da schien es nur vernünftig, die Frauen sprechen zu lassen, die die Männer hinter den Datingprofilen persönlich getroffen hatten.«

»Ich kann nicht glauben, dass du eine Plattform erschaffen hast, auf der man zu einem Objekt reduziert wird. Als hätte man sich online eine Uhr gekauft.« Er scrollte weiter. »So bist du doch gar nicht. Du liebst die Geschichten von Leuten und was sie menschlich macht. Du siehst Menschen auf besondere Weise ...«

»Versuch nicht, dich mit Charme herauszuwinden. Ich bin nicht besonders. Ich bin nichts außer spät dran mit meinen Lebensplänen.« Ich schaute schulterzuckend auf den

Boden, plötzlich besorgt, dass er mir den Wind aus den Segeln genommen hatte. »Du siehst, warum ich mich nicht darauf verlassen kann, was du zu mir sagst.«

»Weil irgendwelche Frauen im Internet behaupten, ich hätte zu laut geniest oder sie mochten mein T-Shirt nicht?« Er schüttelte den Kopf, und als er aufblickte, sah ich in seinen Augen, wie enttäuscht er war. Ich wollte es nicht fühlen, aber es traf mich. »Ich hätte es wissen müssen. Du kennst keine Graustufen, nur Schwarz und Weiß. Nur gut oder schlecht. Du betrachtest nichts aus verschiedenen Blickwinkeln, lässt dich nicht auf fremde Sichtweisen ein. Du kannst nicht mal ehrlich zu jemandem sein, der verrückt nach dir war, der dich wollte. Du klammerst dich einfach an deine Checkliste für die perfekte Zukunft mit einem Kerl, bei dem du dir nicht mal sicher bist, ob du ihn vögeln willst.« Er schnaubte. »Du bist ein Feigling.«

»Wenigstens bin ich ehrlich.«

»Das nennst du ehrlich? Solch eine Plattform, wo Frauen über Männer herziehen können? Was ist mit den Kerlen, die nach dem Date nach Hause gingen und dachten, sie hätten mit der Frau einen schönen Abend gehabt? Die ehrlich glaubten, sie seien gut miteinander in Kontakt gekommen? Du siehst nicht die Menschen, Marina, du siehst nur Probleme und Lösungen. Ich verstehe, wieso ich in den Bewertungen schlecht wegkomme. Aber du hast mich persönlich kennengelernt, ich habe dir private Dinge aus meinem Leben erzählt.«

Ich öffnete den Mund, um zu widersprechen, fand jedoch nichts, um mich zu rechtfertigen.

»Du weißt, ich rauche, wenn ich gestresst oder betrunken

bin und versuche, mich nicht lächerlich zu machen vor einer Frau, die mich hasst und an die ich immerzu denken muss. Du weißt, dass ich gegen Hunde allergisch bin und trotzdem einen haben will. Du weißt, es gibt nur eine, mit der ich ständig simse, und die ist zwölf Jahre alt und macht gerade eine schwere Zeit durch. Du weißt, ich werde ungeschickt, wenn ich nervös bin und das überspielen will. Und du weißt besser als jeder andere, dass der Charme eine Krücke ist für jemanden, der einem anderen sein Herz geöffnet hat und dann schwer enttäuscht wird. Du kennst mich. Und trotzdem glaubst du lieber den fremden Frauen im Internet?«

»Ich ... ich meine ... es war nicht ...« Ich konnte nichts dazu sagen. Der Schaden war angerichtet. »Du warst gestern mit einer zusammen, sie hat darüber geschrieben und ...«

Er schaute auf mein Handy und schüttelte den Kopf. »Eine Frau, die ich im Park getroffen habe, eine Freundin meiner Schwester. Wir haben uns unterhalten, während die Kinder schaukelten. Sie fragte, ob ich mal mit ihr ausgehe, und ich habe abgelehnt. Sie schreibt«, er las es vor, »*er sagte, er sei nicht an etwas Ernstem interessiert*. Was glaubst du, warum ich das geantwortet habe? Ich wollte mich nicht mit ihr treffen, weil ich mit dir zusammen bin!«

Er sah mir in die Augen und schüttelte enttäuscht den Kopf. »Vielleicht hat das als etwas Unverbindliches angefangen, aber ich habe immer wieder versucht zu zeigen, dass ich dich mag.«

Ich öffnete den Mund, fand allerdings keine Worte. Ich würde es bereuen, wenn ich jetzt nichts sagte, das wusste ich, doch mir fiel nichts ein außer sinnlosen Entschuldigungen. Und dabei sah ich den Schwangerschaftsbauch von Adams

Freundin vor mir und dachte an meine erste Nacht in Becs Gästezimmer, wie ich mir die Seele aus dem Leib weinte, die Schluchzer mit dem Kissen dämpfte, mir die Augen trocknete und lächelte, als sie fragte, ob ich eine Tasse Tee möchte. Keine Schwäche. Kein Schmerz. Keine Anzeichen für ein gebrochenes Herz.

»Marina, das hast du kein einziges Mal bedacht. Hast mich gar nicht in Erwägung gezogen. Weil ich nicht genau deinen Wünschen entsprach.«

Er zuckte die Schultern, als wäre das sterbenslangweilig. Wie gewonnen, so zerronnen. Ich hatte ihn verloren. Das wusste ich, sowie sein gewohntes Lächeln wieder hervorkam. Nur Charme und nichts Echtes. Keine Verwundbarkeit mehr. Eine hübsche Maske, um sich zu verbergen.

»Ich sehe, dass ich für dich nur Zeitverschwendung war. Das tut mir leid. Ich wünsche dir viel Glück mit deiner Checkliste. Ich hoffe, du wirst glücklich damit.«

Er drehte sich um und ging ohne einen Blick zurück, und ich konnte ihm keinen Vorwurf machen. Ich sah ihn im Gewimmel auf dem Bahnsteig verschwinden, während ich wie erstarrt dastand.

Was war gerade passiert?

Und wenn es tatsächlich Zeitverschwendung gewesen war, wieso tat es dann so weh?

14

Ich wollte nicht zum Töpfern gehen. Wieso musste Agatha den Kurstermin unbedingt in diese Woche legen? Bec und Meera würden auf den ersten Blick sehen, wie mies es mir ging. Und ich hatte heute schon einen sehr peinlichen Moment in der Öffentlichkeit gehabt.

Der Ton hatte jedoch auch etwas Heilsames. Ich war beim Töpfern scheiße, ich durfte es hassen. Es gab mir immer einen Hoffnungsschimmer, dass es mir diesmal gelingen würde, und dann, bumm, stand ich wieder lächerlich da. Doch jede Woche ging ich wieder hin. Aufgrund dieser Hoffnung.

»Du konzentrierst dich so angestrengt, ich fürchte, du kriegst davon Kopfschmerzen«, flüsterte Bec, und ich glättete meine Stirn, ohne aufzublicken. Wenn ich das schaffte, wenn ich diese alberne Herausforderung endlich bestünde, würde es mir prächtig gehen. Dann würde ich mich für Adam freuen können. Ich würde mich bei Lucas entschuldigen und meiner Mutter sagen können, dass ich meine Eier nicht einfrieren wollte. Von dem Zukunftsplan, den ich wie besessen verfolgte, würde ich mich verabschieden können. Wenn mir nur diese eine Vase gelingen würde. Ich war so nah dran, sie nahm schon Gestalt an, da war ich mir sicher …

Sie sackte unter meinen Fingerspitzen zusammen.

»So ein Kack!«, knurrte ich und fing von vorne an.

»Wusste gar nicht, dass du das Wort überhaupt kennst.« Meera kicherte, dann seufzte sie, weil ich nicht darauf einging. Ringsherum plauderten die anderen gut gelaunt, formten ihre Tonklumpen, und die Lehrerin gab ihnen Tipps.

Agathas leise Stimme schwebte über meine Schulter. »Hören Sie auf, das so ernst zu nehmen. Je mehr Sie den Ton beherrschen wollen, desto mehr wird er sich widersetzen. Gehen Sie entspannt mit ihm um. Lassen Sie die Dinge geschehen.«

Ich sah auf und presste extra die Lippen zusammen, konnte mich aber nicht bremsen. »Nein, wissen Sie, wenn ich entspannt mit allem umgehe, passiert gar nichts. Wenn ich nicht dafür sorge, dass es passiert, passiert es nicht, und der Tonklumpen bleibt ein Tonklumpen. Er wird nicht zur Vase. Er wird nur zur Vase, wenn ich eine Vase daraus mache, oder?«

Agatha sah mich neugierig an. »Ich weiß nicht, Liebes, ist das so?«

Ich ballte die Fäuste und schwieg. Agatha hielt inne, als suchte sie nach den richtigen Worten. »Es soll einfach nur ein bisschen Spaß bringen, Liebes. Sie können keine Vase, ich kann mich an keinen Mann binden oder meine PIN im Kopf behalten. Jeder hat seine Schwächen.« Sie klopfte mir auf die Schulter und schwebte davon.

»Du«, Meera zeigte auf mich, »gehst jetzt von der Töpferscheibe weg.«

Ich überlegte, mich zu weigern, gab aber nach. Ich ließ sie sogar sehen, wie es mir eigentlich ging. Den Schmerz, den Liebeskummer, die verdammte Erschöpfung von meinem permanenten Versuch, neu anzufangen und jedem vorzumachen, dass es mir gut ging. Dass ich nicht verbitterte, dass ich die Beliebtere war, weiter hoffte, weiter arbeitete, darauf vertraute, dass meine Träume noch zu verwirklichen waren. Ich sah sie an und ließ sie alles sehen.

»Du weißt es, oder?«, sagte sie traurig und ein bisschen verlegen. »Du hast es auf Facebook gesehen?«

»Du wusstest es längst?« Ich schüttelte den Kopf. »Ich habe sie zusammen gesehen. Vor dem Haus seiner Eltern.« Ich fühlte Tränen aufsteigen und atmete tief durch. Nein, ich hatte schon auf dem Bahnhof die Fassung verloren. Ich wollte nicht auch noch im Töpferkurs weinen.

»Oh Schatz«, sagte Bec, und da klang so viel Mitleid mit, dass meine Unterlippe zitterte. Mit ihren tonbeschmierten Fingern nahm sie meine Hände.

»Scheiß drauf«, sagte Meera und legte ihre obendrauf.

Der Anblick unseres schmutzigen Händehaufens brachte mich zum Lachen.

»Ich bin eine Idiotin.«

»Bist du nicht«, widersprach Bec leidenschaftlich. »Er ist ein Arschloch.«

»Ich hoffe, das Baby raubt ihm den Schlaf, bis es zwölf ist«, sagte Meera. »Es tut mir leid, dass ich es dir nicht gesagt habe. Es kam mir ... irgendwie grausam vor. Du hast dir so große Mühe gegeben, dir ein neues Leben aufzubauen ...«

Ich lachte. »Hab ich aber nicht, stimmt's? Ich habe bloß nach einem Ersatz gesucht, damit ich doch noch triumphieren kann. Außerdem ist er glücklich, und er darf glücklich sein. Er darf seine Meinung ändern.« Ich holte tief Luft. »Oh Gott, meine Mutter wird ausflippen. Sie meinte, ich hätte eine Schwangerschaft vortäuschen sollen, um das Problem zu lösen.«

»Deine Mutter sollte mal aufhören, mit den Theaterfans abzuhängen, die auf Drama stehen«, sagte Meera ernst. »Weißt du, was mühsamer ist, als ein Kind großzuziehen? Es mit jemandem großzuziehen, der es nicht haben wollte.«

Ich nickte und dachte an Lucas. »Ich weiß. Ich weiß es genau.«

»Du hast trotzdem geglaubt, er kommt zu dir zurück«, sagte Bec, und ich nickte.

»Das war mir nicht bewusst, aber es stimmt.«

Meera legte den Kopf schräg. »Und trotzdem trägst du das Kettchen nicht mehr.«

Sie und Bec sahen mich mit hochgezogenen Brauen an, als sollte ich jetzt eigentlich in einen Freudentanz ausbrechen und mich selbst feiern.

»Wisst ihr …« Ich holte tief Luft. »Ich habe wahrscheinlich ein größeres Problem.«

»Ist das zufällig ein eins fünfundachtzig großer Ire, der grauenhafte T-Shirts trägt und total verrückt nach dir ist?« Bec machte große Augen. »Ist nur eine wilde Vermutung.«

»Ich hab dir ja gesagt, unverbindlich kannst du nicht.« Meera tätschelte meine Hand. »Also suchst du dir natürlich den bindungsunfähigen Don Juan heraus.«

»Ich bin mir nicht sicher, ob er das wirklich ist.« Ich verzog das Gesicht und hob meine verschmierten Hände. »Das klingt bestimmt jämmerlich und so, als wollte ich ihn ändern, damit er in das Leben passt, das ich haben will, aber … so war er eigentlich gar nicht. Er war süß und liebenswürdig und hat auch Probleme, an denen er arbeitet. Und er hat versucht, mich genauer kennenzulernen, und ich habe nur immer behauptet, er wäre nicht, was ich suche. Passt nicht in meine Pläne.«

»Pläne ändern sich«, sagte Meera leichthin. »Sollten sie vielleicht sogar.«

»Heißt das nicht, seine Ansprüche zu senken? Seine Träume für einen Kerl aufzugeben?« Ich schüttelte den Kopf. »Ist das nicht das Schlimmste, was wir tun können?«

Bec lachte. »Babe, ich habe einen Mann kennengelernt, der Reihen von Buchstaben und Zahlen am allercoolsten findet und Star-Wars-Wackelkopffiguren sammelt. Und den habe ich geheiratet! Also anstatt um drei Uhr morgens von Margaritas stockbesoffen zu sein, bin ich zu Hause und esse selbst gemachte Pizza, lerne Häkeln und gucke mir die vierzehnte Staffel einer irren Serie an, die ich ohne ihn nie eingeschaltet hätte.« Sie lachte. Ihr schönes Gesicht strahlte vor Freude, und sie blies sich ein paar kurze Strähnen von den Augen weg. »Ich hatte nie vor zu heiraten. Wollte kein gesetztes Leben führen, mich nicht auf Dauer irgendwo niederlassen oder für den Corgi meiner Schwiegerfamilie etwas zu Weihnachten häkeln. Ich habe mein geplantes Leben über den Haufen geworfen, weil sich ein anderes ergab und ich das Gefühl hatte, nicht darauf verzichten zu wollen. Auf *ihn* nicht verzichten zu wollen.«

»Aber ... trauerst du dem Leben, das du eigentlich wolltest, nicht nach?«

»Ehrlich gesagt«, sie schüttelte den Kopf, »nicht wirklich. Vor meinen Kolleginnen tue ich so als ob, damit ich nicht klinge wie eine langweilige alte Kuh. Und wenn mich die Lust überkommt, habe ich euch beide, die ich mitten in der

Woche unter den Tisch trinken kann, und dann fühle ich mich wieder wie zwanzig.«

»Äh, nee, danke.« Meera verzog das Gesicht, dann drehte sie sich zu mir. »Hör zu, ich weiß, ich rede immer groß davon, sich nichts bieten zu lassen und eine Haltung zu haben und man selber zu sein. Aber manchmal rede ich auch absoluten Bockmist.«

Ich lachte schallend und hatte die Augen noch voll Tränen.

»Nein, wirklich.« Sie sah mich an, mit großen ehrlichen Augen. »Es war ein Fehler, das Jurastudium abzubrechen. Es war ein Fehler, keine Hilfe anzunehmen und eine feste Beziehung abzulehnen, nur weil ich nicht wollte, dass ich wegen der Pflichten meiner Tante gegenüber verlassen werde. Ich wollte nicht, dass ich es meiner Tante eines Tages übel nehme, dass ich keinen Lebenspartner habe wie jeder andere. Also … wurde ich die taffe Meera. Und jetzt bin ich einunddreißig und habe keine Ahnung, wie ich mich bei jemandem verwundbar zeigen kann oder wie man eine ehrliche Beziehung führt. Das würde ich aber gern können.«

Ich war so verblüfft, mir fiel buchstäblich die Kinnlade runter.

Meera prustete. »Wow, das habe ich bisher nur im Trickfilm gesehen.«

»Du hast zugegeben, dass du dich geirrt hast *und* dass du eine Beziehung willst«, jubelte Bec. »Ich hätte nicht verblüffter sein können, wenn du dich als schüchterne Mitläuferin geoutet hättest.«

»Oder als Außerirdische mit dem Auftrag, die Erde auszukundschaften«, sagte ich heiser.

»Oder als Cyborg aus der Zukunft, der uns alle vernichten soll«, sagte Bec. »Uns fällt bestimmt noch mehr ein.«

»Okay, danke.« Meera grinste sarkastisch. »Ich habe das allerdings gestanden, um Marina zu einem Entwicklungsschritt anzustoßen. Also lasst uns zum Thema zurückkommen, ja?«

Ich schaute von einer zu andern, und Meera zeigte mir ein zähnefletschendes Lächeln, während Bec die Daumen reckte.

»Na komm, Schatz, du kriegst das hin.« Meera nickte, als wäre ich ein Kind, das seine ersten Schritte machen soll. »Du hast ein Date nach dem anderen gehabt, vor lauter Panik, als Letzte übrig zu bleiben wie bei der Reise nach Jerusalem. Aber du spielst die Musik, du entscheidest, wann sie aufhört.«

»Ooh.« Bec nickte. »Das gefällt mir. Das solltest du dir aufschreiben.«

Wir verstummten, als Agatha laut in die Hände klatschte. »Meine Lieben, Ihre Kreationen von letzter Woche. Wie immer haben einige den Brennofen nicht überlebt. Das liegt in der Natur des Schaffens! Der Tod ist auch eine Form der Verwandlung ...«

Meera verdrehte die Augen. »Die sollte sich der Theatergruppe deiner Mum anschließen. Sie wäre der Knaller.«

Wir gingen zum anderen Ende des Raumes, wo Agatha stand, und ich zockelte hoffnungsvoll hinter den anderen her, sodass ich als Letzte bei dem Tisch ankam. Und da stand sie, meine traurige, plumpe Vase mit dem schiefen Hals, und sie hatte am Boden einen Sprung. Wir drei standen davor und betrachteten sie, während sich der Raum nach und nach leerte.

Agatha sah meine Verzagtheit und drückte mir die Schulter. »Ich denke, Ihr wahres Talent liegt bei Aschenbechern.« Damit ging sie hinaus und zog die Tür hinter sich zu.

Wir waren allein, und ich atmete tief durch.

»Ich werde jetzt etwas Superpeinliches tun, und ihr müsst so tun, als würde das gar nicht passieren.«

Sie nickten, und ich nahm das blöde misslungene Ding, hob es über den Kopf und schleuderte es mit aller Kraft auf den Boden, wo es mit einem dumpfen Schlag zerschellte, der mich sehr befriedigte. Ich stieß einen Jubelschrei aus. In dem Moment spürte ich, wie alle Wut und Frustration und Trauer von meinem lärmenden Kopf und gebrochenen Herzen hinabströmte in die Hände und mich durch die Fingerspitzen verließ. Da war kein Platz für Peinlichkeit, obwohl das ein irrer Rachemoment war. Ich öffnete ich die Augen und seufzte erleichtert.

Es war erledigt. Auf dem Boden lagen Brocken und Staub.

»Jetzt geht es mir besser.« Ich lächelte meine Freundinnen an und machte mich dann auf die Suche nach Handfeger und Schaufel. Ja, ich hatte einen Befreiungsschlag getan – aber das hieß nicht, dass ich andere die Scherben auffegen ließ.

»Wenn es bei dem Kurs darum ginge, Zeug zu zerstören, anstatt zu erschaffen, wäre ich enthusiastischer an die Sache herangegangen.« Meera hakte sich bei mir unter, als wir das Gebäude verließen. »Und jetzt lasst uns über unsere fantastische neue Zukunft reden.«

15

Wie schon oft übernachteten wir bei Bec auf dem Sofa und machten es uns gemütlich, mit Decken und Schlafsäcken, Rosé und schwarzem Tee und Plätzchen aus dem Laden an der Ecke. Matt streckte den Kopf herein, wünschte uns eine gute Nacht und warf uns eine Tüte Schokokugeln zu, bevor er uns allein ließ.

»Wie hat er meinen geheimen Vorrat gefunden?«, rief Bec aus, dann zuckte sie die Schultern und riss die Tüte auf.

Wir guckten romantische Komödien aus den Nullerjahren, die wir damals toll fanden, und redeten albernes Zeug, und als ich am nächsten Morgen aufwachte, lag ich zwischen den beiden, Bec hielt meine Hand, und Meeras Hand lag auf meiner Stirn.

Ich löste mich behutsam und ging duschen, um mich für die Arbeit fertig zu machen. Ich ließ die beiden schlafen und klebte eine Haftnotiz mit einem roten Kussmund und einem *Danke!* neben sie.

Als ich in der Bahn saß, sperrte ich Adams Nummer. Ein kleiner erkennbarer Erfolg.

Blieb noch das Problem mit Lucas.

Was sollte ich tun? Mich entschuldigen – auf jeden Fall. Aber danach? Nun ja, es konnte wohl nicht nur darum gehen, was ich wollte. Vielleicht war das mein Fehler gewesen. Anzunehmen, dass meine Wünsche und Pläne das einzig Wichtige waren.

Als ich ins Büro kam, spürte ich viele Blicke auf mir. Aber sie waren anders als zu der Zeit seines Blogs, nicht so, als wäre ich ein C-Promi. Diese Blicke waren ... missbilligend?

Ich setzte mich an meinen Schreibtisch und spähte durch die Glaswände zu seinem Büro. Normalerweise konnte ich von meinem Platz aus seinen Beanie und die dunklen Haare oder den tätowierten Arm sehen, wenn er im Stuhl zurückgelehnt einen Bleistift zwischen den Fingern drehte, doch im Augenblick nicht.

Ich wusste, es würde hart werden, mich zu entschuldigen, zu erklären, wozu die Dealbreakers-App gedacht war, dass ich damit gute Absichten verfolgt hatte. Dass ich damit aber falschgelegen hatte. Trotzdem sollte ich das besser früher als später tun.

Ich nahm meinen Mut zusammen und ging zu seinem Büro hinüber, wie schon viele Male zuvor, lehnte mich an den Türrahmen und schaute mich um. Aber er war nicht da. Martha blickte müde von ihrem Bildschirm auf. »Er ist weg. Ich dachte, du wüsstest das.«

»Weg?«

»Arbeitet wieder von zu Hause aus. Er meinte, es wäre wohl doch nichts für ihn, sich irgendwo dauerhaft niederzulassen.« Sie zuckte mit den Schultern und nahm die Brille ab, um die Gläser mit ihrem Pullisaum zu reinigen. »Jammerschade. Er war so ... fröhlich, weißt du? Quatschte auch mal gern. Hat mir hier die Tage versüßt. Es kommt selten vor, dass mal jemand fragt, wie die OP bei meiner Katze verlaufen ist, und mir dann auch wirklich zuhört.« Damit wandte sie sich dem Bildschirm wieder zu. Ich war entlassen.

Ich drehte mich um, und ringsherum schienen mich alle anzusehen, sogar die in den hinteren Büros. Es war, als hielten alle den Atem an.

Marie kam mit ihrem Laptop auf mich zu. »Marina? Hast du ein paar Minuten? Die Joes wollen dich sprechen.«

Oh Gott.

Ich versuchte, nicht in Panik zu verfallen, und nickte, lächelte sogar trotz zitternder Unterlippe. Ich folgte ihr den Gang hinunter. Sie klopfte an, streckte den Kopf in den Raum und bedeutete mir, hineinzugehen.

Bei den Joes im Büro war ich immer angespannt. Es war von jemandem eingerichtet worden, der verdeutlichen wollte, wie mächtig und dominant unsere Firmenleiter waren. Deshalb standen da zwei riesige Schreibtische einander gegenüber und deshalb gab es in der Mitte einen Papierkorb mit Basketballkorb, ein großes aggressives schwarzes Gemälde und in der Ecke einen hellblauen Leoparden, der hoffentlich kein echter war. Es war schon übel, so ein bedauernswertes Tier auszustopfen und erst recht, den toten Körper in Himmelblau den Rest seiner Tage in diesem Büro stehen zu lassen.

»Marina Bambina!«, rief Joey mir zu und stand auf. Auch Joe kam hinter seinem Schreibtisch hervor, neigte leicht den Kopf zur Seite und fragte. »Wie geht es dir?«

»Bestens! Gut! Und selbst?«, plapperte ich allzu enthusiastisch.

Joey tat die Frage mit einer Geste ab, als wäre das irrelevant, und kam mit federndem Schritt auf mich zu.

»Also, Mr Kennedy musste leider zurückreisen«, sagte Joe,

der hinter seinem Geschäftspartner stehen geblieben war. »Er hat sich entschieden, weiter freischaffend für uns tätig zu sein. Wir hatten ihm einen Vertrag angeboten, unabhängig vom Ausgang eurer Wette, weil wir fanden, dass er wirklich eine gute Energie ins Geschäft bringt, und weil wir seine Inhalte schätzen. Letztendlich sagte er aber, dass es seinem Gefühl nach doch nicht so ganz passt.« Er wartete auf meine Reaktion.

»Oh, das … kommt überraschend.«

»Ja, nicht wahr!«, bekräftigte Joey. »Das tut es wirklich! Er hat sich auch entschuldigt, dass ihr beide die letzte Aufgabe nun nicht erfüllen konntet. Es gab einen Notfall in seiner Familie, und er musste unverzüglich abreisen.«

»Hat er darüber mit dir gesprochen?«, fragte Joe mit leichtem Stirnrunzeln. Ich schüttelte den Kopf. »Hmm.«

»Nun, wie dem auch sei, du wolltest wahrscheinlich nicht auf diese Weise gewinnen, aber da dies von Anfang an dein Projekt war, kann ich nur sagen: Ende gut, alles gut, nicht wahr?« Joey wippte auf den Absätzen, sichtlich darauf erpicht, dass ich genauso begeistert war wie er. »Also bekommst du deine Beförderung. Du kannst an deiner Buchungsplattform für Gruppenevents weiterarbeiten und darfst dieses Jahr einen neuen Kollegen oder eine Kollegin einstellen. Wenn uns eure Arbeit gefällt, überlegen wir, nächstes Jahr zwei Neueinstellungen vorzunehmen.«

»Das ist …« *Genau das, was ich wollte, und ich habe es bekommen, weil ich jemanden gekränkt habe, der mich mochte.*

»Ach, und dein Gehalt wird natürlich auch erhöht!«, warf Joey ein. »Ein neuer Jobtitel ohne mehr Geld ist schließlich inakzeptabel!«

Meine Bosse gingen zum Small Talk über, und ich nickte

dazu. Schließlich bedankte ich mich und kehrte an meinen Schreibtisch zurück.

»Du machst ein Gesicht, als wäre dein Hund gestorben.« Harriet sah mich besorgt an. »Alles in Ordnung?«

»Er ist weg.« Ich sah zu der Sonnenblume, die in einem Bierglas am Fenster stand. »Ist abgereist.«

»So ist er nun mal, oder? Er kommt, macht sich eine schöne Zeit und geht wieder, wenn es ihm passt. Das steht in allen Bewertungen.« Sie zuckte die Schultern.

Ich blinzelte. »Du weißt von Dealbreakers? Du hast ihn da gesucht?«

Harriet seufzte. »Marina, du hast den Link in das Programmiererinnenforum gestellt. Wir sind beide Programmiererinnen. Ich benutze ihn! Habe ich zumindest. Ich lege beim Onlinedating gerade eine Pause ein. Mal sehen, wie viele schöne Begegnungen ich im echten Leben hinkriege.«

»Ich ... Warum hast du nichts gesagt?«

»Dachte, du wolltest das geheim halten. Das tust du mit vielem. Ich kann dich wirklich gut leiden, aber es ist schwer, dich besser kennenzulernen.«

Plötzlich dachte ich an den Abend im Park, als Lucas mich anstrahlte und sagte, es sei *echt schön, mich endlich kennenzulernen*. Jetzt wusste ich, was er meinte.

Ich sah Harriet an und versuchte, das alles zu verarbeiten. »Erinnerst du dich an den kleinen Italiener auf der New Grafton Street, wo du die Gnocchi so toll fandest?«

»Für die kannst du mich nachts wecken!« Sie runzelte die Stirn. »Oh Gott, sag nicht, der hat zugemacht!«

»Nein. Er hat hundert Bewertungen mit nur einem Stern bekommen.«

Sie verdrehte die Augen und lehnte sich entspannt in ihren Drehstuhl zurück. »Ja, weil die Leute hingehen und denken, das ist ein schicker Laden, und sie wollen Fünf-Sterne-Service und eine irrsinnige Weinkarte. Und stattdessen bekommen sie Paolo, der ihnen alles über das Kind der Friseurin von der Nichte seiner Frau erzählt und wie viele Pokémon-Karten er gesammelt hat und dass man nicht die Linguine will, weil die für Idioten sind, sondern die Fettucine.« Sie schüttelte den Kopf. »Das Essen ist fantastisch, aber man kann nicht hingehen und glauben, dass man bedient wird wie in anderen Restaurants.«

Ich sah sie an und zog demonstrativ eine Braue hoch, damit sie kapierte. »Du vertraust also nicht auf das Urteil dieser hundert Leute?«

»Ich denke, sie sind vermutlich mit den falschen Erwar... Oh.« Ihr dämmerte es. »Du meinst, Dealbreakers funktioniert nicht.«

»Ich habe etwas entwickelt, das für mich funktioniert, damit ich nicht so verwundbar bin. Und vielleicht hat es mir viele miese Dates erspart, aber wahrscheinlich sind mir dadurch auch viele gute entgangen.«

Harriet verzog das Gesicht. »Ich weiß nicht. In meinen Augen war das eine vernünftige Idee. Vielleicht braucht die App eine kleine Verbesserung, eine frische Perspektive.«

Ich nickte stirnrunzelnd und wandte mich meinem Computerbildschirm zu, um mich in die Arbeit zu vertiefen, doch meine Gedanken rasten. Da musste allerhand geplant und jemand eingestellt werden. Das war eine Gelegenheit, wirklich Eindruck zu machen. Doch ich sah nur Lucas' enttäuschtes Gesicht, als er die Bewertungen auf meinem Handy las, in denen er als Objekt, und nicht als Mensch betrachtet wurde.

»Und was ist mit der anderen Sache?«, fragte Harriet und blickte auf.

»Welche?«

»Dein italienisches Restaurant, das so falsch beurteilt wird.« Sie zog eine Braue hoch. »Holst du ihn dir?«

»Er ist weg. Er könnte schon irgendwo in Peru sein, wie ich ihn kenne.«

»Wenn du meinst.« Sie zuckte die Schultern und blickte wieder auf ihren Bildschirm.

Am Abend loggte ich mich in die Infrastruktur hinter Dealbreakers ein und recherchierte. Als ich sie aus dem Blickwinkel des Erschaffers betrachtete, nicht aus dem des Users, sah ich die Probleme sofort. Mit dem Laptop vor mir lag ich auf dem Bauch auf dem Bett und stützte kurz den Kopf auf die Arme.

»Scheiße.«

Das ganze System war fehlerhaft. Aber das lag nicht am Code oder an der App oder am Interface. Das lag an den Userinnen. Ich hatte versucht, Frauen vor Treffen mit miesen Typen zu bewahren und ihnen Zeit zu sparen. Sie sollten sich nicht mehr anhören müssen, wenn einer von seinem wahrhaft innovativen Podcast erzählte, in dem diskutiert wurde, warum wir eine »Ehefrauenschule« brauchten. Doch bei alldem hatte ich eine wichtige Tatsache nicht bedacht: Leute lieben es, im Internet Scheiß zu verbreiten.

Ich machte eine Sprachanalyse und stellte fest, dass achtundneunzig Prozent der Bewertungen negativ waren. Nicht nur negativ, sondern unfreundlich. Sie waren abwertend, sarkastisch, machten den Mann lächerlich. Frauen, die sich mit einem nichts ahnenden Mann getroffen hatten, machten sich über die Größe seiner Nase lustig oder zogen darüber her, dass er ein Fremdwort falsch aussprach.

Das hatte ich nicht gewollt. Doch meine Absichten zählten hier nicht. Wenn man sich auf eins verlassen konnte, dann darauf, dass Menschen Gutes mit schlechtem Verhalten verdarben. Mir war es um weibliches Selbstbewusstsein, um Solidarität unter Frauen gegangen, die einander halfen, den passenden Mann zu finden. Auf diese Weise konnte ein Date mit Mr Wrong eine andere Frau ihrem Mr Right einen Schritt näher bringen.

Aber vielleicht hatte Lucas recht, und es gab im Grunde keinen Mr Right, egal was die Filme und Romane uns erzählten. Vielleicht kam es nur darauf an, so lange glücklich zu sein, wie es ging, und dann mit Anstand loszulassen, wenn es vorbei war. Letzteres konnte ich noch nicht.

Als ich die App deaktivierte, schickte ich eine Nachricht an alle Userinnen:

Dieses Programm war ein soziales Experiment, das leider danebengegangen ist. Wir werden die App deaktivieren. Wir von Dealbreakers ermutigen euch, bei euren hohen Ansprüchen zu bleiben und an euren Wünschen festzuhalten. Bedenkt aber auch, dass ihr vielleicht erst wisst, was ihr wirklich wollt, wenn es auf euch zukommt, etwas Überraschendes sagt und damit euer Leben auf den Kopf stellt.

Und da wir alle nach Nähe und Verbundenheit suchen, bitten wir euch vor allem um eins: Seid freundlich.

Und dann war damit Schluss.

Hinterher fragte ich mich, was Lucas zu meiner Entscheidung gesagt hätte. Ich wusste, wie aufgebracht er war. Aber er hätte mich auch gefragt, wie ich mich fühlte, als ich die App deaktivierte, durch die ich monatelang nach vorn blicken konnte, nachdem meine Träume geplatzt waren.

Am Abend ging ich nach unten und setzte mich zu Bec und Matt, die fernsahen. Das hatte ich seit meinem Einzug nicht getan, aus Angst, ihre Zweisamkeit zu stören. Aber Bec blickte erfreut auf, als ich mich in den Ohrensessel setzte und die Beine unterschlug, und Matt lächelte mich überrascht an.

Sie saßen gemütlich auf dem Sofa und bingten alle Staffeln von *The Walking Dead*. Allerdings verpasste Bec das meiste, weil sie auf ihrem Handy scrollte oder einen unförmigen Hut häkelte oder Fruchtgummis kaute. Die beiden waren grundverschieden, er ein stiller, gelassener Typ mit einem ungepflegten Bart und einer Leidenschaft für Fehlerbeseitigung, sie mit ihrem gepflegten Stil, die gern mit Leuten zusammen war und Reality TV schaute. Und trotzdem liebten sie einander, hatten eine gemeinsame Zukunft. Ganz einfach. Wie war ich darauf gekommen, die beiden zusammenzubringen? Weil ich es gesehen hatte. Wie viel Freude sie aneinander haben würden. Dass bei ihnen der Small Talk in geistreiche Gespräche überginge, aus Blicken Nähe entstünde, sich obligatorische Elternbesuche zu abenteuerlichen Roadtrips entwickelten. Manche Menschen waren wie füreinander geschaffen.

Oh Gott, wie sehr ich Lucas vermisste!

Ich vermisste es, dass er auf alles, was ich sagte, die perfekte Erwiderung parat hatte, so schnell und pointiert, dass ich mir manchmal das Lachen verkneifen musste. Ich vermisste das Grübchen und sein Lächeln, wenn ich etwas Unerwartetes gesagt hatte. Ich vermisste seine blöden T-Shirts und wie er meine Arme oder meinen Rücken streichelte, bis ich zutiefst entspannt war wie eine in der Sonne dösende Katze. Ich vermisste es, gesehen zu werden. Einen Ebenbürtigen und ein Gegenüber zu haben. Jetzt war es, als säße ich allein auf einer Wippe.

Ich hatte ein ganzes Jahr damit vergeudet, etwas zu suchen, das es nicht mehr gab. Und ich hatte mir wochenlang vorgemacht, dass etwas Wunderbares nicht für mich bestimmt sei.

Ich stellte mir Lucas vor, wie er mich provozierte, mich fragte, was ich jetzt tun würde, ganz spöttisches Grinsen und Konfrontation, um mich herauszufordern, es besser zu machen.

Und in Gedanken antwortete ich ihm.

Es war Zeit, neu anzufangen.

16

»Bereit, heute ein bisschen zu zaubern, Liebes?«

Agatha lächelte mich an, als ich am Nachmittag den Klassenraum betrat.

»Sie meinen, ob ich bereit bin, meine Energie in den Tonklumpen strömen zu lassen, wie es gerade kommt?« Ich grinste, und sie schnaubte.

»Aber natürlich.« Sie legte eine Hand auf meine Schulter. »Scheitern Sie, scheitern Sie gründlich, scheitern Sie oft. Belohnen Sie sich mit Wein.«

»Das mit dem Wein habe ich schon gemeistert.« Ich zwinkerte und rief zu Pete hinüber, unserem siebzigjährigen Witwer, der das Leben voll auskostete. »Was sagen Sie? Soll ich es riskieren?«

In den letzten zwei Wochen hatten wir gewettet, ob meine jüngste Kreation im Brennofen zerplatzen würde. Und sie hatte es jedes Mal überstanden. Jedes Mal sagte Pete nicht gerade freundlich, dass sie besser zerplatzt wäre. Doch er schenkte mir immer Wein nach und stieß mir sanft mit dem Ellbogen gegen den Arm, und deshalb nahm ich es ihm nicht übel.

Außerdem versuchte ich mich nicht mehr an Vasen, sondern machte ... Kunst. Wahrscheinlich gab es kein anderes

Wort dafür. Für Bec hatte ich eine Schar Enten geformt, bemalt und glasiert, lauter punkige, pinke mit Kopfputz und großen Augen, eine Maus für Matt, die einer Computermaus ähnelte. Er reagierte ungeheuer höflich, als ich sie ihm gab, daher wusste ich, er fand sie schrecklich, schien sich aber zu freuen, dass er einbezogen wurde.

Und die Monstrosität aus der vergangenen Woche, zwei Salsatänzer für meine Eltern. Pete hatte recht gehabt, die totale Katastrophe. Heute wollte ich etwas für Harriet machen, vielleicht eine Schale oder eine Tasse, ein Dankeschön, weil sie mir eine echte Freundin war, nicht bloß eine befreundete Kollegin.

»Wissen Sie, was ulkig ist, meine Liebe?« Pete blickte mir über die Schulter. »Sie sind nicht mehr scheiße, seit Sie aufgehört haben, etwas Nützliches machen zu wollen. Allerdings würde sich beim Anblick dieser Maus jede Katze mit Grauen abwenden.«

»Gut, dass ich nicht empfindlich bin, was, Pete?« Dabei warf ich den Tonklumpen auf die Töpferscheibe. Er zwinkerte bloß.

Ich hatte ein paar Freunde gewonnen, eine seltsame Mischung von Leuten, die alle ihre eigene Geschichte hatten. Ich hatte mich bei der ersten Kursstunde von Lucas inspirieren lassen und ihm Fragen gestellt, zugehört, genickt. Sie hatten mich eingeladen, mit ihnen etwas trinken zu gehen, und der Rest war Geschichte. So einfach kann das sein.

Doch so gut ich es durch den Arbeitstag und zu meinem Töpferkurs geschafft hatte, und kurz danach würde ich mich mit Harriet im Pub treffen, um ihre Beförderung zu feiern ...

heute war ich mit den Gedanken woanders und auch nicht mit dem Herzen dabei.

Es war drei Wochen her, seit Lucas abgereist war. Ich hatte ihm E-Mails geschrieben, mich entschuldigt, erklärt, was für ein sonderbares Jahr ich hinter mir hatte. Keine Antwort. Na ja, das stimmte nicht so ganz.

Ich hatte ihm gestern Nacht noch eine E-Mail geschrieben und mir fest vorgenommen, dass es die letzte sein würde.

Vor drei Tagen war mein Geburtstag. Bin jetzt einunddreißig. Komisch, dass ich so panisch gewesen bin, weil die Zeit vergeht. Weil ich das unsichtbare Wettrennen gegen andere verlieren könnte. Als müsste ich ganz bestimmte Dinge in meinem Leben erreichen, obwohl ich mich nicht gefragt habe, ob ich sie haben will. Und weißt du was? Es war gar kein Problem. Ich habe eine Kerze ausgepustet, ein Stück Kuchen gegessen, bin um Mitternacht auf wundersame Weise ein Jahr älter geworden und ... nichts hat sich geändert. Na ja, nichts, außer dass ich jetzt erleichtert bin. Es ist kein Wettrennen. Das Leben ist kein Sprint. Ich genieße meine Zeit. Ich dachte, das möchtest du vielleicht wissen. Denn diese Erkenntnis habe ich von dir.
Die Kollegen im Büro vermissen dich. Sie sagen es nicht, aber ich merke es ihnen an. Ich habe versucht, den Verlust wettzumachen. Ich frage Martha, wie es ihrer Katze geht, und Tony, wie seine Stieftochter in der Schule klarkommt, und ich nicke und mache »Hmhm« genau wie du bei Keith, als es um sein (völlig widersinniges) Kraken-Wassernixen-Comic ging. Ich kann das nicht so gut wie

du, aber ich denke, dadurch wird der Büroalltag ein bisschen netter.

Ich weiß, ich schreibe dir nicht zum ersten Mal, dass es mir leidtut. Die peinlich langen E-Mails, diese Bleiwüsten, weil ich nicht genug Worte finde, um alles zu erklären. Ich frage mich, ob du sie mit dem Rotstift im Kopf gelesen hast, alles gestrichen hast, was du nicht glaubst, die Worte, die nicht richtig klingen. Ich frage mich, ob du sie alle gelesen hast. Ich würde dir keinen Vorwurf machen, wenn du nur meinen Namen gesehen und sie sofort gelöscht hast. Ich habe nur aufgrund der Meinung anderer ein Urteil über dich gefällt, und je näher du mir kamst und je mehr ich dich mochte, desto weniger habe ich von mir gezeigt. Weil ich nicht bereit war, loszulassen, was ich verloren hatte. Weil ich vielleicht nicht bereit war, mein Selbstmitleid aufzugeben.

Meine Eltern haben den Hobby-Donnerstag eingeführt, an dem sie etwas Neues ausprobieren, um eine neue Basis zu finden, zusammen neue Erfahrungen zu machen. Das Zusammensein mit dir und unser Wettstreit haben mich auf die Idee gebracht, denn wir waren gezwungen, zusammenzuarbeiten, produktiv zu kommunizieren. Meine Eltern macht es glücklich, neue Beziehungsgeschichten zu erschaffen.

Das ist ein Trost, nicht wahr, dass Leute nicht durch ihren Anfang definiert werden müssen? Meinst du nicht auch? Ich kann dir nicht immer wieder schreiben, dieser falschen Version von dir in meinem Kopf, über die ich mir Gedanken mache. Ich überlege, wie deine Antwort auf meine E-Mails ausfallen würde, wenn du ehrlich und verletzlich wärst auf deine typische tapfere Art. Oder vielleicht würdest du scharf und äußerst ärgerlich reagieren, nur weil ich das verdiene.

Also ist das wohl das letzte Mal, dass ich dir schreibe. Es bleiben nur noch zwei Dinge zu sagen:

Ich bereue es noch immer, und du fehlst mir.

M

x

Als ich um ein Uhr früh auf Senden tippte, war ich seltsam erleichtert. Als hätte ich endlich dem Drang, mich zu kratzen, nachgegeben. Als hätte ich mir endlich das verbotene Stück Schokolade in den Mund gesteckt und würde es auf der Zunge zergehen lassen. Wenigstens hatte ich gesagt, was ich sagen musste.

Und obwohl diese unbeantworteten E-Mails wie eine Flaschenpost mit weit hergeholter Hoffnung überfrachtet waren, blinzelte ich ungläubig, als ich diesen Morgen seine Antwort sah.

Mein Herz klopfte wie wild, meine Finger zögerten, die E-Mail zu öffnen, aus Angst vor dem, was ich dann lesen müsste. *Schreib mir nicht noch einmal. Ich verzeihe dir nicht, ich will deine Entschuldigungen nicht.*

Als ich sie öffnete, starrte ich eine volle Minute auf den Inhalt, und dann fing ich an zu lachen.

Lucas Kennedy, gefeierter Werbetexter, war so überschwänglich, wie es nur ging.

K hatte er geschrieben. Nur *k*.

Die bequemste, passiv-aggressivste, ärgerlichste Antwort, die es für eine Frau geben konnte.

Und dieser eine kleine Buchstabe entfachte Hoffnung.

Ich überlegte gerade, was ich damit anfangen sollte.

Bei der Busfahrt vom Töpferkurs zum Treasure erlaubte ich mir zehn stille Minuten, in denen ich nur über diesen Buchstaben nachdachte. K k k k. Und dann stieg ich aus, atmete tief durch und setzte ein Lächeln auf. Denn ich würde mit Harriet feiern, und das war das einzig Wichtige.

Sie saß schon an der Theke, das Kinn in die Hand gestützt, und lachte mit Meera.

»Hey! Da ist sie ja!« Harriet sprang von ihrem Hocker, um mich zu umarmen. »Hallo, du tolle, schicke Chefin.«

»Na hallo, Miss Senior Developer, schön dich zu sehen.« Ich setzte mich auf den Barhocker neben ihr, und Meera stellte mir auch schon ein Glas Wein hin.

»Hey«, sagte sie lächelnd. »Hast du Harriet schon deine neue Bude gezeigt?« Sie legte den Kopf schräg, und Harriet streckte die Hand aus, damit ich ihr mein Handy überließ. »Los, lass sehen!«

Ich gab es ihr, und sie wischte durch die Fotos.

»Oh mein Gott, die ist superschön! Sie hat sogar eine Frühstückstheke!«

Die hatte sie. Keinen Garten, aber dafür einen Balkon mit Blick aufs Wasser. Wem wollte ich was vormachen? Ich konnte nicht mal einen Kaktus durchbringen.

»Nur zur Info, ich bin nicht der Umzugshelfertyp von Freundin. Ruf mich am Umzugstag nicht an, ich lasse mich nicht mit einer Pizza überreden.« Harriet grinste mich an und gab mir das Handy zurück. »Aber sie ist schön. Bitte sag mir, dass du darin Neonschilder aufhängst, dir einen Barwagen reinstellst und Möbel kaufst, die für Kinder ungeeignet sind.«

»Was … du meinst eine Sexschaukel und eine Tanzstange?« Meera beugte sich grinsend über die Theke. »Nicht wirklich dein Stil, oder, Rina?«

»Ich dachte mehr an ein weißes Sofa und einen Glastisch.«

Meera schüttelte den Kopf. »Hat keinen Zweck. Ich kleckere viel und habe vor, ständig bei dir abzuhängen.«

Meine neue Wohnung lag zufällig in der Nähe des Colleges, wo Meera ihr Studium zu Ende bringen würde. Sie hatte ihre Cousinen gebeten, ihrer Tante häufiger Gesellschaft zu leisten, und hatte außerdem eine Pflegerin engagiert. Es war höchste Zeit. Die gemeinsame Übernachtung bei Bec hatte nicht nur mich zu Veränderungen angeregt.

»Und ich bin ungeschickt. Ich würde gegen den Glastisch laufen«, log ich und dachte dabei an jemand anderen. Stellte mir vor, wie er sich auf das Sofa warf, mit den Füßen unter die Glasplatte stieß und sie einen Sprung bekäme. Ich sah sein entsetztes Gesicht vor mir.

Meera ging einen Stammkunden am anderen Thekenende bedienen, und Harriet neigte sich zu mir und senkte die Stimme. »Sag mal … deine Freundin Meera …«

»Ich weiß, sie kann ein bisschen abschreckend wirken, aber sie ist eine ganz herzliche, nette Person. Loyal und scharfsinnig und lustig. Einfach großartig.«

Sie sah mich an. »Ich weiß. Ich wollte dich fragen, ob sie mit jemandem zusammen ist.«

»Du willst sie verkuppeln?« Ich zog die Brauen zusammen. »Ich weiß nicht …«

»Nein, ich frage meinetwegen.« Sie zog eine Braue hoch und wartete darauf, dass ich was Falsches sagte.

»Du … du datest Bodybuildertypen, die kaum ihren Namen buchstabieren können und nur in Drei-Wort-Sätzen reden.«

»Da muss ich widersprechen.« Sie grinste. »Mit denen *schlafe* ich. Ich *date* scharfsinnige, lustige, an Theken arbeitende, angehende Juristinnen, die ihre Familie lieben und sich um ihre Freundinnen kümmern und all das leugnen, weil sie taff erscheinen wollen. Das heißt, wenn ich so eine finde.«

»Na … ein Versuch kann nicht schaden.«

»Du meinst, sie wird Nein sagen?«, fragte sie nüchtern.

Ich betrachtete ihre Harajuku-Aufmachung, ihre pinken fingerlosen Handschuhe, die genau zu ihrem Nagellack passten, und zuckte die Schultern.

»Du bist ein bisschen bunter als ihr bisheriger Typ.«

»Manche Leute sehnen sich nach etwas mehr Farbe und Schönheit in ihrem Leben«, erwiderte sie hochnäsig.

»Wer sagt was von Schönheit?«

»Du hast das versehentlich weggelassen.« Sie grinste mich an. »Jedenfalls, ich habe ein Geschenk für dich.«

Sie drückte mir ihr Handy in die Hand, auf dem schon eine rudimentäre App geöffnet war.

»Meet My Friend?« Ich sah sie stirnrunzelnd an.

»Ich habe dein Dealbreakers-Konzept ein bisschen verbessert.«

Ich hob die Hände und schüttelte den Kopf. »Oh, nein, Harriet, ich …«

Sie riss die Augen auf. »Lässt du mich bitte ausreden?«

Ich nickte und empfand dieses sonderbare Gefühl von Panik.

»Dealbreakers wurde mit einer guten Absicht gestartet, aber verdorben durch das furchtbare Verhalten der Userinnen. Also lass uns damit arbeiten. So wie du Bec und Matt zusammengebracht hast, können wir anderen helfen, ihren Freunden zu helfen. Sie schreiben eine Empfehlung über den Menschen, den sie mögen, damit derjenige ein Date bekommt. Wie ein Zeugnis.«

Sie spreizte die Hände und wartete darauf, dass ich mich beeindruckt zeigte.

»Das hast du entwickelt?« Ich navigierte mich durch die Funktionen. »Das ist gut.«

»Das ist ein grober Entwurf, und ich bin keine App-Entwicklerin. Aber zusammen … könnten wir etwas Gutes zustande bringen, oder? Wir verschaffen den Datern die freudige Aufregung, wenn die Freunde wissen, dass man einen netten Menschen mag, und alle vor Spannung ganz albern werden. Wir nehmen *Gemeinschaft* als Grundlage. Jeder, den ich kenne, hat ein bedauernswertes Liebesleben. Wir alle treffen ungute Entscheidungen, wenn wir uns selbst überlassen sind. Du bist das beste Beispiel dafür. Es braucht ein Dorf, um den richtigen Menschen zu finden und sich für ihn zu öffnen.«

Ich zog eine Braue hoch. »Um die Stichelei erst mal zu ignorieren … die App braucht einen besseren Namen. My Friend Thinks Your're Cute dot com oder etwas in der Art. Mates and Dates … Bec wird jede Menge Ideen haben. Sie ist bei Markennamen besser.«

Harriet grinste mich an. »Also bist du dabei?«

»Sicher – ich kann kaum noch mehr Schaden anrichten. Warum nicht feiern, dass die Freunde einen besser kennen als man sich selbst? Erkennen, was man verdient hat, und es für dich einfordern? Das gefällt mir.«

Meera kam zurück und sah uns neugierig an.

»Was ist hier gerade passiert?«

»Wir werden die Datingszene verändern«, sagte Harriet zuversichtlich, und plötzlich fiel mir auf, wie sie den Kopf zur Seite neigte und wie entschlossen sie guckte, als sie Meera anlächelte. Ha.

»Wow, ein großer Tag.« Meera hob ihr Glas Wasser, das sie hinter dem Tresen stehen hatte, um uns zuzuprosten, und wir stießen miteinander an. »Auf Harriet, die befördert wurde und trotzdem noch mehr will, wie es sich für die Besten gehört.«

»Und auf Marina, die weiß, was sie als Nächstes tun muss«, sagte Harriet und zog eine Braue hoch.

»Geld für dich scheffeln mit unserem neuen Unternehmen, in das ich gerade eingestiegen bin?«

»Nein ...« Sie schüttelte den Kopf. »Akzeptieren, dass die neue Marina den Richtigen bereits kennengelernt hat. Er ist lustig und warmherzig und entspannt, hat dich gezwungen, Neues auszuprobieren und damit klarzukommen, dass du manches schlecht kannst, und Leuten eine Chance zu geben. Du bist offensichtlich nicht mehr scheiße in Small Talk. Ich hörte dich gestern im Aufzug mit Clive übers Wetter reden. Du hast dich endlich mal nicht beschwert, wie langweilig das war!«

»Du kannst nicht behaupten, dass meine Entwicklung einzig und allein auf einen gewissen Mann zurückzuführen ist«, widersprach ich. »Das ist unfair.«

Meera lächelte mich an und stieß in das gleiche Horn wie

Harriet. »Aber wir können deinen einjährigen Stillstand einzig und allein auf einen anderen gewissen Mann zurückführen? Na komm, sei mutig. Geh auf ihn zu.«

»Hört mal.« Ich kippte zuerst die Hälfte meines Weins hinunter. »Ich ziehe gerade meine Lehren aus dem vergangenen Jahr. Ich entwickle mich. Und ich werde keinen Dingen nachjagen, die nichts für mich sind. Ich werde nicht herumsitzen und mich bemitleiden. Ich sehe nach vorn, werde mein Leben voll ausschöpfen, aber zu meinen Bedingungen.«

»Und wir sind sehr stolz auf dich …«, begann Harriet und blickte Meera an, damit sie ihren Senf dazugab.

»… aber er hat dich glücklich gemacht, und der Sex war gut, und du hast viel gelacht.«

»Außerdem schmachtet er nach dir in jedem Beitrag auf unserer Website.« Harriet lachte, und ich drehte so abrupt den Kopf zu ihr, dass es mir im Nacken wehtat.

»Wie bitte?«

»In seinen Blogbeiträgen über eure Dates. Es gibt einen neuen.«

»Aber … wir haben unsere letzte Aufgabe nicht erfüllt.« Der Drang, ins Handy zu gucken, war überwältigend, aber ich widerstand. »Wisst ihr, wir sind hier, um deine Beförderung zu feiern, und jetzt jammern wir wieder über mein Liebesleben. Wenden wir uns lieber wieder dir zu.«

»Zwing mich doch.« Harriet lachte, dann wandte sie sich Meera zu und fragte sie nach ihrem Alltag. Sie war geradeheraus, mit sich selbst im Reinen, und sie spielte keine Spielchen, und Meera war genauso. Beide hatten eine wohlwollende Art, konnten aber hart sein, wenn es nötig war. Meera konnte auf betrunkene Idioten so bedrohlich wirken, dass sie freiwillig den Pub verließen, und Harriet hatte mal einem Kollegen aus dem Vertrieb in genau dem richtigen Ton kurz und prägnant erklärt, warum er sie nicht mit Darling anzusprechen hatte, und ihn damit zum Schweigen gebracht. Doch wie viel Verständnis würde Harriet für Meeras begrenzte Freizeit aufbringen? Und würde Meera sich auf eine jüngere Frau einlassen, die noch zu Festivals ging und viel Zeit damit verbrachte, sich jedes Jahr aufwendige Halloween-Kostüme zu nähen? Auf den ersten Blick schienen sie nicht das perfekte Paar zu sein.

Doch ich beobachtete Meeras Gesicht, ihr träges Lächeln und wie sie lachte, wenn sie um die Wette witzelten, wie sich dabei ihre Schultern entspannten und der Druck von ihr wich. Vielleicht war Harriets Idee gar nicht so übel. Schließlich verkuppelten Leute ihre Freunde seit eh und je. Auch so konnte eine Beziehung anfangen.

Ich nahm mir fest vor, zu warten, bis ich zu Hause war. Bis ich sicher im Bett unter meiner Decke lag, umgeben von Umzugskartons, die diesmal aus einem erfreulichen Grund gepackt waren.

Ich hielt nicht mal bis zur Bushaltestelle durch. Ich schlüpfte nach draußen und überließ Meera und Harriet ihrem lächelnden, scharfsinnigen Zwiegespräch, um durch die Seitengasse in den Personalgarten zu gehen. Das Fleckchen Kunstrasen, wo ich mit Meera schon unzählige Mal gesessen und Bacon-Sandwiches vertilgt, gejammert und ihr beim Rauchen zugesehen hatte.

Ich lehnte mich an die kühle Ziegelwand, schloss kurz die Augen und raffte meinen Mut zusammen, unsicher, was ich sehen wollte, wenn ich den Blog öffnete. Eigentlich war das gelogen. Ich wusste genau, was ich sehen wollte. Ich wusste nur nicht, was ich dann damit tun würde.

Lucas hatte seinen Blog über unsere Erkundungen »Fake-Dates« genannt. Ich hatte alle Beiträge darin gelesen, jeden Satz auf verborgene Bedeutungen abgeklopft, auf Nuancen und Andeutungen geachtet und in einem gewissen Grad versucht, mich mit seinen Augen zu sehen. Er hatte mich freundlicher, lustiger und scharfsinniger dargestellt, als ich mich selbst sah.

Aber er hatte nicht über unser letztes Treffen berichtet, und ich wusste nicht, wie er sich dazu äußern wollte.

»Schluss mit der Feigheit, Marina«, zischte ich leise. »Lies den verdammten Text.«

Als ich einmal angefangen hatte, konnte ich gar nicht schnell genug lesen.

> An unsere Leser: Leider ist die Zeit gekommen, um sich von Fake-Dates zu verabschieden. Der Wettstreit ist vorbei, und die gemeinsame Zeit nähert sich dem Ende. Diese Freizeitaktivitäten auf unserer Seite sind nur ein paar von den wunderbaren, verrückten Dingen, die ihr ausprobieren könnt, ob ihr mit Freunden ausgeht oder ob ihr wie ich versucht, eine Frau zu beeindrucken, die in einer ganz anderen Liga spielt als ihr. Vielleicht wollt ihr einen sehr wichtigen Jahrestag feiern und dafür alle Register ziehen, bei einem Heiratsantrag Furore machen oder einfach dem/der Ex auf Social Media zeigen, wie verdammt gut es euch jetzt geht.
>
> Damit will ich Folgendes sagen: Wählt einen Partner, der sich reinhängt, der keinen Rückzieher macht, der euch

wirklich kennenlernen will, ob ihr miteinander Äxte werft oder Forró tanzt oder Tequilas kippt. Das macht die ganze Sache erst richtig schön. Wir garantieren eine magische Nacht, egal wo ihr hingeht, denn ob Boxunterricht oder unvergessliche Zechtour, es gibt keine bessere Art sich in jemanden zu verlieben, als ihn bei etwas zu erleben, was er überhaupt nicht kann, und sich dabei vor Lachen zu kringeln.
Also passt auf euch auf, ihr unerschrockenen Abenteurer. Ihr mögt bei der Date-Planung gewinnen, aber vielleicht euer Herz dabei verlieren.

Zuerst fingen meine Hände an zu zittern. Ich schaute nach, wann er den Text gepostet hatte. Am Morgen. Ein paar Stunden nach meiner E-Mail und dem einsamen k.

Ich hätte vorsichtig und vernünftig sein und abwarten können … aber ich war es leid, abzuwarten. Ich war es leid, etwas anderes zu tun, als mir zu nehmen, was ich wirklich wollte. Zu wissen, dass da draußen das Glück wartete und nicht den Mut aufzubringen, danach zu greifen, das war unerträglich geworden.

Er hatte gesagt, wir könnten eine Weile Spaß haben, aber nicht für immer. Es machte mich zwar verwundbar, aber wenn nicht mehr zu kriegen war als eine Weile, dann würde ich sie nehmen. Dann hätte ich wenigstens Mut bewiesen. Er war es wert, Mut zu zeigen, egal wie lange oder kurz ich ihn haben würde.

Sieben Minuten später buchte ich einen Flug nach Belfast.

17

Ich hatte ganz vergessen, wie ungern ich flog. Es war ewig her, seit ich in ein Flugzeug gestiegen war, und das hatte ich nie allein getan. Doch ich hielt die Augen geschlossen, die Fäuste geballt und prägte mir ein, was ich sagen wollte.

Joe und Joey hatten meinen Plan überraschend positiv aufgenommen, als ich sie um sechs Uhr früh anrief, und als ich ihnen die Zahlen darlegte, konnten sie nichts dagegen anführen. Okay, sie waren durchaus erstaunt gewesen und hatten behutsame Bedenken geäußert, gefragt, ob ich mir ganz sicher sei. Doch der Plan entsprach meiner neuen Persönlichkeit.

Schamlos, sehr verwundbar, menschlich. Trotzdem, man konnte sein Herz auf der Zunge tragen und man konnte es sich auf den Kopf legen wie einen Apfel und die Leute auffordern, darauf zu schießen.

Doch wenigstens war ich bei der Reise voller Vorfreude. Ohne die Gewissheit, dass dieses Szenario nicht nur in meinem Kopf existierte.

Aber das war mir egal.

Nach der Taxifahrt vom Flughafen – der Fahrer fing immer wieder eine Unterhaltung mit mir an, und ich brachte es nicht über mich, ihn abblitzen zu lassen – stand ich vor seiner Adresse und schaute auf die Tür eines ganz gewöhnlichen Hauses. Den Briefumschlag hielt ich mit beiden Händen, als wäre ich völlig aufgewühlt. Und na ja, das war ich. Wem wollte ich was vormachen?

Ich klopfte, bevor ich mich feige davonmachen konnte, und hielt den violetten Umschlag mit verkrampften Fingern vor dem Mund, als wollte ich mich dahinter verstecken. Oh Gott, wenn ich mich geirrt hatte ...

Als die Tür aufging, linste ich über den Umschlag hinweg und sah den Schreck in seinen grünen Augen, dann machte er ein möglichst ausdrucksloses Gesicht und zog eine Braue hoch.

»Na, das ist eine ziemliche Überraschung, Spicer. Du direkt vor meiner Tür.«

»Ich bin offiziell hier.« Ich wedelte mit dem Umschlag und ärgerte mich über meinen scharfen Ton.

Er kniff die Lippen zusammen, aber nur leicht. Er lehnte sich weiter an den Türrahmen, als gäbe es keinen Ort, wo er lieber wäre. »Ich habe nichts anderes angenommen.«

Oh doch, du Lügner, das hast du. Und das solltest du auch.

»Joe und Joey wollen dir einen Vorschlag unterbreiten, auf ihre spielerische Art, aber vorher sollen wir die letzte Freizeitaktivität ausprobieren, die sie für uns geplant hatten.« *Bitte kauf mir den Unsinn ab. Ich gebe mir wirklich Mühe.*

»Die erwarten, dass ich meinen Arsch nach London schleppe, um in die Chiltern Hills rauszufahren und zu wandern?«

»Nee, denn zum Glück gibt's hier in der Nähe auch so was. Den Cavehill zum Beispiel? Hast du Lust?«

Schlag mir das nicht ab, Kennedy. Sei mutig, sei stur. Sei du.

Er zuckte die Schultern, griff nach seinem Mantel und zog die Tür hinter sich zu.

»Hau mich bloß nicht um vor Begeisterung«, sagte ich und kehrte die alte Marina hervor, die er behauptete zu mögen. Seine Lippen zuckten, und ich verbuchte das als Punkt für mich. Doch er blieb still.

Ich ging los, glaubte, er würde mir folgen, doch er war vor seiner Tür stehen geblieben.

Ich sah ihn böse an, und er zog eine Braue hoch, keiner sagte ein Wort. Die schweigende Auseinandersetzung war neu.

Er drückte auf seinen Schlüssel, und an dem Wagen vor dem Haus flammten kurz die Scheinwerfer auf. Er öffnete die Beifahrertür, stieg auf der anderen Seite ein und wartete auf mich.

»Es sei denn, du fährst für den Spaß lieber zwei Stunden mit dem Bus«, rief er.

Grollend kniff ich die Lippen zusammen und stieg ein. Ich ließ mir nicht anmerken, wie beschwingt ich war, als ich ihn für eine Sekunde lächeln sah. Zwischen uns lief es wieder wie gewohnt. Vielleicht ein bisschen anders, ein bisschen vorsichtiger, aber doch wie gehabt.

Er war ein vorsichtiger Fahrer, was mich überraschte, und ihn kostete es sicher einiges, mit mir keinen Small Talk anzufangen. Er rückte die Spiegel zurecht, trommelte mit den Fingern aufs Lenkrad, schaltete Musik ein und summte. Er gab sich völlig sorglos. Doch ich kannte ihn. Sein Schweigen war verräterisch.

Das brachte mich zum Lächeln, und ich drehte den Kopf zum Seitenfenster, um es zu verbergen. Die Lücken zwischen den Häusern wurden größer, und die grüne Umgebung wurde sichtbar.

Als wir angekommen waren, machte er eine Geste, als wollte er mir die Führung überlassen.

»Zum ersten Mal haben wir keinen Leiter, den du mit deinem Charme auf deine Seite ziehen könntest«, sagte ich, nur um zu sehen, ob er darauf ansprang.

Er zog eine Braue hoch, erwiderte aber nichts.

Okay, wie du willst.

Ich entschied mich für eine Richtung und ging los. Nach ein paar Schritten drehte ich mich um und sah, dass er mir nicht folgte. Er schmunzelte nur.

»Du hast offenbar keine Ahnung, wo es langgeht.«

Ich wühlte in meiner Tasche. »Ich habe eine Karte ausgedruckt …«

»Soll ich die Führung übernehmen?«

Ich hielt inne und sagte nichts, sah ihn nur an und nickte.

Daraufhin nickte er auch, und gerade als ich glaubte, er würde etwas Bedeutsames äußern – etwa, dass er wirklich verstand, was ich ihm zu sagen versuchte –, da schlug er eine ganz andere Richtung ein und marschierte los.

»Der Tanzlehrer hatte recht«, sagte er über die Schulter. »Du lernst, dich führen zu lassen.« In der Hoffnung, dass er sich umdrehte, starrte ich wütend auf seinen Hinterkopf. »Und lass dir ja nicht einfallen, die ganze Zeit auf meinen Hintern zu gaffen. Ich kenn dich doch, Spicer.«

In meiner Brust flackerte etwas auf. Hoffnung. Ich stapfte schweigend hinter ihm her. Allmählich wurde er langsamer. Ich folgte ihm den Pfad hinauf und überlegte, wie ich anfangen sollte.

Nach weiteren fünf Minuten wartete er, bis ich zu ihm aufgeschlossen hatte und neben ihm ging. Endlich hatte ich Gelegenheit, einen Blick auf sein T-Shirt zu werfen. Es war eins mit Scooby-Doo.

Ich verkniff mir ein Grinsen.

»Was?«

»Nichts.«

»Was hast du gegen mein T-Shirt? Ist es zu albern für jemanden mit deiner hochgeschätzten Erwachsen…heit?«

Ich sah ihn an und zeigte meine Belustigung. Und dann grinste ich. »Nein, ich habe deine dummen T-Shirts vermisst, das ist alles.«

Sein Gesichtsausdruck war absolut köstlich. Er guckte, als hätte ich verkündet, nach Simbabwe zu ziehen und Okarina zu lernen.

»Oh«, sagte er schwach und ging weiter.

Rechts, links, rechts, links, wir stapften vor uns hin. Ich wusste, das Schweigen machte ihm mehr aus als mir. Ich wollte nur Zeit gewinnen. Aber Lucas, der durch Geselligkeit und Action aufblühte, für den war das zu viel.

»Ich habe ein paar von den Frauen angerufen, die ich mal gedatet habe, und habe mich entschuldigt«, sagte er plötzlich ernst. »Mir ist nicht klar gewesen, was ich tat. Na ja, in gewisser Hinsicht schon. Ich dachte, wenn ich es von vornherein klar sage, dann habe ich meine Pflicht erledigt. Ich war ehrlich. Ich dachte nicht …«

»… wie wahnsinnig charmant du bist?«, sagte ich, und seine Lippen zuckten. Mein Herz klopfte wie wild.

»Dass Charme unlauter sein kann. Nachdem die Verlobung geplatzt war, habe ich anscheinend … gewisse Dinge vermeiden wollen. Ich will keiner sein, der anderen ein schlechtes Gefühl gibt. Ich will nicht so sein, wie die Frauen mich in der App dargestellt haben. Ich habe mich für besser gehalten.«

Ich reagierte behutsam. »Ich denke, das bist du.« Er wollte mich unterbrechen, doch ich ließ es nicht zu. »Abgesehen von der Tollpatschigkeit. Du bist wirklich grauenhaft.«

»Sagt die Frau, die mir fast den Kopf abgeschlagen hätte.«

»Das entscheidende Wort ist ›fast‹.«

Wir gingen wieder eine Weile schweigend nebeneinander, nickten den Wanderern zu, die uns entgegenkamen oder überholten und die besser ausgerüstet waren als wir. Ich hatte mir nicht überlegt, welche Auswirkungen eine romantische Geste haben konnte, bei der man derart ins Schwitzen und außer Atem geriet. Und das nicht mal durch etwas Schönes.

»Wie geht es Millie?«, fragte ich, um meine Gedanken auf etwas anderes zu lenken.

Er bedachte mich mit einem kurzen, aber ehrlichen Lächeln. »Eigentlich ganz gut.«

»Obwohl du … wieder hier bist?«

Er verzog das Gesicht. »Wie es jeder von mir annimmt. Dass ich nie bleibe. Sie verzeiht mir, vielleicht weil sie der beste Mensch der Welt ist. Hast du deine schicke Wohnung gefunden?«

»Ich ziehe nächste Woche ein. Sie ist ganz anders als geplant.« Ich lächelte in mich hinein.

»Also nicht im Erdgeschoss mit Garten und sehr hell, mit Frühstückstheke und einem guten Geschäft in der Nähe und was noch alles.« Er zog eine Braue hoch, und ich lachte kurz auf.

»Dritter Stock, Balkon, relativ dunkel, aber mit Frühstückstheke. Meine neuen Nachbarn haben mir eine Tüte italienische Kekse geschenkt, und beim Morgenkaffee kann ich Enten sehen. Sie ist perfekt.«

»Perfekt? Obwohl sie fast keinen deiner Ansprüche erfüllt?«

Wir gingen kameradschaftlich nebeneinander her, und ich atmete auf. »Manchmal muss man seine Ansprüche überdenken. Oder was man für die richtigen Veränderungen hält.«

Lucas schaute in die Ferne, dann sah er mich an. »Ich habe das Gefühl, du willst hier auf etwas Bestimmtes hinaus, Liebes, und ich spüre meine Beine kaum noch. Können wir uns mal eine Weile setzen?«

Ich seufzte erleichtert, als er mich Liebes nannte. Es legte sich um meine Schultern wie eine Decke, und ich nickte. Er ging zu einer Bank am Rand des Abhangs und ließ sich darauf nieder, um in die Ferne zu schauen.

»Die Höhe macht dir nichts aus?«, fragte ich, und er schüttelte den Kopf.

»Solange ich mich nicht in den Abgrund stürzen soll. Und dir?«

Ich spähte über die Kante und zog mich hastig zurück. »Solange ich nicht runtersehe.« Ich ließ mich neben ihn plumpsen, holte meine Flasche Wasser aus der Tasche und trank ein paar Schlucke, bevor ich sie ihm anbot.

Er nahm sie ohne Zögern, trank aber nicht. Stattdessen hielt er sie nur und schaute über Belfast.

»Also hat der Ex jetzt ein Baby …?«

Voll ins Schwarze, Lucas. Toll.

»Anscheinend haben sie ein kleines Mädchen. Sie ist süß, laut meiner Mutter jedenfalls.« Ich zögerte. »Es wird erwartet, dass man das sagt, nicht wahr? Sagt man, sie hat einen Eierkopf und ausgeprägte Augenbrauen, klingt man zickig. Meine Mutter ist seiner Mutter über den Weg gelaufen. Er ist glücklich. Ich bin glücklich. Ich habe seine Nummer geblockt. Wir haben uns nichts mehr zu sagen.«

»Es ist schwer, ein Stück Vergangenheit einfach zu streichen.«

»Nicht wenn einem klar geworden ist, wie sehr es einem im Weg stand.« Ich deutete auf meinen Hals, und er sah verwirrt hin. Dann kapierte er.

»Die Kette hatte er dir geschenkt.«

»Und versprochen, dass wir immer zusammenbleiben.« Ich lachte. »Schrecklich, das jemandem zu versprechen.«

»Lern mal meine Eltern kennen: Manchmal ist das eher eine Drohung als ein Versprechen.«

Ich lachte, und es klang furchtbar nervös. »Entschuldige, ich weiß nicht, was das war.« Hustend nahm ich die Wasserflasche zurück.

Er drehte sich zu mir und sah mir in die Augen, zum ersten Mal, seit ich vor seiner Tür aufgekreuzt war. »Wie lange willst du mich noch auf die Folter spannen?«

»Ich dich auf die Folter spannen?«

»Du bist hergekommen, um etwas loszuwerden. Also sag es einfach. Ich weiß nicht, wie lange ich diese distanzierte Höflichkeit noch aushalte. Das sieht uns doch gar nicht ähnlich.«

»Oh, das Angebot.« Ich holte den Umschlag heraus. »Natürlich, entschuldige. Die Recherche hat ergeben, dass deine Idee solide ist. Die Bosse wollen, dass du zurückkommst, als Projektmanager deine eigene Abteilung aufbaust, den Datingaspekt der Plattform betreust. Neuer Jobtitel und mehr Geld. Damit könntest du es dir leisten, in der Nähe deiner Schwester zu leben, wenn du das noch willst … und weiter deine Blogbeiträge schreiben. Die sind sehr gut angekommen.«

»Oh, wirklich?«

»Ja, absolut«, sagte ich ernst.

»Und warum sollte ich nach London zurückwollen?«

Ich warf die Hände hoch. »Weil du das von Anfang an wolltest? Um von deiner Ex wegzukommen und bei deiner Schwester zu sein? Um eine tolle Stelle zu kriegen? Weil sich gezeigt hat, dass du recht hattest? Weil ich dich vermisse?«

Er zog die Brauen hoch und dachte darüber nach. Dabei ließ er sich Zeit, der Mistkerl. »Hmm, da sind ein paar verlockende Gründe dabei. Würdest du den letzten näher ausführen?«

Ich sah ihn böse an, aber seine Mundwinkel deuteten eine Freude an, für die es sich lohnte.

»Weißt du, ich habe das starke Gefühl, du könntest der Richtige für mich sein.«

»Schmetterlinge im Bauch und Feuerwerk?«, fragte er hoffnungsvoll und rutschte auf der Bank ein Stück näher.

Ich grinste. »Und wie. Ein Scheißgefühl ist das.«

»Du benutzt ordinäre Ausdrücke.« Er lächelte und rückte noch näher. »Ich habe einen schrecklichen Einfluss auf dich.«

»Oh ja, du hast mich total verdorben. Also komm nach Hause und tu es für immer.«

Ich sah den Blick. Als wollte er mir in die Haare greifen

und mich küssen. Als könnte er sich kaum noch zurückhalten und zitterte vor Verlangen, die Lücke zwischen uns zu schließen. Ich neigte mich ein wenig zu ihm, um seine Wärme zu spüren, seinen Geruch in die Nase zu bekommen.

»Für immer, hm? Ich dachte, es sei schrecklich, das jemandem zu versprechen.« Er sagte das so leise, als traute er sich nicht, mir zu glauben. »Und wie soll dieses Für immer aussehen, Liebes? Sofort heiraten, einen Haufen Kinder kriegen, ein Haus am Stadtrand, wie du es mit ihm haben wolltest? Soll ich mich in deinen alten Plan einfügen?«

Das war mein Moment.

Ich schüttelte den Kopf und nahm seine Hand. »Gar nicht. Ich stelle mir vor, dass wir reisen und verrückte Dinge tun und lachen und zu viel trinken und Sex in gewöhnlichen Betten haben, wo keine Schokoherzen auf dem Kopfkissen liegen.«

Er lachte schallend und drückte meine Hand. »Du Romantikerin.«

Plötzlich war ich voller Hoffnung, doch er lehnte sich ein wenig von mir weg, auch wenn er meine Hand weiter festhielt und mit dem Daumen über mein Handgelenk strich.

»Wirst du mir jemals wirklich vertrauen? Glauben, dass du mich besser kennst als fremde Leute, die sich im Internet über mich äußern? Denn ich habe beträchtlich viel Zeit investiert, um dir zu zeigen, wer ich bin, und wenn ich zurückkomme und das genügt dir nicht, dann … Lieber werde ich von einer Axt am Kopf getroffen, Spicer, weißt du?«

In dem Moment wirkte er so verletzlich, ich musste an mich halten, um ihn nicht in die Arme zu ziehen. Er hatte Signale ausgesandt, mir Brotkrumen gestreut, das sah ich jetzt. All die kleinen Gesten, die ich als Charme abgetan hatte, oder als gutes Zureden oder Freundlichkeit oder Langeweile.

Ich löste meine Hand aus seiner und fasste an seine Wange. »Ich denke, wir stellen die falschen Fragen. Wir haben immer nur danach gefragt, wie meine Pläne aussehen. Aber es zählt nicht nur, was ich will. Was würdest du gern tun?«

Er lächelte verlegen. »Albernes Zeug.«

»Gut.« Ich strich mit dem Daumen über seine Wange. »Sag es mir.«

»Ich möchte mit dir nach Venedig, weil ich mir vorstelle, wie du strahlst, wenn du in ein Wassertaxi steigst.« Er lächelte mich an. Seine Augen waren grün wie eine Frühlingswiese. »Und ich will in Finnland mit dir rodeln und das Nordlicht sehen und hören, wie du vor Staunen fluchst, wenn du zum ersten Mal den Nachthimmel siehst. Und ich will sonntagmorgens mit dir an deiner Frühstückstheke sitzen und Kaffee trinken und mit dir besprechen, was wir unternehmen wollen. Und ich will dich lieben so oft wie irgend möglich.«

Ich kniff die Lippen zusammen, hin- und hergerissen zwischen Weinen und Lachen.

»Du meinst das alles ernst, nur das Letzte nicht.«

Er zog mich näher zu sich. »Glaub mir, Liebes, auch das Letzte meine ich vollkommen ernst. Zehn Jahre lang habe ich nur von einem auf den anderen Tag gelebt. Gib mir eine Chance. Ich kann mir ein paar großartige Pläne für unser Für immer ausdenken.«

Ich lehnte mich an ihn. »Ich finde, das würde zu uns passen: streiten, sich einigen, dem Feuerwerk folgen. Einfach schauen, wohin uns das führt. Solange wir glücklich sind.«

Er schmiegte die Hand an meine Wange und strich mit dem Daumen darüber.

»Wie lässig, Spicer«, flüsterte er. »Und da dachte ich, du kommst mir mit einem Zwölf-Punkte-Plan, an den ein Ehevertrag und eine Liste mit Kindernamen angehängt ist.«

»Ich versuche es mal mit der romantischen Liebesgeschichte. Ich glaube zwar nicht, dass ich das gut kann, aber ...«

»Liebes, du machst das ziemlich gut«, sagte er und küsste mich. Endlich. Mein Herz klopfte heftig, sowie ich seine Lippen spürte, und seine Fingerspitzen strichen sanft über mein Kinn. Jeder Kuss wollte mir etwas sagen.

Du hast mir gefehlt.

Es tut mir leid.

Ich bin froh, dass du hier bist.

Ich verzeihe dir.

Aber würde er auch das Eine sagen, auf das ich sehnsüchtig wartete?

Atemlos zog ich den Kopf zurück.

»Weißt du«, sagte er, legte einen Arm um mich und zog mich eng an seine Seite. »Wenn das jetzt die Filmszene wäre, auf die du so stehst, dann würde jetzt im Hintergrund das Feuerwerk losgehen, und die Kamera würde den Ausblick über die Stadt mit einfangen.«

Ich griff grinsend in meine Tasche und holte eine Packung Wunderkerzen heraus.

»Hey, du Klugscheißer, ich glaube, ich liebe dich. Bist du dabei oder kneifst du?«

Sein Lachen war erregend, sein Kuss ein Versprechen.

»Ich bin dabei, Spicer, voll und ganz.« Er zog den Kopf zurück, um mich anzusehen, mit strahlenden Augen und einem Lachen auf den Lippen. »Samt Wunderkerzen und allem möglichen Scheiß. Du hinreißende, verrückte Frau, ich liebe dich heiß und innig.«

Epilog

Neun Monate später

Oh Gott, das war nicht geplant.

Es war nicht geplant, nach den wunderbaren Tagen in Santorini in unserer hübschen, erschwinglichen Ferienwohnung auf und ab zu laufen und völlig durchzudrehen. Lucas war nach unten gegangen, um aus dem kleinen Laden an der Promenade Eis zu kaufen. Mit der Aufgabe hatte ich ihn betraut, damit ich eine Vermutung prüfen und in Ruhe ausflippen konnte. Die aufwallende Übelkeit und Panik drohten mich zu überwältigen. Ich hatte nur einen Moment für mich gebraucht. Um mir darüber klar zu werden, wie ich dazu stand und wie ich es ihm sagen würde. Um die ganze Tragweite zu begreifen.

Zwischen uns beiden lief es perfekt. Perfekt. Lucas hatte seine Wohnung, ich meine. Wir verbrachten die meisten Abende zusammen, und er war im Schoß der Freunde aufgenommen. Matt war froh, endlich auch einen Kerl dabeizuhaben, und wie sich herausstellte, hatten beide ein Faible für lokale Biere und Star-Wars-Legobausätze und tauschten sich konzentriert darüber aus, wie Jungs das eben taten bei den seltsamen Dingen, auf die sie standen.

Meera studierte wieder und datete – ja, sie datete tatsächlich – Harriet. Harriet war bei einer Mutter aufgewachsen, die Multiple Sklerose hatte, wie sie erst neulich erzählte, und deshalb verstand sie wohl wie kaum ein anderer Meeras Pflichtgefühl ihrer Tante gegenüber. Sie passten zusammen, und inzwischen sah ich bei vielen Paaren, wie gut sie tatsächlich zusammenpassten.

Wir hatten DateMyMate spaßeshalber entwickelt, aber ich hatte LetsGO letzten Monat verlassen, um Programmiererinnen auszubilden. Es war mein Traumjob, eine neue Generation von Frauen auszubilden, die alle darauf erpicht waren, sich zu beweisen und zu den Besten der Branche zu werden. Meine Stelle hatte Harriet übernommen, und Lucas arbeitete auch noch dort, führte seine Abteilung, schrieb seinen Blog und wickelte die Belegschaft um den Finger. Er genoss die Beständigkeit. Ab und zu dachte ich, er würde Fernweh bekommen und etwas Neues tun wollen, doch wenn sich der Drang einstellte, buchte er für uns kurzerhand einen Wochenendtrip.

»Hast du schon mal frischen Tintenfisch aus der Ägäis gegessen?«, fragte er an einem Dienstagabend, und dieses Wochenende tat ich es. Wir hatten in der Sonne gelegen, die Zehen in den Sand gesteckt und das Salz aus der Luft auf den Lippen geschmeckt.

Es war herrlich gewesen. Schöner als ich je gedacht hätte. Wir hatten noch immer unsere Wortgefechte, machten uns über einander lustig und waren albern, aber das war okay, denn ich durfte den Mann jederzeit und so oft ich wollte küssen. Ich konnte nach seiner Hand greifen und wusste, dass er mit dem Daumen über meine Hand streichen und sie kurz drücken würde. Ich hätte ewig so weiterleben können, ohne einen Gedanken an die Zukunft zu verschwenden.

Doch jetzt drängte sich die Zukunft in Gestalt von zwei blauen Linien in mein Blickfeld.

»Scheiße.« Seufzend setzte ich mich auf das Bett und stützte den Kopf in die Hände.

»Nicht solche Ausdrücke, Darling«, sagte Lucas spöttisch. Er kam gerade mit zwei Bechern Eis herein. »Du weißt, es gibt viel angemessenere Worte, um deinen Frust auszudrücken.«

Ich blickte auf, ohne zu wissen, wie ich das Gespräch anfangen sollte.

Würde er glauben, ich hätte ihn in die Falle gelockt? Ich hätte das von Anfang an geplant? Dass ich zwar gesagt hatte, ich sei einverstanden, erst mal zu sehen, wie es zwischen uns lief ... aber in Wirklichkeit gelogen hatte? Er hatte gesagt, er sei nicht so weit. Er war für Millie der coole Onkel, und ich sah, wie sehr sie ihm am Herzen lag. Wir nahmen sie zu Aktivitäten mit, die ihr Spaß machten, ließen sie das ungesunde Zeug essen, auf das sie stand, und hörten ihr zu, wenn sie von Dingen erzählte, die wir in unserem Alter nicht wirklich verstanden.

Und hinterher kamen wir nach Hause, machten uns eine Flasche Wein auf, legten die Füße hoch und redeten eine Stunde lang kein Wort, um uns von einem Tag mit einer sehr extrovertierten Zwölfjährigen zu erholen.

Doch zwei blaue Linien verlangten meine Aufmerksamkeit. Ein Baby mit Lucas' grünen Augen. Bei dem Gedanken bekam ich ein Flattern im Bauch, und meine Unterlippe zitterte. Zu viel Unsicherheit für Feuerwerk, aber ... still und zuverlässig flammte Hoffnung auf wie eine Wunderkerze im Dunkeln.

Als er mein Gesicht sah, verschwand sein Lächeln, und er bekam Angst. Er stellte die Eisbecher auf den Tisch, kam zu mir, kniete sich vor mich und legte eine Hand auf mein Bein. Er sah mich aufmerksam an und fühlte mit dem Handrücken an meiner Stirn. »Geht es dir nicht gut? Fühlst du dich krank?«

Nein, aber da du es erwähnst, mir ist speiübel.

Ich schüttelte den Kopf.

»Du weißt, wir waren uns einig, dass wir keine Pläne für die Zukunft machen sollten …«, begann ich leise und wusste schon nicht weiter.

Er lächelte leicht beunruhigt. »Wenn es darum geht, ob wir zu Ostern meine Familie besuchen, ich verspreche dir, das romantische Bild von einer großen Familie mit vielen Geschwistern, die sich alle lieben, wird restlos zerstört. Aber wir können trotzdem hinfliegen, ich habe nichts dagegen. Die können sich noch besser über mich lustig machen als du.«

Ich schüttelte den Kopf und schloss die Augen, bevor ich zum Bad deutete.

»Du machst mir Angst«, sagte er, und ich spürte, dass er aufstand, und hörte ihn ins Bad gehen.

Als es viel zu lange still blieb, öffnete ich vorsichtig ein Auge.

Den Anblick würde ich bis an mein Lebensende nicht vergessen. Was sich in seinem Gesicht abmalte – Bestürzung und Angst und … Freude? Mit Tränen in den Augen kam er zu mir, nahm meine Hände und zog mich hoch.

»Ist das wahr?«

Ich zog die Brauen zusammen. »Ganz offensichtlich.«

Und plötzlich besorgt schmiegte er die Hand um meine Wange. »Freust du dich nicht, Darling?«

»Ich weiß nicht.« Ich schüttelte den Kopf. »Es ist gerade so schön zwischen uns. Und ich bin nicht vorbereitet! Ich habe keine Vitamine genommen und viel zu viel Kaffee getrunken, und ich habe gerade diese Stelle angetreten, da bekomme ich keine Schwangerschaftsvergünstigungen. Oh Gott, deine Eltern! Deine Mutter wird ausflippen, weil wir nicht verheiratet sind, und du hast gesagt, du bist nicht so weit, und … ich … das haben wir so nicht geplant.«

Er lächelte mich an, so liebevoll, dass ich dachte, mein Herz zerspringt in Stücke. »Liebste, du weißt, manchmal passieren die besten Dinge, wenn der Plan den Bach runtergeht. Außerdem, wenn du dir jede Menge von dem Spaß gönnst, mit dem man Babys macht, brauchst du dich nicht zu wundern, wenn eins kommt.« Er wackelte mit den Brauen, bis ich lachte. Kopfschüttelnd holte ich Luft und atmete langsam aus.

»Bist du glücklich?«, flüsterte ich verwirrt. »Du siehst glücklich aus. Dabei bist du nicht mal sicher, ob du Kinder willst.«

Er lächelte und schloss mich in die Arme. »Ich sagte, ich weiß nicht, ob ich ein guter Vater bin. Aber wir machen es wie immer, Spicer. Wir streiten, drehen durch und kriegen es hin. Weißt du übrigens, wie man gute Neuigkeiten nennt, die man nicht geplant hat?«

Ich runzelte die Stirn, unsicher, worauf er hinauswollte. Er zog den Kopf zurück, um mich anzulächeln.

»Einen absoluten Glücksfall.«

Und das war es. Die Angst löste sich in Luft auf, als der Mann, den ich liebte, mich anlachte und mir unter Freudentränen für diesen schönen, unerwarteten Moment dankte.

Anstatt also in Panik zu geraten, weil wir nicht verheiratet waren oder das mit uns vielleicht doch nicht ewig halten würde, weil das eine schreckliche Idee sein könnte und weder seine noch meine Wohnung geeignet war, um ein Kind darin großzuziehen … setzten wir uns auf den Balkon, schauten übers Meer, aßen unser Eis und hielten uns an der Hand. Und dann zog der charmante Mistkerl Stift und Papier aus der Hosentasche und sagte: »Los, Spicer, Zeit, eine Liste zu machen. Einen Neunmonatsplan? Eine Liste mit Babynamen, die für dich ein absolutes No-Go sind? Erziehungskonzepte, bei denen du sofort abwinkst? Alles, was dir Sorgen macht? Alles, was wir anschaffen müssen?«

Ich lachte und drückte seine Hand, dann schaute ich gelassen in die Ferne, wo die Sonne gerade hinter dem Horizont verschwand. Ich wusste, ich würde mich immer daran erinnern, wie an all die anderen wunderbaren, unerwarteten, glücklichen Momente, die sich schon angesammelt hatten.

»Ist es nicht seltsam? Plötzlich ist das Leben ganz anders, als man es geplant hat«, sagte ich nach einer Weile und grinste ihn an. »Und es ist verdammt schön, oder?«

Er zog mich am Arm auf seinen Schoß und hob meine Hand an seine Lippen. »Tja, um ganz offen zu sein, Darling, ich denke, das hast du dir selbst zu verdanken. Genau wie deine unflätige Ausdrucksweise.«

»Zum Glück gibt es charmante Männer mit schönen Augen.« Ich küsste ihn, restlos überzeugt, dass es wunderbar sein würde, egal was die Zukunft bereithielt. Er legte einen Arm um meine Taille und ganz sanft eine Hand auf meinen Bauch. »Die rauchen und fluchen und tätowiert sind.«

Er zog eine Braue hoch und tippte an sein Nikotinpflaster an der Schulter, das ungeschickt zwischen den Erinnerungsbildern klebte, als wollte es irgendwie dazugehören.

»Na gut.« Ich lenkte ein und strich durch seine Haare. »Die fluchen und tätowiert sind und es wunderbar schaffen, nicht zu rauchen, so gerne sie das nach einer Flasche Wein zum Abendessen täten.«

»Verdammt richtig. Nicht nur du bist fähig, dich zu ändern.« Er lachte. »Und ich würde sagen, zum Glück gibt es schöne, Axt schwingende Frauen.« Kurz hielt er inne, bevor er an mein Kinn fasste und meinen Mund zu sich lenkte. »Wenn sie deinen Kopf verfehlen, gewinnen sie dein Herz.«

Mein Leben war ganz anders als geplant.

Und das war ein verdammter Glücksfall.

Danksagung

Ein großes Dankeschön an Kate Dresser, Tarini Sipahimalani und das Team bei Putnam, die dieses Buch zu dem gemacht haben, was es ist. Danke an meine Agentin Hayley Steed, die immer für mich eintritt und es erträgt, wenn ich mich von den Überarbeitungen ablenke, indem ich zu jeder Tag- und Nachtzeit E-Mails mit hundert irrelevanten Fragen schicke.

An die Schriftstellerfreunde und -gruppen, die mir Unterstützung, Freundschaft und ein offenes Ohr bieten – ohne euch könnte ich meinen Job nicht machen. Lynsey, du weißt, ich kann kein Buch schreiben, ohne das Team Cheerleader zu erwähnen. Immer.

Und an meinen Sohn, der das Haupthindernis für die Fertigstellung dieses Buches war, denn er war erst ein paar Monate alt, als ich damit anfing, und ihn zu bekommen, hat mein Denkvermögen völlig ruiniert und auch meine Vorstellungen von Romantik. Es war sehr verlockend, ein Buch zu schreiben, in dem die Hauptfigur duschen darf und niemand berührt sie oder spricht mit ihr, das Ganze achtundvierzig Stunden lang, und Ende. Ein großes Dankeschön also an meinen Mann, meine Eltern und alle, die mir dazu gratuliert haben, dass ich es geschafft habe, ein Buch zu schreiben, während ich ein Neugeborenes hatte, und mir versichert haben, dass ich es schaffen kann.

Und an den jetzt alten Theo: Du hast mir geholfen zu beweisen, dass die Geschichten immer noch kommen würden, egal, was ich mit meinem glorreichen Leben anstellen würde, wer auch immer ich werden würde. Und das ist eine große Erleichterung.

Und schließlich, wie immer, meine lieben Leser und Leserinnen – danke, dass Sie sich die Zeit genommen haben, dieses Buch auszuprobieren. Es gibt so viele fantastische Geschichten da draußen zu lesen, deshalb weiß ich es wirklich zu schätzen, dass Sie ein paar Stunden in meiner Fantasie verbracht haben. Ich hoffe, es hat Sie zum Lächeln gebracht.

Fünf Tage, die alles verändern

Lorraine Brown
FÜNF TAGE IN FLORENZ
Roman. Das perfekte Sommerbuch für den Italienurlaub
Aus dem Englischen von Sonja Rebernik-Heidegger
320 Seiten
ISBN 978-3-7577-0032-4

Reisejournalistin Maddie ist überglücklich, als sie mit ihrem Verlobten Nick nach Florenz fährt, um ihre zukünftigen Schwiegereltern kennenzulernen. Doch kaum angekommen, begegnet sie beim Einchecken an der Rezeption ihrem Ex-Freund Aidan, der Maddie vor zwei Jahren geghostet hat. Bis heute hat sie ihm nicht verziehen. Das Wiedersehen mit Aidan lässt alte Gefühle und Erinnerungen in ihr hochkommen – Erinnerungen an eine andere Maddie. Und so werden diese fünf Tage in Florenz zu einer Achterbahnfahrt der Gefühle, denn auf einmal fragt Maddie sich: Was will ich eigentlich wirklich in meinem Leben?

Die Community für alle, die Bücher lieben

Das Gefühl, wenn man ein Buch in einer einzigen Nacht verschlingt – teile es mit der Community

In der Lesejury kannst du

★ Bücher lesen und rezensieren, die noch nicht erschienen sind

★ Gemeinsam mit anderen buchbegeisterten Menschen in Leserunden diskutieren

★ Autoren persönlich kennenlernen

★ An exklusiven Gewinnspielen und Aktionen teilnehmen

★ Bonuspunkte sammeln und diese gegen tolle Prämien eintauschen

Jetzt kostenlos registrieren: www.lesejury.de

Folge uns auf Instagram & Facebook:
www.instagram.com/lesejury
www.facebook.com/lesejury